BASTEI
LÜBBE
TASCHENBUCH

Weitere Titel der Autorin:

Pinguinwetter
Pandablues

Stolperherz

Titel in der Regel auch als Hörbuch und E-Book erhältlich

Über die Autorin:

Britta Sabbag, geboren 1978 in Osnabrück, studierte Sprachwissenschaft, Psychologie und Pädagogik in Bonn. Nach dem erfolgreichen Abschluss ihres Studiums arbeitete sie sechs Jahre als Personalerin in mehreren großen Firmen. Als die Krise zuschlug, nutzte sie die Chance, um das zu tun, was sie schon immer wollte: schreiben. Ihr Debütroman *Pinguinwetter* wurde auf Anhieb ein Bestseller. Heute schreibt und lebt sie immer noch in Bonn.

Mehr Infos unter www.brittasabbag.de

Britta Sabbag

DAS LEBEN IST (K)EIN PONYHOF

Roman

BASTEI LÜBBE TASCHENBUCH

BASTEI LÜBBE TASCHENBUCH
Band 16 977

1. Auflage: April 2014

Dieser Titel ist auch als E-Book erschienen

MIX
Papier aus verantwortungsvollen Quellen
FSC® C014496
FSC
www.fsc.org

Originalausgabe

Dieses Werk wurde vermittelt durch
die Michael Meller Literary Agency GmbH, München.

Lektorat: Daniela Jarzynka
Daumenkino-Illustrationen: Peter Frommann, Köln
Titelillustration: © Christina Seitz, Berkheim
unter Verwendung eines Motivs von
© shutterstock/Jakub Krechowicz
Umschlaggestaltung: Christina Seitz, Berkheim
Autorenfoto: © Jurate Jablonskyte, Bonn
Satz: Urban SatzKonzept, Düsseldorf
Gesetzt aus der Caslon
Druck und Verarbeitung: GGP Media GmbH, Pößneck
Printed in Germany
ISBN 978-3-404-16977-1

Sie finden uns im Internet unter
www.luebbe.de
Bitte beachten Sie auch: www.lesejury.de

Nicht das Unglück ist eine Tragödie,
sondern unglücklich zu leben.

Für alle, die einen Walter haben.
Und ganz besonders für die, die keinen haben.

Prolog

Die meisten Menschen sind mit ihrem Leben nicht zufrieden. Aber sie zeigen es nicht, im Gegenteil: Sie geben vor, einen ausfüllenden Job zu haben, eine glückliche Beziehung zu führen, und verbringen die restliche Zeit mit spannenden Freizeitaktivitäten wie fernsehen. Ihnen fehlt etwas. Und oft wissen sie noch nicht einmal, was.

Auf mich traf das nicht zu. Mein Leben *war* perfekt. Ich war mit gerade mal fünfunddreißig Jahren genau da, wo ich sein wollte. Meine Karriere als Unternehmensberaterin bei *Ehrnst & Kahler* konnte besser nicht laufen, und es war nur noch eine Frage kurzer (sehr kurzer) Zeit, bis ich zum Partner aufsteigen würde. Meine Beziehung zu Carl, der bereits Partner war, war geprägt von gegenseitigem Respekt für die Arbeit des anderen und lief absolut harmonisch und ohne jegliche zeitraubende Störung ab. Für Freizeit oder Urlaub hatte ich keine Zeit, denn in einem Unternehmen von solcher Größe fällt einem der Erfolg nicht einfach so in den Schoß. Ich arbeitete viel, aber es war genau das, was ich immer gewollt hatte. Ich war erfolgreich und unabhängig.

Ja, mein Leben war wirklich perfekt.

1. Kapitel

»Antonia?«, hörte ich Carl durch das Vorzimmer in mein Büro rufen. »Bist du so weit?«

»Natürlich«, antwortete ich, klappte den vor mir liegenden Laptop mit einer schnellen Handbewegung zu und verstaute ihn in der dazugehörigen Tasche, die ich mir zusammen mit meinem Blazer eilig unter den Arm klemmte. »Wir können direkt los.«

Da Frau Wieser, meine Assistentin, gerade telefonierte, deutete ich ihr an, dass sie meine Gespräche nun auf ihr Telefon umstellen konnte.

Frau Wieser nickte kurz.

Im Grunde genommen war es eine Selbstverständlichkeit, dass sie darauf achtete, wann ich das Büro verließ. Aber Kontrolle war immer noch besser als schnödes Vertrauen. Kunden in unserer Branche hassten nichts mehr, als auf einen Anrufbeantworter zu sprechen. Schließlich hatte niemand Zeit zu verschenken.

»Fein«, sagte Carl, als ich um die Ecke bog.

Es war Viertel vor eins, und wir wollten die anstehende Mittagspause für eine kurze Besprechung nutzen.

Nebenan im *Hammerstein's* angekommen, wurden wir vom Kellner direkt zu unserem Tisch gebracht. Auf dem Weg dahin begrüßte ich fast jeden Gast mit einem kurzen Nicken, denn hier kannte man sich. Der Business Lunch war ausgezeichnet, und die Bedienung diskret, aufmerksam und nicht zu aufdringlich.

Carl bestellte eine Flasche Wasser und sein Rumpsteak mit Salat, das er hier immer aß. »Und für meine bezaubernde Begleitung bitte das Zanderfilet«, schloss er seine Bestellung mit einem kurzen Blick in meine Richtung ab. »Allerdings ohne den Reis, dafür mit Salat, aber ohne Dressing, Öl und Essig bitte separat. Oder möchtest du etwas anderes, Liebes?«

Das war eine rein rhetorische Frage, denn solange wir herkamen – und das waren jetzt fast drei Jahre – aß ich, genau wie Carl, immer das Gleiche.

Dennoch schüttelte ich kurz den Kopf.

Carl hatte die Speisekarte auch schon zugeklappt und dem Kellner gereicht. Der tägliche Blick dorthinein war ein kurzes Ritual, das Carl mit der Genauigkeit eines Herzchirurgen durchführte und perfekt beherrschte. Dadurch machte er nie den Eindruck, als sei er ein Gewohnheitstier. Im Gegenteil, er wirkte immer äußerst kosmopolit, wenn er einen kurzen Blick hineinwarf, nur um festzustellen, dass während seiner Abwesenheit von höchstens vierundzwanzig Stunden der Chefkoch nicht völlig den Verstand verloren und die gesamte Speisekarte neu zusammengestellt hatte, um dann letztendlich sein geliebtes Rumpsteak zu bestellen, natürlich medium rare. Nur hier konnte man das mittags auf die Schnelle so perfekt, sagte er jedes Mal, nachdem wir bestellt hatten.

»Nur hier kann man mittags ein so perfektes Steak bekommen«, sagte Carl und holte das Kundenprofil aus der Schutzfolie, das wir besprechen wollten. »Findest du nicht auch?«

Ich nickte. »Ja. Warum sinnlos herumexperimentieren, wenn man doch weiß, was das Beste für einen ist? Alles andere wäre doch nur unsinnige Zeitverschwendung.«

Carl blickte nun lächelnd von seinen Papieren auf. »Siehst du, mein Schatz«, flüsterte er und tätschelte meine Hand, »und deswegen passen wir so ausgezeichnet zusammen. Wir sind aus demselben Holz geschnitzt.«

Es stimmte, das waren wir. Wir passten so perfekt zueinander, dass es fast schon erschreckend war. Keine Unterhaltung, die wir führten, brachte verschiedene oder gar entgegengesetzte Meinungen hervor; weder geschäftlich noch privat hatten wir verschiedene Ansichten. Wir waren wie füreinander geschaffen. Mit Carl zusammen zu sein gab mir das Gefühl, genau das Richtige zu tun, ich fühlte mich in seiner Nähe immer und ausnahmslos komfortabel.

»Was ist denn das nun für ein geheimnisvoller neuer Kunde, von dem du mir heute Morgen noch nichts erzählen wolltest?«, fragte ich und sah mir die nun vor uns ausgebreiteten Unterlagen an.

Carl zwinkerte mir mit blitzenden Augen zu. »Das, meine Liebe, wird unser absoluter Durchbruch sein. Wenn wir diesen Fisch an der Angel haben, sind wir das größte Schiff auf See.«

Ich kannte diesen Blick. Carl liebte das Fischen und vor allem das Fangen, genau wie ich.

Ich war allerdings erstaunt, dass ich den dicken Fisch überhaupt zu Gesicht bekam, denn Thomas Ehrnst, ein sehr ehrgeiziger und bissiger junger Typ, schnappte sich in der Regel sofort alles in dieser Größenordnung. Thomas war nicht nur mein schärfster Konkurrent um die Partnerschaft in der Firma. Er war gleichzeitig der Neffe des Unternehmensgründers Hans Ehrnst und belagerte Carl ständig, um sich ja keinen Auftrag durch die Lappen gehen zu lassen.

Carl schien meine Gedanken zu lesen: »Thomas hat gestern spontan zwei Tage Urlaub eingereicht«, sagte er, wobei er das Wort »Urlaub« abschätzig betonte. »Kannst du dir das vorstellen? Mitten in dem Trubel, den wir zurzeit haben. Er will mit *seiner Diana* einen Flitter-Segelturn unternehmen. Tzzz!«

Thomas hatte vor Kurzem »seine Diana«, eine Anwältin, geheiratet. Nun ja, in seinem Privatleben konnte jeder machen, was er wollte. Mitten im größten Auftragsstress allerdings

Urlaub einzureichen kam gewissermaßen einer Selbsthinrichtung gleich. Ich hätte Thomas in dem Punkt mehr Voraussicht zugetraut: Damit hatte er sich sein eigenes Grab geschaufelt.

»Urlaub wird völlig überschätzt. Das ist doch was für Sachbearbeiter und Beamte«, kommentierte ich Carls Kopfschütteln.

»Du triffst es wie immer auf den Punkt.« Mit diesen Worten schob Carl mir die Unterlagen zu.

»Na dann mal her damit«, antwortete ich gespannt. »Wurde ja auch höchste Zeit, dass ich ein größeres Büro bekomme.« Ich zwinkerte ihm siegessicher zu.

»Wenn du den Kunden von uns überzeugst«, versicherte Carl mir, »dann kannst du dir ein Büro aussuchen.« Und mit einem sehr sanften Flüstern fügte er noch hinzu: »Und nicht nur das.«

Mein Puls verdoppelte sich innerhalb von einer Sekunde. »Heißt das …?«

»Ja. Wenn du den Auftrag an Land ziehst, wirst du Partner.«

Endlich! Ich hatte fest damit gerechnet, dass Carl mich in naher Zukunft vorschlagen würde, aber es aus seinem Mund zu hören, war dann doch beeindruckender, als ich vermutet hatte. *Partner bei* Ehrnst & Kahler, *einer der renommiertesten Unternehmensberatungen in Köln, ach, überhaupt! Und das mit fünfunddreißig!*

Impulsiv hätte ich vor Freude am liebsten in die Hände geklatscht, aber ich wusste, dass Carl das albern finden würde. Jegliche Art von spontanen Gefühlsausbrüchen war ihm unangenehm, das Einzige, zu dem er sich verleiten ließ, war ein *High five* nach einem gewonnenen Auftrag.

Also unterdrückte ich das Verlangen wieder und fragte stattdessen: »Darauf einen *Veuve Clicquot?*«

»Belohnung *vor* der Arbeit?«, sagte Carl, und ich kam nicht umhin, einen leichten Tadel in seiner Stimme zu hören. »Das können wir machen, wenn du den Kunden an der Angel hast.«

»Du hast recht«, antwortete ich schnell. »Den trinken wir natürlich erst, wenn alles unter Dach und Fach ist.«

Diesen Kunden werde ich knacken, egal, wie viele geniale Wettbewerber mit im Boot sind – ich werde besser sein als alle anderen! Ich werde Partner bei Ehrnst & Kahler, *als erste Frau, seit es das Unternehmen gibt, und zugleich als jüngster Partner überhaupt. Nichts und niemand kann mich davon abhalten – das ist so sicher wie das Amen in der Kirche.*

»Und heute Abend habe ich dir noch eine weitere Mitteilung zu machen«, deutete Carl eine erneute Überraschung an, »aber das machen wir in einem anderen Umfeld.«

Er wird mich doch nicht ...?!

»Es ist also nichts Berufliches?«, fragte ich neugierig.

»Wenn du so willst«, antwortete Carl und ließ sein Messer in das perfekte Zartrosa des Fleisches gleiten, das der Kellner soeben gebracht hatte.

Wenn Carl gerade das angedeutet hat, was ich vermute, dann habe ich wirklich alles *erreicht.*

Mein Zanderfilet duftete wie immer hervorragend, aber ich bekam kaum einen Bissen hinunter. Ich hatte wieder dieses Magenziehen, das mich seit Längerem fast täglich begleitete. Es konnte nichts Ernstes sein, dafür waren die Schmerzen einfach nicht stark genug, also ignorierte ich sie. Ich zwang mich, noch ein kleines Stück vom mittlerweile lauwarmen Fisch zu essen, während Carl mir einen Vortrag über den Kunden hielt. Ich lächelte ihn an und freute mich auf die neue Herausforderung.

Ich bin ganz oben, und da werde ich bleiben. Koste es, was es wolle!

*

»Kindchen, bist du es?« Die Stimme meiner Mutter Ingeborg keuchte mir aus meinem Handy entgegen.

»Natürlich bin ich es, Inge, du hast mich schließlich auf dem Handy angerufen!«

Kopfschüttelnd stieg ich aus dem Taxi, das vor dem *Maison Blue* gehalten hatte, in dem Carl für uns reserviert hatte. Er meinte, zu diesem besonderen Anlass könnten wir ruhig etwas wagen und auf das *Hammerstein's* verzichten. Die französische Küche sei genau passend für das, was er vorhabe.

Ich hatte mich ordentlich in Schale geschmissen und trug mein kleines Schwarzes aus Satin-Stretch, das perfekt saß. Dazu schwarze Peeptoes und eine kurze Jacke.

Das warme Frühlingswetter war sogar jetzt, kurz vor acht, noch zu spüren.

»Was ist denn, Inge?«, fragte ich genervt in den Hörer. »Ich habe jetzt gleich einen wichtigen Termin und kann nicht lange sprechen!«

Ein lautes Stöhnen, das ich nicht genau einordnen konnte, es konnte auch ein Hecheln sein, ertönte. »Kind, ich brauche dich hier, du musst sofort kommen!«, konnte ich zwischen zwei Hechelattacken gerade noch verstehen.

Meine Mutter war der Typ »notorisch chaotisch« und das genaue Gegenteil von mir. Da mein Vater starb, als ich noch ein Baby war, konnte ich mich zwar nicht an ihn erinnern, aber ich war felsenfest davon überzeugt, dass ich hundertprozentig nach ihm kam.

»Was machst du da überhaupt für Geräusche?«, flüsterte ich, so leise ich konnte, in den Hörer, denn soeben betrat ich das feine Restaurant.

Sofort kam ein Kellner, der mir meine Jacke abnahm.

»Reserviert auf Kahler«, raunte ich ihm zu, und er deutete mir an, ihm zu folgen.

Schon von Weitem konnte ich sehen, dass Carl bereits da war. Es war Punkt acht Uhr, perfekt.

»Ich habe zu viel Pitta im Körper!«, hechelte Inge. »Das habe ich heute herausgefunden!«

Pitta im Körper? Ist das jetzt ein neues Virus, von dem ich noch nichts gehört habe?

Carl winkte mir zur Begrüßung kurz zu, und ich ließ mich auf den Platz ihm gegenüber nieder. Verwundert starrte ich auf die rote Rose auf dem Tisch, denn Romantiker waren weder Carl noch ich. Sie lag neben einem kleinen, mit einer roten Schleife verpackten Kästchen.

Ein Kästchen!!! – Meine Mutter hat aber auch ein geniales Timing, ausgerechnet jetzt krank zu werden!

»Du hast *was?*«, fragte ich vorsichtshalber noch mal nach, während der Kellner bereits den Champagner brachte. Und in Carls Richtung flüsterte ich: »Ich bin sofort fertig!«, denn er wirkte schon leicht genervt.

»Wuha, schhhht! Meine Chakren sind so verstopft!«, jammerte Inge nun. »Wenn ich das bloß früher gewusst hätte, hätte ich viel eher was unternommen!«

Ich verstand kein Wort. Meine Mutter hatte schon länger mit hohem Blutdruck zu kämpfen, das wusste ich, aber was waren nun verstopfte Chakren?

»Du musst sofort kommen!«, brüllte Inge. »Walter schafft es nicht allein!«

Walter war nach längerer Abstinenz nach dem Tod meines Vaters der Mann in Inges Leben. Sie waren zusammengezogen und hatten geheiratet, als ich gerade von zu Hause ausgezogen war. Aber da ich selten Zeit hatte, meine Mutter in dem siebenundzwanzig Kilometer von Köln entfernten Kaff *(Klein-Seichtingen – allein der Name!)* zu besuchen, hatte ich ihn nie so richtig kennengelernt.

Ich hatte Klein-Seichtingen direkt nach meiner Abifeier mit fliegenden Fahnen verlassen und war bis jetzt nur zu besonderen Anlässen hingefahren. Und die waren äußerst selten.

Walter war einige Jahre älter als meine Mutter, Rentner und bereits ein wenig verwirrt. Meine Mutter nannte das »betreuungsintensiv«. Doch egal, wie man es nun nannte: Fakt war, dass sie Walter so gut wie nie alleine lassen konnte. Und jetzt sollte *er* sich um *sie* kümmern?

»Was soll das heißen: Walter schafft es nicht alleine?!« Langsam wurde ich panisch.

Hat meine Mutter eine tödliche Krankheit, verstopfte Blutgefäße oder ein schlimmes Virus, und ruft mich mit letzter Kraft im Angesicht des Todes an, um mich in ihren letzten Minuten zu bitten, mich um ihren Mann zu kümmern?

»Mutter!«, rief ich nun lauter als beabsichtigt ins Telefon. »Was soll das hei…« Doch Inge hatte bereits aufgelegt. Ich hörte nur noch das laute Tuten durch den Hörer. »Inge?! Verdammt noch mal!«

Ist sie jetzt vor lauter Schwäche in Ohnmacht gefallen?

Carl sah mich entgeistert an. »Antonia, ich finde deine Lautstärke und deine Wortwahl etwas unpassend für das Ambiente hier …«

Doch ich unterbrach ihn: »Carl, es tut mir leid, ich hatte mich sehr auf den Abend mit dir gefreut, aber irgendwas ist mit meiner Mutter. Ich muss sofort hin!«

»Bitte?!?«

Jetzt entglitten Carls Gesichtszüge vollkommen, ein sehr seltenes Bild, und ich hatte sofort ein schlechtes Gewissen.

»Irgendwas stimmt bei Inge nicht. Ich glaube, sie ist krank und braucht womöglich meine Hilfe. Wir müssen den Abend verschieben, so leid es mir tut.«

Ich stand auf und wollte gerade den Kellner bitten, mir meine Jacke zu bringen, da hielt Carl mir das Kästchen entgegen.

»Du weißt, was sich darin befindet. Wir beide, Antonia, sind das perfekte Team. Ich möchte, dass wir nicht nur beruflich Partner sind. Deswegen schlage ich vor, was sowieso auf der Hand liegt. Lass uns heiraten.«

Mein Hals war vor lauter Aufregung um Inge ganz trocken, also schüttete ich noch schnell das halbe Glas Champagner hinunter, das ich bis jetzt nicht angerührt hatte. Das Kästchen nahm ich allerdings nicht entgegen.

»Aber natürlich heiraten wir«, antwortete ich.

Es ergab mehr als nur Sinn. Carl war einfach der beste Mann für mich, keine Frage. Er kannte mich wie kein anderer, wir verstanden uns gut. Da war eine Heirat doch nur die nächste Konsequenz.

Jetzt klingelte mein Telefon wieder. Unterdessen wollte mir der Kellner in meine Jacke helfen, die Carl ihm jedoch abnahm, um diese Aufgabe selbst zu übernehmen.

Diesmal war es Walter. »Inge ist *beim Pflug* umgekippt!«, erklärte er aufgeregt. »Bei *der Kobra* sah es noch wirklich gut aus, *der Fisch* war schon schwieriger, und *der Pflug* hat ihr wohl den Rest gegeben!«

Inge ist beim Pflügen umgekippt? Mitten auf dem Feld? Um diese Uhrzeit? Oh Gott!

»Ich komme, so schnell ich kann!«, versicherte ich Walter aufgeregt. »Und jetzt leg bitte auf und ruf den Krankenwagen an!«, forderte ich mit zitternder Stimme. Im Hintergrund hörte ich wieder das laute Ächzen, das Inge schon bei unserem ersten Telefonat von sich gegeben hatte. »Ruf den Krankenwagen, Walter, *sofort!*«

Carl fasste noch meinen Arm, aber ich machte mich los. »Vielleicht schaffe ich es später noch, bei dir reinzuschauen«, sagte ich, bevor ich mich zum Gehen umwandte.

»Das heißt also Ja«, sagte er eher, als dass er fragte.

Carl stellte eigentlich nie irgendwelche Fragen.

»Ja«, antwortete ich trotzdem, »natürlich heißt es *Ja.*«

»Gut.« Carl klang zufrieden. »Nichts anderes hatte ich von dir erwartet.« Er hielt mir seinen Autoschlüssel hin: »Nimm meinen Wagen.«

»Danke«, sagte ich erleichtert, denn mit dem Taxi zuerst

nach Hause zu fahren, um mein Auto zu holen, wäre ein zeitaufwendiger Umweg gewesen.

Ich nahm den Schlüssel entgegen und spurtete, so schnell es in meinen High Heels eben ging, zum Ausgang. Auf die Idee, dass Carl mich begleiten könnte, kamen weder er noch ich.

2. Kapitel

Da war sie, die mir so verhasste Ortseinfahrt Klein-Seichtingen. Der Ort hatte schon, als ich mit neunzehn hier weggegangen war, nur eine gefühlte Handvoll Einwohner gehabt, und die meisten von denen waren zudem Rentner gewesen, die schon jenseits von Gut und Böse waren. Mittlerweile dürfte die Hälfte weggestorben sein, und neu Zugezogene konnte ich mir beim besten Willen nicht vorstellen.

Wer will denn freiwillig in so einem Kaff leben?

Ich bretterte in Carls 5er BMW mit siebzig in den Ort. Eigentlich war hier zwar eine Dreißigerzone, aber nach acht Uhr klappten sie hier die Bürgersteige hoch. Es würde also niemanden stören. Auf der Straße war jedenfalls keine Menschenseele zu sehen. Die meisten schliefen wahrscheinlich schon mit der Tagesschau ein.

Außerdem wollte ich so schnell wie möglich bei Inge sein. Wer weiß, ob Walter es überhaupt zustande gebracht hatte, einen Krankenwagen zu rufen? Zur Sicherheit drückte ich erneut die Kurzwahltaste meiner Mutter, aber es ging lediglich wieder nur der Anrufbeantworter dran.

Plötzlich erkannte ich ein Hindernis, eine Art schwarze Masse, vor mir und stieg in die Eisen.

Eine Reitergruppe!

Wenige Zentimeter vor ihr kam der schwere Wagen zum Stehen.

Wild fluchend schrie ich die Reiter durch das geschlossene

Fenster an: »Spinnt ihr denn alle hier in dem Kaff? Ich glaub, ich seh nicht richtig!«

Das darf ja wohl nicht wahr sein, dass die hier mitten auf der Straße Ponyhof spielen, und das auch noch im Dunkeln!

Eine der schwarzen Gestalten vor mir hielt sich die Hand vor die Augen und deutete an, dass sie die Schweinwerfer des Autos blendeten.

Ja, nun!

Der Reiter lenkte sein Pferd rechts neben den Wagen.

Wütend ließ ich das Beifahrerfenster hinunter.

»Na? Unterwegs, die Welt zu retten?«, sprach er mich lässig an.

Was glaubt der eigentlich, wer er ist? Mich hier so blöd anzumachen!

»Was fällt Ihnen eigentlich ein, hier die komplette Straße zu versperren! Ich habe Sie erst in letzter Sekunde gesehen! Nicht auszudenken, was passiert wäre, wenn ...«

»Ganz sicher wäre nichts passiert, wenn *Sie* sich an die Verkehrsregeln gehalten hätten«, unterbrach mich der Typ und strich über seinen Dreitagebart. »Hier ist überall dreißig. Aber wie ich sehe, sind Sie nicht von hier.«

»Gott sei Dank bin ich das nicht«, pflaumte ich zurück.

»Telefonieren beim Autofahren ist allerdings überall verboten«, klugscheißerte er weiter.

»Es war ein Notfall!«, setzte ich zu meiner Rechtfertigung an, brach aber abrupt ab.

Was geht ihn das überhaupt an?

»Sind Sie und ihre Hannis und Nannis da bitte jetzt so freundlich, den Weg freizumachen? Ich habe es extrem eilig!«

Der Typ grinste mich frech an. Er war vielleicht ein, zwei Jahre älter als ich, sah sportlich aus und trug als Einziger in der Reitergruppe, die etwa aus fünf Personen plus Pferden bestand, keinen Helm.

»Dass Sie es eilig haben, habe ich gesehen. Aber passen Sie

besser auf, sonst erwischt Sie unser Wachtmeister Kniebel noch.« Jetzt lachte er laut.

Gert Kniebel kannte ich schon, seit ich ein kleines Kind war. Unfassbar, dass er den Job immer noch machte. Mittlerweile musste er mindestens hundert Jahre alt sein.

»Da vorne beginnt übrigens die verkehrsberuhigte Zone«, ergänzte er noch und zeigte auf ein Schild ein paar Meter entfernt, das neu zu sein schien, denn ich kannte es tatsächlich nicht. »Für Fußgänger und Reiter.«

Für Fußgänger und Reiter? Meine Güte!

»Ich bewege mich *genau so* fort, wie die Natur es für mich vorgesehen hat. In einem Auto!«, konterte ich.

»Sie zitieren Meg Ryan? Sie sehen gar nicht aus wie der Typ ›romantische Komödie‹!«

»Der bitte was?«

Er lachte wieder laut los.

Genervt verdrehte ich die Augen und ließ das Fenster wieder hochfahren, während ich ihm ein leises »Idiot!« hinterherfauchte.

Das hatte mir jetzt noch gefehlt: So ein Pseudoaussteigertyp mit Dreitagebart, der hier im Dorf einen auf Selbstverwirklichung machte und sich nebenbei um die Einhaltung schwachsinniger Verkehrsregeln in verkehrsberuhigten Zonen kümmerte.

Sobald sich die Gruppe vor der Motorhaube nach rechts und links zerstreut hatte, trat ich wieder aufs Gas. Mit quietschenden Reifen bog ich in die Straße ein, in der ich meine Kindheit verbracht hatte.

»Inge? Walter?« Mit zitternden Händen hatte ich die Tür zu meinem Elternhaus aufgeschlossen. Der Schlüssel hing immer noch an meinem Schlüsselbund, obwohl ich ihn fast nie brauchte.

»Kindchen! Da bist du ja endlich!« Fröhlich flötend kam mir meine Mutter entgegen.

Sie trug eine Art Turban und ein weites, kaftanähnliches Gewand in einem Safran-Ocker-Leberwurst-Farbton und wedelte wild mit den Händen vor mir her, während sie ihre frisch lackierten Finger – ebenfalls im modischen Ockerton – anpustete. Von Krankheit oder Schwächeanfall keine Spur.

»Inge! Ich habe mir solche Sorgen gemacht! Was war denn los? Walter hat gesagt, dass du auf dem Feld zusammengebrochen bist?«

Meine Mutter sah mich – immer noch wedelnd – verständnislos an. »Auf dem Feld? Zusammengebrochen? Da musst du dich aber verhört haben, Kindchen.«

Selbst Inges Lidschatten war ein matschiges Ockergelb, wie ich jetzt feststellen musste. Meine Mutter war schon immer recht konsequent gewesen. In allem, was sie tat.

Jetzt kam auch Walter in den Flur, um mich zu begrüßen, und lächelte mir freundlich zu. Er trug seinen obligatorischen Sonntagsanzug, den er – laut Inge – unter allen Umständen immer und jeden Tag anhatte, dazu eine bunt karierte Krawatte in grellen Frühlingsfarben. Seine Haare standen in alle Richtungen zu Berge. Er erinnerte mich an eine vollschlanke und etwas faltigere Ausgabe von Loriot; er hatte dasselbe ironisch-verschmitzte Grinsen. Wie immer paffte er an seiner Pfeife, und sofort verschwanden wir in seinem Nebel.

»Je später der Abend, umso schöner die Gäste!«, begrüßte er mich mit einem angedeuteten Handkuss. »*Der Pflug* hat ihr beinahe das Genick gebrochen«, fuhr Walter fort, und ich verstand immer noch nichts. »Obwohl ich wirklich stolz auf meine Inge bin. In dem Alter noch so geschmeidig zu sein, das muss ihr erst mal jemand nachmachen! Das war die Uschi Obermaier zu ihren besten Zeiten nicht.« Er zwinkerte mir jungenhaft zu. »Und ich weiß, wovon ich rede!«

Ich fasste es nicht. Ich war voller Sorge mit überhöhter

Geschwindigkeit von Köln bis in dieses Kaff hier gebrettert, nur um festzustellen, dass hier Friede, Freude, Ockerfarben herrschten?

»Dieses neumodische Ashtanga-Yoga ist weitaus anspruchsvoller als das, was man damals so praktiziert hat«, führte Inge Walters Andeutungen aus und nestelte dabei wild in einer der drei Reisetaschen, die vor ihr im Flur standen.

»Kann mir mal bitte jemand sagen, was hier gespielt wird?«, forderte ich nun und wippte dabei von einem Bein aufs andere. Als keine Antwort kam, stemmte ich meine Arme in die Hüfte: »Hallooo?«

»Deine Mutter hat eine Reise in einen indischen Aschkram gewonnen«, antwortete Walter nun zwischen zwei Rauchschwaden.

»Ashram!«, verbesserte Inge ihn nägelpustend.

»Ganz genau. Drei Wochen alles inklusive. Ist das nicht einfach toll?« Walter deutete eine bollywoodartige Hüftbewegung an und gab einen undefinierbaren Singsang-Laut von sich.

Langsam kam ich mir vor wie Alice im Wunderland, und Walter war der singende Onkel Raupe.

Jetzt schaltete sich auch Inge wieder ein: »Ja, ist das zu fassen? Da habe ich wirklich mal Glück gehabt! Aber leider ist die Reise nur für eine Person, und wir haben es ja mit der kleinen Rente im Moment nicht so dicke, weißt du, Tönchen?«

Ich hasste es, wenn sie mich so nannte.

»Und warum genau sollte ich jetzt sofort kommen? Wisst ihr eigentlich, dass ich gerade mitten in einem geschäftli...«, ich stockte kurz, »... mitten in einem wichtigen Termin war?«

Inge sah mich wieder verständnislos an. »Ja, aber Kindchen, der Walter kann doch nicht ganze drei Wochen alleine bleiben. Und man muss die Reise sofort antreten, weißt du, sonst verfällt sie.«

»Und was genau habe *ich* damit zu tun?«, fragte ich weiter und ahnte Böses.

»Ach, das ist wirklich ein Glück gewesen, du kannst dir gar nicht vorstellen, wie viele Jahre ich schon bei dem Gewinnspiel von *Radio Little Seichtingen* mitmache. Und jetzt habe ich endlich auch mal gewonnen!«

Radio Little Seichtingen war der lokale Radiosender, ähnlich wie die Polizeistation betrieben von nur einem Radiomoderator, der sich *Marky Sharky* nannte und ausschließlich Schlager spielte.

»Noch mal, Inge«, versuchte ich es erneut, »*warum* bin ich hier?«

In diesem Moment klingelte es an der Haustür, zu der Inge wie auf Kommando leichtfüßig in Zehentretern aus einem korbflechtartigen Material schwebte.

»Das wird das Taxi sein. Das wurde aber auch Zeit!«, flötete sie, während sie die Haustür öffnete.

Auf der Straße stand tatsächlich ein gelbes Taxi, der Kofferraum war bereits geöffnet.

»n' Abend«, grüßte der Taxifahrer in die Runde.

»Inge! Du erklärst mir jetzt bitte so-fort ... !«

Der Taxifahrer war augenscheinlich ein Mann der Tat, packte sich die drei Taschen meiner Mutter, trug sie zum Auto und hievte sie in den Kofferraum.

»Kindchen, der Walter kann nun mal nicht drei Wochen alleine bleiben, das siehst du doch auch ein, nicht wahr?«

Ich kniff die Augen zusammen.

Sie wird doch jetzt nicht allen Ernstes ... ?

»Und da haben wir uns gedacht, ich meine, da du ja sowieso mal ganz dringend Urlaub brauchst, und hier auf dem Land ist die Luft doch so gut, und der Walter freut sich auch schon so auf eure gemeinsame Zeit ...«

»Nein!« Ich hatte das Gefühl, gleich platzen zu müssen.

Meine Mutter will mich ernsthaft als Babysitter meines ver-

rückten Stiefvaters engagieren? Dass ich nicht lache! Das kann ja wohl nur ein Scherz sein ...

»Tönchen, vergiss bitte nicht, dass Walter seine Herztabletten regelmäßig nimmt, ja? Ich habe dir eine Liste auf den Küchentisch gelegt. Und zum Abendbrot habe ich euch sogar deine Lieblingsleberwurst besorgt, eingekauft und vorgekocht ist auch schon alles im Kühlschrank.«

Bitte was? Und überhaupt! Und außerdem habe ich seit zwanzig Jahren keine Leberwurst mehr gegessen ...

Inge drückte Walter zwischen zwei Rauchschwaden einen Kuss auf den Mund und wollte nun auch mich umarmen. Ich war allerdings wie zu einer Salzsäule erstarrt.

»Leider ist jeglicher Telefonkontakt im Ashram verboten«, gestand Inge und schien dabei kein bisschen schuldbewusst, »ihr müsst also komplett ohne mich auskommen.«

Klar, kein Thema! Darauf habe ich gewartet, seit ich vor sechzehn Jahren abgehauen bin: einmal als Babysitter in dem Kaff hier zu fungieren.

»Ich glaube, der ganze Rauch hier hat euer Hirn vernebelt. Ich habe keine Zeit für Urlaub, Mutter, und selbst wenn, würde ich den ganz bestimmt nicht in einem Kaff am Ende der Welt verbringen!«

Weiter kam ich allerdings nicht, denn Inge war bereits ins Taxi gestiegen.

»Inge!«, brüllte ich meine Mutter an. »Du kommst sofort wieder zurück! Ich kann nicht auf Walter aufpassen!«

Doch da fiel auch schon die Wagentür zu, und das Taxi fuhr los. Einfach so! Ein schneller Sprint von mir, ein Griff Richtung Wagentür. Doch ich fasste nur noch ins Leere. Fassungslos stand ich auf der Straße. Inge winkte mir durch das Rückfenster fröhlich zu.

Dann kurbelte sie das Fenster runter und rief mir noch etwas von »Nur salzarmes Essen, Tönchen! Ach, und Schlafwandler ist er auch ...« zu, den Rest verstand ich nicht mehr.

»Na, was machen wir zwei Schönen denn jetzt mit dem angebrochenen Abend, hm?«, fragte Walter mich und hakte sich andeutungsweise schunkelnd bei mir ein.

Ich stand noch immer völlig fassungslos vor dem Haus.

Kann es sein, dass mich meine alte Mutter und Onkel Raupe hier gerade schwer ausgebufft haben?

»Jetzt schau doch nicht so entsetzt«, sagte Walter und schob mich zurück in den Flur. »Das wird sicher richtig lustig mit uns beiden hier. Komm, wir machen's uns kommod. Hier, nimm erst mal was davon, auf den Schock.«

Er hielt mir ein volles Wasserglas hin, aus dem ich einen großen Schluck nahm. Es brannte so in der Kehle, dass ich es sofort reflexartig zurück in das Glas spuckte. »Was zum Teufel ist das?«

»Na ja, kleiner Schuss Wodka drin ...« Walter grinste mich an. »Man gönnt sich ja sonst nichts. Die Inge ist da immer ein bisschen streng.«

Ach, ein heimlicher Trinker ist er also auch noch?

Er schlurfte mit seinem eigenen Glas in der Hand in Richtung Wohnzimmer und schlug mir erneut vor: »Komm, mach es dir gemütlich!«

Resigniert ließ ich mich auf die alte Küchenbank fallen. Ich war viel zu fassungslos, um überhaupt etwas zu sagen.

Hier haben doch alle einen Knall, das kann ja wohl nicht wahr sein! Was glaubt Inge eigentlich, mich so zu überfallen und dann ohne ein Wort sitzen zu lassen? Ich glaube, es hackt! Auf gar keinen Fall und unter keinen Umständen werde ich drei Wochen in diesem Kaff verbringen!

Allerdings: Einen *so* hilflosen Eindruck machte Walter nun wirklich nicht auf mich. Es würde ganz sicher kein Problem sein, wieder nach Köln zurückzufahren und einfach ab und zu mal vorbeizuschauen, um nach dem Rechten zu sehen. Schließlich war er ein erwachsener Mann, und während meine Mutter ihre Tanga-oder-was-auch-immer-Yogakurse absolvierte, verbrachte er seine Zeit doch sicher auch gerne mal alleine.

Eigentlich könnte ich jetzt doch noch mal kurz zu Carl fahren ...

Ich bückte mich gerade über meine Handtasche, um meinen Autoschlüssel herauszukramen, als mir ein beißender Rauchgeruch in die Nase stieg.

Was um Himmels willen ...?

Als ich mich umdrehte, um den Geruch zu lokalisieren, sah ich Walter, gemütlich das *Klein-Seichtinger Lokalblatt* lesend, in seinem Fernsehsessel, während seine Pfeife neben ihm auf einem Beistelltischchen qualmte. Sie musste umgekippt sein, denn irgendwie hatte die kleine Ziertischdecke Feuer gefangen und verbreitete nun kleine bis mittelgroße Rauchwolken.

»Walter! Die Tischdecke brennt!«, rief ich ihm zu.

Walters Reaktionsschnelligkeit war irgendwo in der Mitte von Slow Motion und rückwärts, also versuchte ich panisch, etwas zum Löschen zu finden.

Zu allem Übel kam Walter auf die glorreiche Idee, das *Klein-Seichtinger Lokalblatt* als Löschmaterial zu nutzen, was die Flammen erst richtig auflodern ließ. Vor lauter Schreck plumpste Walter mit einem lauten *Rumps!* vom Stuhl.

Hektisch schnappte ich mir das Wasserglas. Doch beim Draufschütten gab es eine richtige Stichflamme.

Mist! Der Wodka! Da ist wahrscheinlich überhaupt kein einziger Milliliter Wasser drin!

Schnell rannte ich in die Küche und holte den großen Suppentopf vom – immerhin ausgeschalteten – Herd. Was auch immer drin war, es war flüssig.

Und tatsächlich: Es funktionierte. Mit einem lauten Zischen erloschen die Flammen, nur ein wenig Dampf stieg noch vom Beistelltischchen zur Decke hoch.

Das Bild, das sich mir nun bot, war zugegebenermaßen auch nicht weniger besorgniserregend als die Flammenhölle, die sich schon vor meinem geistigen Auge ausgebreitet hatte: Walter, leicht derangiert mit dem halb abgebrannten *Klein-Seichtinger Lokalblatt* neben seinem Sessel auf dem Boden sitzend, das dampfende Tischchen und ein zähflüssiger grüner Brei überall verteilt um, neben und auf ihm. Dem Geruch nach zu urteilen war es Erbsensuppe mit Würstchen, sicher um die zwanzig Liter – so sah es zumindest aus.

Und meine Jacke! Oh nein! Die brandneue – nun wortwörtlich! Wer hat die denn überhaupt neben den Sessel gelegt?!

Der Stoff hatte die Erbsensuppe regelrecht aufgesogen wie trockene Winterhaut fettige Hautcreme.

»Meine Jacke ...«, brachte ich noch hervor und seufzte aus tiefstem Herzen.

»Wer loslässt, hat zwei Hände frei«, kommentierte Walter das traurige Bild. »Hat schon Meister Hatschi gesagt.«

»Master Han Shan«, korrigierte ich ihn und wunderte mich, warum ich so was wusste.

»Immerhin brennt es jetzt nicht mehr«, fügte er noch hinzu.

Es fehlte nur noch, dass er mir lobend auf die Schulter klopfte.

»Und nun machen wir beide es uns so richtig nett, gell?«, fragte Walter, während er sich die Erbsensuppe vom Finger schleckte. »Hm! Gar nicht mal so schlecht, fehlt nur ein bisschen Salz!«

Ich fürchte, mein Plan mit dem ab und zu nach dem Rechten sehen geht nicht ganz auf, dachte ich und ließ mich schlapp und nassgeschwitzt auf den Zweisitzer gegenüber von Walter fallen. *Ich muss vielleicht doch eine Nacht bleiben. Und morgen sollte ich schnellstens nach jemandem suchen, der auf Walter aufpassen kann.*

»Ich bleib dann mal über Nacht«, sagte ich resigniert und machte es mir erst mal auf dem Sofa bequem. Die Sauerei würde ich gleich nach einer kleinen Atempause beseitigen.

»Das ist doch aber sehr schön«, antwortete Walter, und ich sah, dass er sich wirklich freute. »Nach ein paar Tagen hier bist du sicher so gut erholt wie nach einer Kur!«

Walter befreite seine angebrannte Pfeife von Asche und Erbsensuppe, im Pfeifenkopf steckte noch ein Stück Wiener Würstchen, das er herauspulte.

»Das glaube ich allerdings nicht«, sagte ich mehr zu mir selbst als zu Walter.

Ich war eher vom Gegenteil überzeugt: Ein paar Tage hier, und ich würde den Verstand verlieren.

Ganz sicher bleibe ich keinen Tag länger als unbedingt nötig, das ist so klar wie Kloßbrühe!

Dass es allerdings eher in Richtung Klarheit wie Erbsensuppe mit Würstchen ging, sollte ich erst am nächsten Morgen feststellen.

3. Kapitel

Ein motorsägenähnliches Geräusch und grelle Sonnenstrahlen weckten mich.

Autsch! Mein Nacken ist total verspannt! Und mein Kopf, mein Kopf … Was mache ich auf dieser Couch hier … Wo bin ich überhaupt?

Ich musste mich erst mal sammeln. Mein Blick fiel auf eine leere Flasche Wodka vor mir auf dem Boden, und als ich meinen Blick langsam, wirklich sehr langsam nach oben gleiten ließ, sah ich Walter vor mir im Fernsehsessel liegen. Er schnarchte, was das Zeug hielt. Um ihn herum war überall eine braun-grüne Masse verteilt, die bestialisch stank.

Ach du Scheiße! Die Erbensuppen-Löschaktion!

Langsam kam die Erinnerung zurück. Wir hatten gestern auf den Schock noch den ein oder anderen Schluck »Wasser« zu uns genommen, und da ich die Befürchtung hatte, dass Walters Herztabletten sich nicht allzu gut mit dem hochprozentigen Gemisch vertrugen, trank ich immer mehr als er. Ich musste irgendwann einfach dabei eingeschlafen sein.

Wie viel Uhr ist es überhaupt?

Ich drehte meinen Kopf langsam Richtung Unterarm, meine Armbanduhr zeigte 8:32 Uhr an.

Oh mein Gott! Ich habe verschlafen! Aber so was von! Gerade heute, da dieses Meeting mit Hans Ehrnst ansteht. Und zwar um Punkt neun Uhr! Scheiße!!!

Hektisch raffte ich meine Sachen zusammen. Ich trug immer

noch das kleine Schwarze von gestern Abend, allerdings sah es etwas zerknittert aus. Meine Jacke stopfte ich in eine Plastiktüte, sie stank bis zum Himmel. Meine Stammreinigung würde das Desaster schon wieder hinkriegen. Um das Erbsensuppenmassaker würde ich mich später kümmern müssen.

Jetzt zählte jede Minute, obwohl ich wusste, dass es im Grunde unmöglich war, pünktlich zu dem Termin zu kommen. Und Hans Ehrnst hasste Unpünktlichkeit.

Ich war noch nie unpünktlich gewesen, zumindest nicht, solange ich denken konnte. Vielleicht das letzte Mal im Kindergarten (und das nur, weil ich von Inge dorthin gebracht wurde), aber ganz sicher nicht zu einem geschäftlichen Termin!

Walter ließ ich weiterschlafen. Das war immerhin sicherer, als wenn er hier herumlief und weitere Dinge in Brand steckte. Direkt nach dem Meeting würde ich mich um eine Pflegerin für ihn kümmern.

Aber jetzt musste ich so schnell wie möglich ins Büro – ich hatte keine Zeit zu verlieren.

*

»Guten Morgen, Frau Nachtigall! Äh ... oh!« Frau Wieser begrüßte mich dermaßen irritiert, dass ich mich fragte, ob ich die versiffte Jacke nicht doch aus Versehen angelassen hatte.

Ich hatte sie aus dem Auto angerufen und sie gebeten, die anderen über meine kleine Verspätung zu informieren. Die Aufgabe, mir auf die Schnelle einen passenden Rock zu meinem Blazer, den ich immer im Büro hängen hatte, zu besorgen, schien sie überfordert zu haben.

»Auf die Schnelle kam ich leider an keinen passenden Rock«, sagte sie zerknirscht und reichte mir meinen allmorgendlichen Kaffee. Schwarz, ohne Zucker – so wie Carl ihn auch am liebsten trank.

»Sie haben da ...«

»Was ist denn daran bitte so schwer?«, giftete ich sie an.

Jetzt soll ich allen Ernstes nicht nur zu spät, sondern auch noch im Cocktailkleid in die Besprechung gehen?

»Das Beige des Blazers ist wirklich besonders ausgefallen, fast champagnerfarben, das gibt es nicht überall und ...« Ihre kleinen grauen Mäuseaugen zuckten beim Sprechen wild in alle Richtungen.

Ich konnte nichts weniger leiden als lahme Ausreden, und schon gar nicht an Tagen, die mit dem Aufwachen in einem kotzeähnlichen Brei begannen.

»Also, Sie haben da ...«

»Schon gut«, sagte ich gereizt und winkte ab.

Es brachte ja doch nichts, dann müsste es eben auch so gehen. Also warf ich mir auf die Schnelle meinen Blazer, der auf der Lehne meines Bürostuhles hing, um. Haare, Lippen und Augen hatte ich notdürftig während der Fahrt versorgt, aber insgesamt konnte man sicherlich durchaus den Eindruck gewinnen, dass ich gerade etwas anderes vorhatte, als in eine wichtige Besprechung in einer der renommiertesten Unternehmensberatungen Deutschlands zu gehen.

Mein Bürotelefon klingelte, und ich erkannte die interne Nummer des Besprechungsraumes. Es war ganz sicher Carl.

»Antonia, wo steckst du?« Volltreffer. Er klang erwartungsgemäß gereizt. »Wir warten hier alle auf dich. Also wärst du bitte so freundlich und kommst auf direktem Weg in den Besprechungsraum.«

Das war keine Frage. Mein Magen zog sich augenblicklich schmerzhaft zusammen.

»Ich komme«, sagte ich schnell und legte auf.

»Was war das bitte für eine Aktion vorhin?« Carl und ich hatten uns nach der Besprechung in sein Büro zurückgezogen, und er hatte soeben vorsorglich die Tür geschlossen. »Und was soll dieser desaströse Aufzug, bitteschön? Ich dachte, du wolltest gestern zu deiner Mutter und nicht auf eine Punkrock-Party!«

»Danke der Nachfrage, meiner Mutter geht es gut«, antwortete ich gereizt.

Ein wenig mehr Empathie hatte ich schon erwartet, trotz meines Zuspätkommens.

»So kenne ich dich nicht, meine Liebe. Ich hoffe, es ist alles in Ordnung bei dir.«

Ich nickte seufzend. »Ach Carl ... Meine Mutter hat mich mit meinem durchgeknallten Stiefvater sitzen lassen, und jetzt muss ich dafür sorgen, dass er nichts anstellt. Darauf war ich gestern einfach nicht vorbereitet.«

Carl sah mich mit hochgezogenen Augenbrauen an. »Ich war gestern wirklich enttäuscht von dir. Du hast dich überhaupt nicht mehr gemeldet, nachdem du mich versetzt hast. Ein kurzer Anruf hätte genügt.«

Ich wollte gerade zur Verteidigung ansetzen, da hielt mir Carl seine Hand entgegen.

»Lass mich ausreden, bitte. Und dass du dann in dem Aufzug ...« Er musterte mich abschätzig von oben bis unten.

Ich folgte seinem Blick.

Oh Mann! Ich habe eine riesige Laufmasche quer über das ganze linke Bein – wieso habe ich das nicht gesehen?

»Und dass du dann auch noch über dreißig Minuten zu spät zum Termin kommst ... Das wird dir nicht gerecht, Antonia. Das ist mehr als unprofessionell, und das weißt du. Und in erster Linie mir unangenehm, da ich dich heute offiziell als Partnerin vorschlagen wollte und bereits einige Andeutungen gemacht hatte.«

Aha, daher weht der eiskalte Wind hier!

»Und überhaupt: Ist das da Erbrochenes in deinen Haaren?« Carl kam näher, verzog augenblicklich seine Nase und ging direkt wieder zwei Schritte zurück. »Riecht jedenfalls so.«

Schockiert sah ich in die Spiegelung des Fensters. Es sah aus, als hätte ich einen riesigen Fleck Vogelkacke über dem rechten Ohr.

Mist! Wie habe ich das übersehen können! Und wieso hat Frau Wieser keinen Ton gesagt? Verdammt noch mal, ist das peinlich!

»Das ist Erbsensuppe!«

»Aha.« Carl legte sich seinen Mantel über den Arm.

Es war Mittagszeit.

Gleich beim Essen würde ich ihm alles erklären. Irgendwie wäre die Geschichte ja sogar vielleicht ganz lustig, wäre sie nicht gerade mir passiert.

Als ich Anstalten machte, ihn zu begleiten, schüttelte er den Kopf. »Ich denke, es ist besser, wenn du jetzt nach Hause fährst und dich etwas ... ich sag mal ... frisch machst.«

Das sah ich ein. »Okay. Wir sehen uns nach dem Essen.« Ich legte ihm den Schlüssel seines BMW auf den Schreibtisch. »Danke dafür.«

Ohne ein weiteres Wort verließ Carl sein Büro.

Was für ein Tag!, dachte ich und tippte Frau Wiesers Kurzwahlnummer in Carls Telefon.

»Ja bitte?«, erklang ihre fiepsige Stimme.

»Bitte suchen Sie mir Nummern von Altenpflegern im Raum Klein-Seichtingen und Umgebung heraus, die Hauspflege anbieten. Ich brauche da was für drei, vier Stunden am Tag. Vielleicht auch länger, das weiß ich noch nicht so genau.«

»Oh, ich hoffe doch, bei Ihnen ist nichts passiert ...«, fiepte Frau Wieser weiter.

»Sofortbittedanke«, unterbrach ich sie.

»Natürlich.«

»Wunderbar.«

»Das sind die Nummern, die Sie haben wollten«, sagte Frau Wieser und legte mir einen kleinen Zettel, auf dem nur zwei Nummern standen, auf den Schreibtisch.

»Das ist alles?«, hakte ich nach. »Zwei Nummern?«

»Der Raum Klein-Seichtingen liegt wirklich weitab vom Schuss.«

Wer weiß das besser als ich?!

»Kann ich sonst noch was für Sie tun?«, fragte sie leise.

»Nein.«

Frau Wieser huschte wie immer geräuschlos aus dem Raum.

Das wäre doch gelacht, wenn ich nicht jemanden finden würde, der ab und zu bei Walter nach dem Rechten sehen könnte!

Zehn Minuten später musste ich meine Ansichten allerdings revidieren.

»Vollkommen ausgebucht und überlastet« und »fehlende Urlaubsvertretungen und mehrere Krankheitsfälle beim Personal« waren die Gründe, die man mir und meiner Anfrage entgegenbrachte.

Na ganz toll! Das hat mir noch gefehlt!

Irgendwie wurde ich den Eindruck nicht los, dass ich hier in eine Sache reingeraten war, die mir noch ganz schön viel Ärger einbringen würde.

Der restliche Tag im Büro verlief ohne weitere Komplikationen und Totalausfälle meinerseits. Im Gegenteil, ein Beratungsgespräch bei einem westfälischen Kunden, der als besonders stur und schwierig galt, verlief sogar ausgesprochen gut.

Carl lobte am Abend, als die meisten schon das Büro verlassen hatten, meine gewiefte Strategie. »So kenne ich dich. Sauber.«

Wir saßen in meinem Büro, Carl hatte eine Flasche Champagner in der Hand. »Was auch immer das heute Morgen war – vergessen wir es. Wir haben noch gar nicht auf gestern angestoßen.« Er füllte die beiden mitgebrachten Gläser und reichte mir eines.

»Danke. Das kann ich gebrauchen. Ich bin fix und alle.«

Die kurze Nacht und das gestrige Trinkgelage in Verbindung mit dem anstrengenden Bürotag hatten mich geschafft.

Apropos – ich musste unbedingt noch mal bei Walter anrufen. Obwohl ... Am besten war ohnehin, dass ich gleich direkt hinfuhr. Ich ging nicht davon aus, dass er das Erbsenmassaker beseitigt hatte, und ich wusste nicht, ob alles in Ordnung war.

»Auf unsere gemeinsame Zukunft. Beruflich wie privat!« Carl prostete mir zu.

»Ja«, sagte ich. »Prost!«

»Kommst du gleich mit zu mir?«, fragt er und zog meinen Drehstuhl zu sich rüber.

Ich schüttelte den Kopf. »Ich kann nicht, Carl. Ich muss unbedingt nach Walter sehen. Wer weiß, was er heute alles veranstaltet hat.«

Ich hoffte wirklich, dass alles in Ordnung war. Ich hatte tagsüber mehrfach bei ihm angerufen, aber er war nicht ans Telefon gegangen.

Carl machte mir die Sache nicht leichter. Ich konnte die Enttäuschung in seinen Augen erkennen.

»Wie du meinst«, sagte er trocken. »Aber ich würde es begrüßen, wenn du dieses familiäre Problem schnellstmöglich löst.«

»Ich bin dabei«, antwortete ich und stellte das Glas zurück auf den Schreibtisch. »Ab morgen ist alles wieder so, als wäre nie was gewesen.«

»Das hoffe ich«, erwiderte Carl und gab mir einen Kuss auf die Wange.

»Das mit dem Feiern holen wir nach«, flüsterte ich in sein Ohr. »Versprochen!« Ich zwinkerte ihm zu.

*

Auf dem Weg nach Klein-Seichtingen überkam mich ein schlechtes Gefühl. Jetzt hatte ich Carl zum zweiten Mal in Folge versetzt. Gerade nach dem Antrag hätte ich vielleicht anders reagieren sollen. Aber gleichzeitig hatte ich ein schlechtes Gewissen Walter gegenüber: Wenn ihm in der Zwischenzeit irgendwas passiert war, würde Inge mir das nie verzeihen.

Als ich den Wagen vor dem alten Haus parkte, atmete ich erleichtert auf. Immerhin hatte Walter das Haus nicht abgefackelt. Alles sah ruhig und beschaulich aus, wie immer.

»Walter?«

Als ich die Tür öffnete, schlug mir der Gestank der Erbsensuppe entgegen. Walter lag doch tatsächlich so da, wie ich ihn heute Morgen verlassen hatte.

Er ist doch nicht etwa tot?

Panisch rannte ich zu ihm hin.

Gott sei Dank, er atmet!

»Walter! Wach auf!« Ich rüttelte sanft an seinem Arm.

»Ja, Kindchen, ist denn schon Morgen?«, fragte Walter mich verschlafen und rieb sich die Augen.

»Du hast doch tatsächlich den ganzen Tag verpennt!«, sagte ich erleichtert.

Das war sicherlich nicht das Schlechteste, immerhin lebte er noch. Und zu Bruch gegangen oder angebrannt war auch nichts.

Er sah mich mit großen Augen an.

»Ich mach jetzt erst mal die Sauerei hier weg. Du kannst dich ja so lange duschen gehen«, erklärte ich, schob Walter zur Tür hinaus und krempelte mir die Ärmel hoch.

Vorsorglich hatte ich mir bequeme Sachen angezogen,

denen auch etwas Dreck nichts anhaben konnte. Außerdem konnte ich nicht noch eine Nacht in *Dolce & Gabbana* gebrauchen, erst recht nicht mit nur drei Prozent Elastan.

Nachdem ich das Wohnzimmer wieder halbwegs auf Vordermann gebracht hatte, kam Walter zurück aus dem Bad.

»Und, was machen wir heute Schönes?«, fragte er unternehmungslustig.

Erledigt ließ ich mich auf die Küchenbank fallen. »Es ist fast zweiundzwanzig Uhr, Walter, keine Ahnung, wie du es angestellt hast, so lange zu schlafen. Ich für meinen Teil bin auf alle Fälle total geschafft und werde heute, außer was zu essen und ins Bett zu fallen, gar nichts mehr unternehmen.«

Ich hatte den Tisch mit allem, was ich im Kühlschrank finden konnte, gedeckt. Inge hatte tatsächlich meine Lieblingswurst aus Kindertagen eingekauft, sogar Bärchenwurst war dabei.

Wie lange habe ich so was nicht mehr gegessen? Das ist mindestens fünfundzwanzig Jahre her!

Bei dem Gedanken, wie heiß ich früher immer darauf aus war, an der Wursttheke eine Scheibe Bärchenwurst abzustauben, musste ich grinsen.

»Och, und das, wo ich heute so ausgesprochen fit bin!«, bedauerte Walter meine Müdigkeit, die sich jetzt auch offensichtlich durch ein lautes Gähnen deutlich zeigte.

»Heute werde ich ganz sicher nicht alt«, erklärte ich und biss in eine Scheibe Landbrot mit Bärchenwurst.

Ein vertrauter Geschmack war das, ich erkannte ihn sofort wieder: Es schmeckte nach Kindheit.

»Ach, alt, alt!«, bemerkte Walter schmatzend, und ich sah, dass er wieder einen seiner schlauen Sprüche auf den Lippen hatte. »Wirklich alt bist du erst, wenn dir nichts mehr schmeckt!«

»Hm, klingt logisch«, pflichtete ich ihm kauend bei.

Walters Pfeife puffte zu meinem Entsetzen sogar während des Essens neben seinem Teller vor sich hin.

»Kannst du die ausmachen?«, fragte ich.

»Ich habe keine Zeit zu verlieren, Kindchen, so sieht's nämlich aus«, antwortete Walter und schüttelte den Kopf.

»Na, das ständige Rauchen beschleunigt deinen Alterungsprozess wohl ganz sicher enorm.«

»Alt wird man von ganz alleine, aber klug nicht automatisch.«

Dem hatte ich nichts mehr entgegenzusetzen. Der Dickschädel musste wohl immer das letzte Wort haben.

Den Abwasch erledigte Walter für mein Befinden extrem fachmännisch, und ich trocknete ab.

Dass Inge immer noch keinen Geschirrspüler hatte, hielt ich dennoch für übertrieben, Naturverbundenheit hin oder her.

Wohl oder übel schlug ich erschöpft vom Tag mein Lager in meinem alten Kinderzimmer auf.

Alles war noch immer so, wie ich es damals verlassen hatte. Die uralten Pferdeposter waren zwar angegilbt, aber noch nicht von der Wand gefallen. Als Kind war ich immer ein großer Pferdefan gewesen.

Was ich mit neunzehn noch für kindische Träume hatte – unglaublich!

Selbst meine alten Reitpokale, die ich auf Pumuckl, dem ältesten Pony des Dorfes, wenn nicht der ganzen Welt, errungen hatte, standen noch fein säuberlich aufgereiht auf dem Regal. Inge musste eine Heidenarbeit mit der Staubwischerei haben. Ich fragte mich, warum sie das ganze Zeug nicht längst weggeschmissen hatte, es sah wirklich unterirdisch aus.

Als ich todmüde in mein altes Kinderbett fiel (*Hoch lebe die*

Erfindung des Kingsize-Bettes!), wusste ich nur eines: Heute Nacht würde ich schlafen wie ein Stein.

Ein lauter Knall ließ mich abrupt aufschrecken.

Was war das?

»Walter?«

Hektisch tastete ich mich zur Nachttischlampe, einem beleuchteten Plastikpferdekopf, und knipste das Licht an. Es war nach ein Uhr – was konnte das gewesen sein?

Ich schnappte mir meinen alten Bademantel, den Inge vorsorglich auf dem Stuhl neben dem Bett positioniert hatte, und ging müde nach nebenan, in Inges und Walters Schlafzimmer.

»Walter?«

Licht an – kein Walter in Sicht.

Es knallte wieder, diesmal viel lauter, ich schreckte regelrecht zusammen.

Vorsichtig stieg ich die Stufen der knarrenden Holztreppe hinab und machte mich auf alles Mögliche gefasst. Walter konnte vorm Fernseher eingeschlafen sein, aber genauso gut war es möglich, dass er irgendwas angestellt hatte. Oder waren etwa Einbrecher im Haus?

Vorsorglich hatte ich die Haustür abgeschlossen und den Schlüssel mit in mein Zimmer genommen. Inge hatte mich bei ihrer Abfahrt ja netterweise wissen lassen, dass Walter ein Schlafwandler war.

Wieder dieses Knallgeräusch – es kam aus der Küche!

Als ich die Küchentür öffnete, schlug mir kalter Nachtwind entgegen. Der Luftzug ließ das Fenster zuknallen und wehte es wieder auf.

Aber wieso …? *Oh nein! Bitte nicht das, was ich denke, bitte nicht!*

»Walter! Wo bist du? Antworte mir bitte!«, brüllte ich jetzt durchs ganze Haus.

Aber Walter, der sonst so gerne das letzte Wort hatte, blieb mir eine Antwort schuldig. Er war wirklich abgehauen. Und weil ich die Haustür zugeschlossen hatte, war er eben durchs Küchenfenster gestiegen.

Ob er das während des Schlafwandelns gemacht hat? Nicht auszudenken, was ihm da draußen passieren kann, wenn er völlig in Trance umherwandelt. Und besonders warm ist es jetzt auch nicht mehr, am Ende holt er sich noch eine Lungenentzündung, verdammt!

Panisch überlegte ich, was ich jetzt am besten zuerst machen sollte.

Nachbarn abtelefonieren? Ach, ich habe gar keine Nummern! Ihn suchen fahren? Gute Idee!

Ich entschied, dass ich keine Zeit zu verlieren hatte, und stieg so, wie ich war, und im Grunde völlig planlos ins Auto. Mein Herz raste vor Angst, dass Walter etwas passiert war, und mein Kopf war voll mit den verschiedensten Möglichkeiten, wo Walter sich wohl befinden könnte. Als ich die Autotür gerade schließen wollte, hörte ich das Telefon klingeln. Ich sprintete wieder rein.

Atemlos riss ich den Hörer von der Telefonstation. »Bei Springer?«

»Ja, hallo. Entschuldigen Sie die späte Störung. Sind Sie Antonia Nachtigall?«

Oh Gott – Walter ist etwas zugestoßen!

»Ja. Was ist passiert?«, fragte ich atemlos.

»Keine Sorge«, sagte die tiefe Männerstimme, »alles in Ordnung. Ich glaube, ich habe Ihren Vater hier aufgegabelt. Kann es sein, dass er schlafwandelt?«

Ich nickte in den Hörer.

»Hallo?«

»Ja, ja, Walter, er schlafwandelt. Das heißt, es geht ihm gut?«

»Ja, alles in Ordnung, er sitzt bei mir in der Küche. Leo Winter mein Name, ich denke, wir kennen uns nicht.«

Erleichtert atmete ich auf. »Danke. Ich komme sofort.«

»Gut«, sagte Leo Winter, und seine Stimme klang warm und weich. »Ich mach uns dann in der Zwischenzeit noch einen Tee.«

»Wo muss ich überhaupt ...?«

»Der alte Schweinehof am Ende des Dorfes, kennen Sie den?«

Natürlich kannte ich den. Wenn Leo der Sohn des garstigen alten Schweine-Peters war, na dann: Prost Mahlzeit!

Der alte Schweine-Peter war ein griesgrämiger, mürrischer Bauer gewesen, der alle Kinder im Dorf immer nur angeschrien und von seinen Feldern verscheucht hatte. Ich konnte mir kaum vorstellen, dass er je eine Frau gefunden und ein Kind gezeugt haben konnte.

»Ja, den kenne ich«, sagte ich. »Ich komme sofort.«

Als ich auf dem Hof ankam, bot sich mir ein völlig anderes Bild, als ich es in Erinnerung hatte. Der verkommene alte Hof musste vollständig saniert worden sein, denn alles sah modern und gepflegt aus. Der fiese Gestank nach Schweinefutter war auch vollkommen verschwunden. Der Geruch erinnerte mich viel eher an etwas anderes Bekanntes, etwas, das angenehm, sogar gut roch, aber ich kam einfach nicht darauf, was es war. Überall brannten schicke Lampen, der Boden vor dem Haus war frisch gepflastert. Und die Ställe sahen auch anders aus, wie ... Pferdeställe!

Klar, danach riecht es hier!

Noch bevor ich an der Tür klingeln konnte, öffnete sie sich.

Ach du liebe Güte!

»Hallo, ich bin Leo Winter.«

Der Pseudoaussteiger mit Dreitagebart. Und ich stehe hier im Bademantel. Ganz toll.

»Sie sind Antonia Nachtigall, nehme ich an?«

Ich nickte.

»Ein Pferdefan, also?«, sagte er und sah amüsiert auf meine Bademantelbrusttasche.

Was? Oh Mann! Inge hatte den uralten Bademantel mit dem Pferdekopfaufnäher rausgelegt?!

Ich sah an mir herunter.

Tatsächlich.

Ich wollte im Boden versinken.

»Irgendwie kommen Sie mir bekannt vor!« Leo Winter deutete mir an hereinzukommen, was ich dann auch tat.

Ich traute mich allerdings nicht, etwas zu unserer *Bekanntschaft* zu sagen. Nachdem er Walter vor was-weiß-ich bewahrt hatte, wäre es sicher besser, ihn nicht an die gestrige Szene auf der Straße zu erinnern.

»Ach, jetzt weiß ich's wieder!«, sagte Leo Winter und schnippte mit den Fingern. »Sie sind die Verkehrssünderin und Weltretterin von gestern Abend, nicht?«

Ich hielt Ignorieren für eine gute Strategie, das machte ich in der Firma auch immer so: Negatives ignorieren oder abschwächen, Positives hervorheben.

Also: »Ich bin Ihnen so dankbar, dass Sie Walter aufgenommen haben, nicht auszudenken, was passiert wäre ...«

Leo öffnete die Flurtür, und ich konnte in die geräumige, offene Küche sehen, in deren Mitte ein riesiger Küchenblock stand, an dem Walter seelenruhig und Tee trinkend saß, als sei nichts gewesen.

»Walter!«

»Tönchen! Wo kommst du denn her?«

Angesichts der Situation – Walter im Schlafanzug und ich in meinem Bademantel-Aufzug – und angesichts der Tatsache, dass wir hier nachts um halb zwei in der Küche eines wildfremden Mannes standen, fand ich Walters Frage doch recht irritierend. Auch hier war Ignorieren wohl die beste Strategie.

»Du hast mir echt einen Schrecken eingejagt, Walter«, gestand ich mehr erleichtert als sauer und drückte ihn kurz an mich. »Mitten in der Nacht aus dem Fenster zu steigen!«

»Wieso? War doch nur 'ne Runde spazieren«, erklärte Walter und nahm einen Schluck Tee.

»Kleiner Schuss drin, zum Aufwärmen.« Leo Winter zwinkerte mir zu.

Kann es sein, dass Walter sich nicht daran erinnert, wie er nach draußen gekommen ist? Und dann schlafwandelt er auch noch genau dem Typen in die Arme, den ich gestern mehr als unfreundlich angepampt habe. Mann!

»Ich hab ihn auf der Wiese vor meinem Schlafzimmerfenster herumlaufen sehen«, klärte Leo Winter mich jetzt auf. »Im ersten Moment sah er aus wie Hui Buh, das Schlossgespenst.« Er lachte. »Seit ich den Hof von meinem Onkel geerbt habe, ist mir so was Außergewöhnliches mitten in der Nacht noch nicht passiert.«

Aha, Schweine-Peter ist also nur sein Onkel.

»Ja, auf jeden Fall vielen Dank für Ihre Hilfe«, sagte ich. »Walter, komm, lass uns gehen. Es ist mitten in der Nacht, und ich muss morgen früh raus.«

Walter und Leo sahen mich an, als ob ich die böse Mutter sei, die sie soeben aus dem Spieleparadies vertreiben wollte.

»Bleiben Sie doch noch auf einen Schluck Tee. Für Sie als Fahrerin auch ohne Alkohol!« Leo Winter hielt mir eine frische Tasse hin. »Sie müssen ja auch total durchgefroren sein in ihrem ... äh ... sommerlichen Look.«

Ich sah an mir herunter. Der Bademantelgürtel hatte sich gelöst, und der offene Mantel gab nun den Blick auf mein mehr als nur durchsichtiges Spitzennachthemd frei. Carl hatte mir das sündhaft teure Teil letztes Jahr zu Weihnachten geschenkt.

Ganz super!

Hektisch knotete ich den Bademantel wieder zu.

Verdammt!

Was war nun peinlicher – mitten in der Nacht hier in einem Spitzennachthemd zu stehen oder einen Pferdekopfbademantel zu tragen? Ich wusste es nicht.

»Ich bin gegen optische Zurückhaltung und für weibliche Opulenz!«, warf Walter trocken ein.

»Nein danke«, lehnte ich, ohne Walters Kommentar zu beachten, ab. »Das ist wirklich nett, aber ich muss morgen früh raus.« Und mit einem eindringlichen Blick Richtung Walter fügte ich noch hinzu: »Und Walter auch.«

Walter sah mich neugierig an. »Ja? Was unternehmen wir denn Schönes?«

»Schade«, sagte Leo Winter. »Aber vielleicht kann ich Sie morgen auf einen Kaffee einladen?«

Ach, einmal Spitzenneglige gesehen, und schon gibt's eine Einladung zum Kaffee?

»Nein«, insistierte ich, »danke. Ich habe morgen einen langen Tag. Wir müssen jetzt wirklich gehen. Kommst du, Walter?«

Schnell stürzte Walter den letzten Schluck Tee – ich befürchtete, dass es mehr Alkohol als Tee war – hinunter.

»Fertig zur Abfahrt!«

»Wirklich sehr schade«, wiederholte Leo Winter sein Bedauern über unseren Aufbruch und sah mir ein bisschen zu lang in meine Augen. »Aber wir sehen uns jetzt hier doch sicher öfter, oder?«

Ich schüttelte den Kopf. »Ich glaube nicht. Ich bin normalerweise nicht oft hier.«

Walter stieg winkend ins Auto, und es schien, als sei er wieder ganz auf der Höhe.

»Danke noch mal fürs Aufsammeln!« Ich hielt Leo Winter meine Hand entgegen.

»Leo«, sagte er.

Eigentlich war ich ein großer Gegner des vorschnellen

Duzens. Aber Leo Winter würde ich wahrscheinlich sowieso nie wiedersehen. Außerdem hatte er mir soeben Hunderte Vorwürfe von Inge erspart. Also was sollte es ...

»Antonia.«

»Vielleicht überlegst du es dir noch mal, das mit dem Kaffee?«, sagte Leo und sah mich fragend an.

Ich schüttelte den Kopf. »Nein. Ich bin spätestens morgen nicht mehr hier in dem Ka... äh ... in dem Dorf hier.«

»Hm.« Leo wirkte fast enttäuscht.

»Also, danke noch mal und gute Nacht!« Mit den Worten stieg ich zu Walter ins Auto und ließ den Wagen an.

Im Rückspiegel konnte ich sehen, wie Leo uns noch zuwinkte, bevor er seine Hände in die Hosentaschen seiner Jeans steckte und vor der Tür stand, bis er in der Dunkelheit verschwand.

4. Kapitel

»Zwei Vollkornbrötchen, bitte«, bestellte ich beim Dorfbäcker das Frühstück für Walter und mich.

Die letzten Tage hatten Walter und ich nahezu ohne Katastrophen überstanden, und daher hatten wir uns ein extragroßes Frühstück mit ein paar leckeren Brötchen verdient.

Die Verkäuferin reichte mir die Brötchentüte, und ich kramte in meiner Handtasche nach meinem Portemonnaie.

Mist! Ich habe überhaupt kein Bargeld mehr dabei. Keinen müden Cent!

»Kann man hier auch mit Karte ...?«

»Ich mach das schon«, sagte eine zarte Stimme neben mir, und eine feingliedrige Hand legte das Kleingeld passend auf den Tresen.

Ist das nicht ...?

»Netty ... Schmitz?«

Die zierliche blonde Frau nickte. »Hübner, jetzt«, fügte sie leise hinzu.

Netty und Toni – wir waren damals unzertrennlich gewesen. *Das doppelte Lottchen* hatten sie uns genannt, und wir waren wirklich wie Schwestern gewesen. Alles hatten wir gemeinsam gemacht, und wir hatten nie Geheimnisse voreinander gehabt. Meine Güte – es kann mir vor, als sei es in einem anderen Leben gewesen.

Wie lange ist das her, dass ich Netty gesehen habe?

Das letzte Mal musste es auf der Abifeier gewesen sein, bei

der ich ihr ihre Haare auf dem Klo nach hinten gehalten und mich einen Tag später für immer nach Köln verabschiedet hatte.

»Netty! Das ist ja ewig her! Hübner? Das heißt, du hast *Johannes* geheiratet?«

Netty nickte, und ihre blassen Wangen erröteten augenblicklich.

Da hatte sie sich den beliebtesten Jungen unserer Schulzeit geangelt. Alle Mädchen waren in Johannes verliebt gewesen, ich eingeschlossen.

Und der liebe Johannes hatte sich das hübscheste Mädchen geschnappt. Netty war schon immer sehr zierlich gewesen, sie wirkte fast zerbrechlich. Ihr Gesicht hatte stets diese vornehme Blässe gehabt, auch jetzt noch, ein Teint, den ich weder mit Hilfe von Promistylisten noch mit endlosen Puderschichten erreichen könnte. Netty sah tatsächlich noch genauso aus wie vor sechzehn Jahren, nur waren ihre Accessoires heute andere. Anstatt Mofa und Kippe hatte sie nun rechts und links ein Kleinkind an der Hand.

»Das sind Justus und Leander«, erklärte sie stolz und wuschelte den beiden durch ihre Haare.

»Mama!«, maulte der Ältere und verdrehte die Augen.

Der Kleinere schlang seine Arme um Nettys rechtes Bein und versteckte sein Gesicht vor mir.

»Hallo ... äh ... Kinder«, begrüßte ich die beiden, die aussahen wie die blonden Mini-Mes von Johannes.

»Wie kommt es, dass du hier bist?«, fragte Netty nun. »Du warst doch sicher seit zehn Jahren nicht mehr hier!«

»Sechzehn«, korrigierte ich sie.

Außer ein- oder zweimal zu den runden Geburtstagen von Inge, bei denen ich mich nicht herausreden konnte, fügte ich noch in Gedanken hinzu.

»Mann, du siehst ja aus wie eine richtige Business-Lady! Genau wie diese Frau aus der Kirschlikörpralinenwerbung!

Die sogar mit Pumps durch die Kirschbaumwiesen läuft!«, sagte Netty und musterte mich staunend. Sie deutete auf meine neuen *Louboutins*. »Oh mein Gott! Sind das echte? Die mit der roten Sohle! Die kenn ich aus *Sex and the City!*«

Hier schien die Zeit wirklich stehen geblieben zu sein. Netty selbst trug eine Art Wanderschuhe, ich konnte es nicht genau definieren, da sie bis oben verschlammt waren. Dazu hatte sie weite Jeans und einen Parka an. Ihren Stil konnte man am treffendsten mit dem Wort »praktisch« beschreiben. Ihr Outfit stand im krassen Gegensatz zu ihrer zierlichen Erscheinung.

Anscheinend starrte ich sie etwas zu auffällig an.

»Hier gibt's wenig Glamour«, erklärte sie und hob entschuldigend die Schultern. »Weißte doch.«

»Das ist echt unglaublich, dich nach so vielen Jahren wiederzusehen!«, wechselte ich schnell das Thema. »Und du siehst noch genauso toll aus wie damals!«

Bis auf die dunklen Augenringe. Aber mit zwei kleinen Kindern bekommt man wohl wenig Schlaf.

Mir schoss ein Gedanke durch den Kopf: *Wieso haben Netty und ich unsere Freundschaft damals eigentlich nicht aufrechterhalten, nachdem ich nach Köln gegangen bin?* An einen Streit konnte ich mich nicht erinnern. *Oder hatte es sich einfach verlaufen?* Ich glaubte zu wissen, dass wir uns damals versprochen hatten, regelmäßig zu telefonieren. Aber auch das hatten wir dann wohl vergessen. Hier vor ihr zu stehen war irgendwie seltsam. Unsere verschiedenen Welten standen wie eine unsichtbare Mauer zwischen uns, ich konnte es förmlich fühlen. Aber Nettys herzliche Art würde selbst Polkappen zum Schmelzen bringen – *ach Netty!*

»Was machst du in Köln denn jetzt?«, griff Netty das Gespräch wieder auf und bugsierte die beiden Kinder, die sich schüchtern hinter ihren Beinen versteckten, zur Seite, damit die anderen Kunden die Auslage mit Backwaren in Augenschein nehmen konnten. »Inge hat erzählt, dass du mächtig Karriere gemacht hast?«

Ich nickte. »Ja, es läuft ganz gut im Moment.«

»Das freut mich! Weißt du, ich hatte nach dem Abi einfach keine Lust mehr aufs Lernen. Die Ausbildung in der Gärtnerei damals war genau das Richtige für mich!« Und mit einem Blick auf die Kinder ergänzte sie noch: »Im Moment geht auch nur noch halbtags. Obwohl Johannes gerne hätte, dass ich ganz zu Hause bleibe. Finanziell ginge das sogar, er verdient ganz gut in seiner Steuerkanzlei und ist inzwischen sogar Bürgermeister. Aber nur zu Hause zu sein«, sie schüttelte den Kopf, »das ist mir dann doch zu wenig.«

»Wow! Johannes als Bürgermeister!«

Das konnte ich mir wirklich gut vorstellen. Zu Schulzeiten war er schon immer Klassensprecher gewesen, später dann Schulsprecher. Diese Tatsache hatte seine ohnehin große Beliebtheit bei den Mädchen quasi verdoppelt.

»Ja, das ist wirklich toll«, sagte Netty in einem auf einmal sehr kühlen Ton und wirkte gar nicht mehr so strahlend wie noch vor ein paar Sekunden, als sie von ihren Kindern gesprochen hatte. »Hast du Zeit für einen Kaffee? Dann können wir ganz in Ruhe quatschen!«

Ich schüttelte den Kopf. »Nein, ich muss leider los, ich bin sowieso schon viel zu spät dran.« Ein Blick auf meine Uhr bestätigte diese Behauptung. Ich musste los, aber so was von! »Inge hat mich dazu verdonnert, nach Walter zu sehen, während sie im Urlaub ist, und jetzt ...«, erklärte ich schnell, aber Netty unterbrach mich.

»Lass mich raten«, sagte sie und unterdrückte ein Grinsen, »du freust dich nicht gerade darüber, hier jetzt festzusitzen, richtig?«

»Richtig.«

»Wenn du magst, kann ich ihm die Brötchen vorbeibringen und mal nach ihm schauen, ich meine, wenn du losmusst. Ich muss sowieso an eurem ... äh ... ich meine natürlich an Inges Haus vorbei.«

»Das würdest du wirklich tun?« Mir fiel ein Stein vom Herzen. »Das wäre super!« Spontan nahm ich meine alte beste Freundin in den Arm. »Danke!«

»Hui, da ist aber eine erleichtert!«, sagte Netty lachend. »Kein Thema!«

»Und das mit dem Kaffee, das holen wir nach, ja?« Ich war mir im selben Moment, als die Worte meinen Mund verließen, nicht mehr sicher, ob ich es sagte, weil man so was eben so sagt, wenn man sich nach so vielen Jahren wiedersieht, oder ob ich es tatsächlich so meinte. Wie auch immer – Netty kam wie gerufen. Ich war einfach nur froh, sie getroffen zu haben.

*

»Vielen Dank, Frau Nachtigall, das war eine sehr aufschlussreiche Präsentation«, resümierte Herr Ehrnst.

Augenblicklich begannen alle Anwesenden im Meetingraum, zum Zeichen ihrer Anerkennung mit ihren Handknöcheln auf die Tischplatte zu klopfen.

»Gut gemacht!«, flüsterte Carl mir zu. »So kann es weitergehen.«

»Eine Frage hätte ich allerdings noch«, ergriff Ehrnst erneut das Wort.

In diesem Moment klingelte mein Handy.

Mist! Ich habe ganz vergessen, es lautlos zu schalten, das vergesse ich sonst doch nie!

Als ich auf das Display schielte, sah ich eine mir unbekannte Nummer, allerdings mit einer Klein-Seichtinger Vorwahl.

Oh nein!, schoss es mir durch den Kopf, *irgendwas ist mit Walter passiert!*

»Entschuldigung, aber da muss ich kurz drangehen«, sagte ich hektisch in die Runde.

Carl sah mich erstaunt an. »Das hat doch Zeit, ich bitte dich …«

»Sorry!«, formte ich lautlos mit meinen Lippen und verließ den Meetingraum.

Im Flur angekommen, drückte ich die Rückruftaste.

»Polizeistation Klein-Seichtingen. Öhöhöhööö!«, röchelte es lautstark in die Leitung.

»Hallo?«

»Hier spricht Polizeioberkommissar Gert Kniebel. Was kann ich für Sie tun?«, ertönte eine mir vertraute Stimme durch den Hörer.

»Gert! Hier ist Antonia! Antonia Nachtigall! Du hast gerade angerufen! Ist was mit Walter?«

Gert Kniebel räusperte sich lautstark, und es hörte sich an, als würde er direkt neben dem Hörer verenden. Er hatte schon immer mindestens zwei Päckchen Zigaretten am Tag geraucht, das schien sich nun zu rächen.

»Öhöhöhööö! Ja, Antonia. Gut, dass du anrufst. Öhöhöhööö! Wir mussten Walter leider in Gewahrsam nehmen.«

Walter in Gewahrsam? Und wer ist überhaupt »wir«?

»Öhöhöhööö! Walter hat eine gegen fremdes Eigentum gerichtete Straftat begangen. Öhöhöhööö!«

»Bitte *was?*«

»Öhöhöhööö!«

»Gert! Was hat Walter getan?«

»Und gegen Paragraf 124 Strafgesetzbuch verstoßen. Hausfriedensbruch. Öhöhöhööö!«

Ich verstand kein Wort. »Wo ist Walter? Was soll das alles heißen? Und wer ist *wir?*«

»*Wir* sind die Exekutive des Staates. Also ich. Öhöhöhööö! Und Walter ist jetzt in *unserem* Gewahrsam. Du kannst ihn gegen eine Unterschrift auslösen. Und, na ja, eine Stange Zigaretten könnte ich auch … Öhöhöhööö, wenn du verstehst, was ich meine.«

Bitte? Versucht mich der alte Gert da gerade eben dazu zu bringen, ihn mit einer Stange Zigaretten zu schmieren?

Ich fasste es nicht.

»Oder auch zwei. Öhöhöhööö!«

»Aber was ist denn nun mit Walter?«, hakte ich ungeduldig nach.

Walter und klauen? Das kann ich mir beim besten Willen nicht vorstellen!

»Kein weiterer Kommentar hier am Telefon, Frau Nachtigall. Alles andere klären wir dann vor Ort«, sagte Gert Kniebel unerwartet förmlich.

Dass Walter ein Vollzeitprojekt sein konnte, hatte Inge mir schon oft erzählt. Dass er mich allerdings derartig auf Trab halten würde, dass am Ende ich diejenige wäre, die Herztabletten bräuchte, das hatte ich nicht erwartet.

Ich packte mein Handy ein und ging zurück in den Meetingraum, in dem Carl und die anderen schon ungeduldig warteten. »Es tut mir leid, eine wichtige Angelegenheit ist mir dazwischengekommen. Für weitere Fragen stehe ich Ihnen gerne jederzeit zur Verfügung, nur jetzt muss ich dringend weg. Ich hoffe, Sie können mir diese Unpässlichkeit nachsehen.« Bei einem Seitenblick auf Carl registrierte ich sein konsterniertes Gesicht. Und dann sagte ich das Wort, das in meinem Sprachschatz im Grunde so gut wie nie vorkam: »Es ist etwas … Privates.«

*

»Walter! Gert!«

Nach Gert Kniebels Anruf war ich wieder einmal wie von Sinnen nach Klein-Seichtingen geheizt. Innerhalb dieser kurzen Zeit mit Walter hatte ich sicher bereits achtzehn Verkehrssünden begangen.

Als ich nun den Vorraum der winzigen Polizeistation betrat,

die ich als junges Mädchen doch das eine oder andere Mal von innen gesehen hatte – meistens in Verbindung mit Netty und kleineren Grasgelagen (und damit war nicht die Park- und Gartenversion gemeint) –, blieb mir der Mund vor Staunen offen stehen. Ich hatte viel erwartet nach diesem Anruf. Aber dass Gert und Walter nun rauchend vor mir saßen und Canasta spielten nun wirklich nicht.

Hat Gert sich da eben einen Spaß mit mir erlaubt? Und ich Trottel wäre beinahe noch an der Tankstelle stehen geblieben und hätte ihm die Stange Zigaretten mitgebracht!

»Antonia! Öhöhöhööö! Lange nicht gesehen!« Gert stand auf und nahm ein Formular vom Tresen. »Hier bräuchte ich eine Unterschrift von dir.«

Ungläubig sah ich erst Gert, dann Walter an.

»Haste die Stange mit?«, fragte Gert und hustete mir ins Gesicht.

Jetzt legte Walter, ohne den geringsten Eindruck von Stress zu zeigen, seine Karten auf den Tisch: »Ha! Ich mache aus!« Dann begrüßte er mich zwinkernd: »Bin gleich so weit, Tönchen!«

Gert pfefferte das Formular zurück auf den Tresen. »Das hätte ich mir ja denken können, dass du meine beruflichen Verpflichtungen hier zum Pfuschen ausnutzt! Öhöhöhööö!«

Ich stemmte meine Arme in die Hüften. »Sagt mal, kann das sein, dass hier irgendwie das komplette Dorf nicht mehr alle Tassen im Schrank hat? Ich breche ein wichtiges Meeting ab, nur um zu sehen, dass ihr hier seelenruhig Canasta spielt?«

Jetzt bemerkte ich auch zwei winzige durchsichtige Gläser auf dem runden Tisch, an dem Walter saß. Was drin gewesen war, konnte ich mir an einer Hand abzählen.

»Nun, ohöhöhööö! Dem Ganzen ist eine spektakuläre Verfolgungsjagd vorausgegangen«, erklärte Gert wichtigtuerisch.

Walter stimmte ihm nickend zu. »Das war richtig aufregend, Kindchen, da hätteste dabei sein sollen.«

»Was soll das heißen? Und überhaupt, Walter, was ist denn nun passiert?«

»Die alte Büchereule ist einfach nicht zur Besinnung zu bringen«, sagte Walter und klang kein bisschen reumütig. »Die komplette Ordnung im Laden ist doch falsch.« Mit diesen Worten stieß er zwei große Rauchschwaden aus und machte sich somit augenblicklich unsichtbar.

Wild versuchte ich, den Rauch vor meinem Gesicht wegzuwedeln.

Die Büchereule war die ortsansässige Buchhändlerin, Frau …

Wie heißt sie noch? Wir haben sie auch immer nur »die alte Büchereule« genannt.

»Was hat er getan?«, fragte ich jetzt Gert, von dem ich eine informativere Antwort erwartete.

»Er hat die komplette Sortierung im Laden von der Büchereule durcheinandergebracht. Öhöhöhööö! Dabei sollte er ihr nur ein paar Stunden zur Hand gehen, aber das war wohl ein Schuss in den Ofen.«

Walter hat einen Aushilfsjob? Davon weiß ich gar nichts!

»Du arbeitest im Buchladen?«, fragte ich Walter mit hochgezogenen Augenbrauen.

»Jetzt nicht mehr«, antwortete Gert an seiner Stelle gelassen. »Gefeuert hat die Büchereule ihn. Ganze drei Stunden war er angestellt. Öhöhöhööö! Vierhundert-Euro-Basis.«

Walter hat sich also um einen Job beworben?

»Deine Freundin Netty war vorhin da. Übrigens eine ganz reizende Person, Kindchen. Genauso toll, wie sie aussieht. Also, Netty meinte, ich solle mit meiner freien Zeit was Sinnvolles anfangen. Was, das mir Spaß macht.«

Ach Netty! Das war mal wieder typisch. Schon früher sind viele ihrer Ich-meine-es-ja-nur-gut-Ideen in die Hose gegangen!

»Und da hast du dich im Buchladen beworben?«

»Ich lese doch so gerne!«, rechtfertigte Walter sich.

Jetzt schaltete auch Gert sich wieder ein: »Er hat sich

geweigert, die *Bibel* woanders einzusortieren als unter *Science Fiction*.«

»Woanders gehört sie ja auch nicht hin!«, bekräftigte Walter seine Tat.

»Das komplette Sortiment hat er ihr umsortiert«, erklärte Gert Kniebel kopfschüttelnd weiter. »Die arme Ursel war völlig aus dem Häuschen, als sie mich angerufen hat.«

»Aber deswegen nimmt man jemanden doch nicht so einfach fest!«, ereiferte ich mich.

»Das war ja noch nicht alles. Dazu kam dann noch Paragraf 248a.«

»Was?«

»Diebstahl und Unterschlagung geringwertiger Sachen. Verfolgung nur auf Antrag.«

Ich fasse es nicht! Schlafwandler, Trinker, Feuerteufel, und jetzt ist der Mann, der aussieht wie Onkel Raupe, auch noch Kleptomane?

»Du hast bitte was?«, richtete ich meine Frage jetzt wieder an Walter.

»Ach was, der Gert übertreibt mal wieder, wie immer. Braucht ja was zu tun, der Gute. Passiert ja nicht allzu viel hier, gell?« Lachend klopfte Walter Gert, der sich mittlerweile wieder zu ihm gesetzt hatte, auf die Schulter. »Hatte nur vergessen zu bezahlen. Ich hab da so ein gutes Yogabuch entdeckt, für die Inge, weißt du?«

»Und, stellt die Büchereule einen Antrag?«, hakte ich weiter nach.

»Bis jetzt noch nicht. Kann aber noch kommen. Auf jeden Fall musste er da raus aus dem Laden. Sonst hätte es noch Tote gegeben.«

»Oh Mann, Walter!« Ich wusste nicht, was ich sagen sollte, so wütend war ich.

»Du liebe Güte, reg dich bitte nicht so auf, Tönchen«, kommentierte Walter mein errötendes Gesicht. »War ja nur 'n Büchlein.«

»Aber …«, setzte ich an und holte tief Luft.

Doch Gert unterbrach mich: »Einmal deinen Willi hier drunter«, und hielt mir das Formular unter die Nase.

»Was ist das überhaupt?«, fragte ich gereizt.

»Entlassungsdokument. Damit erklärst du dich bereit«, Gert deutete auf den Canasta-König Walter, der freudestrahlend seine Karten auf dem kleinen Tisch ausbreitete, »die volle Verantwortung zu übernehmen.«

Ich und die volle Verantwortung für Walter? Ganz sicher nicht!

»Dir hab ich auch was mitgebracht«, sagte Walter nun freudestrahlend und kramte in einer Leinentasche, die an der Stuhllehne hinter ihm hing. Er hielt mir ein Buch entgegen, ein weißes Cover mit einer gelben Blume: *So überwinden Sie Ihr Beuteschema* stand darauf in großen Lettern geschrieben.

5. Kapitel

»Und das hier ist die Küche«, erklärte ich der kleinen, untersetzten Frau Ende fünfzig, die mich skeptisch ansah.

Frau Ziegenhohn hatte, nachdem ich fast zwei endlos lange Tage auf ihren Rückruf gewartet hatte, immerhin sofort zugesagt, Walters Kurzzeitpflege zu übernehmen, und ich war mehr als nur erleichtert.

Die grauen, krauseligen Haare der Frau waren zu einem kleinen Dutt hochgesteckt, und das Kleid, das sie anhatte, war eine Blümchenkittel-Strick-Kombination, hundertprozentig ein Original aus den Siebzigerjahren. Ihre Handtasche trug sie mit beiden Händen vor sich her, als müsse sie sich daran festhalten. Ein unübersehbarer grauer Flaum umrandete ihre Oberlippe und das Kinn; es war nicht zu übersehen: Frau Ziegenhohn trug Damenbart.

»Halli-Hallo!«, begrüßte Walter uns. »Das ist aber reizend. Sie kommen genau richtig, ich war gerade dabei, mir einen schönen Kaffee zu machen. Möchten Sie auch einen?«

Mit diesen Worten nahm er den Wasserkocher von der Station und goss einen Schwall von dem noch kochenden Wasser in einen Handfilter. Allerdings befand sich in diesem kein üblicher Kaffeefilter aus Papier, sondern eine weiße Tennissocke mit blau-grünem Rand.

»Walter! Was tust du da?«

»Ich mache Kaffee für Frau Ziegenbart!«

»...hohn! Ziegenho...«, wollte Walters hoffentlich neue

Pflegekraft ihn verbessern, bevor sie erschrocken die Lage überblickte. »Iiih!«

»Ziegenbart passt aber doch viel besser!«, murmelte Walter in den Tennissockenfilter.

»Verdammt, Walter! Was machst du da?«, raunte ich ihn erneut an.

Das kann er doch unmöglich ernst meinen!

»Kaffee für uns und für Frau Ziegenbart!«

»...hohn!«

»Also, ich für meinen Teil bleib beim Bart. Einfach toll, einen Namen zu haben, der so perfekt zu einem passt, finden Sie nicht auch?«

Frau Ziegenhohn verzog ihr Gesicht, als habe sie etwas Verfaultes im Mund.

»Walter!«

»Hm?«

»Was stellst du da mit dem Kaffee an?«

»Waren ja keine anderen Filter mehr da. Aber das geht auch so.« Langsam goss Walter weiteres Wasser nach. »Keine Sorge«, sagte er, deutete auf die Tennissocke und zwinkerte Frau Ziegenhohn zu, »ist so gut wie frisch gewaschen.«

»Äh ...« Frau Ziegenhohn winkte mich aufgeregt zu sich heran. »Ähm, also ... Können wir kurz alleine sprechen?«

Nach Frau Ziegenhohn kamen noch Frau Nowak, der Walter zur Begrüßung einen Klaps auf den (unübersehbaren) Hintern gab, Frau Zirr, die Walter durch eine Privat-Video-Vorführung von seiner letzten Knie-OP in die Flucht schlug, und zu guter Letzt Frau Petersen-Brinkmann, die direkt auf dem Absatz kehrtmachte, nachdem Walter lauthals verkündet hatte, dass er »auf die Matratzen gehen« wolle. Leider kannte Frau Petersen-Brinkmann den *Paten 1–3* nicht, und zwangsläufig auch nicht die Bedeutung des Zitates, sondern fühlte sich durch seine despektierlichen Äußerungen sexuell belästigt und kündigte nach nur siebenundzwanzig Minuten ihren Einsatz.

Ich hatte fast den ganzen Tag damit zugebracht – und dabei einen wertvollen Arbeitstag verschwendet –, jede einzelne der Pflegerinnen auf Knien zu überzeugen, Walter eine weitere Chance zu geben, denn er wirke nur auf den ersten Blick so irritierend. Doch keine der vier Damen ließ sich erweichen, und so stand ich nun, am Ende eines langen und erfolglosen Tages, wieder mit Walter allein da.

»Der Drops ist jedenfalls gelutscht«, kommentierte Walter die Geschehnisse des Tages und nahm einen tiefen Zug aus seiner Pfeife.

»Das war echt eine miese Performance, die du da abgeliefert hast«, motzte ich und ließ mich auf die Couch neben ihn fallen. »Das hast du doch extra gemacht, gib's zu!«

Walter sah mich ernst an. »Vielleicht war heute nicht einer meiner besten Tage«, sagte er nachdenklich, »aber ich mache niemandem etwas vor.«

»Verdammt, Walter, du hättest dich wenigstens zusammenreißen und dich von deiner besten Seite zeigen können. Dann hätten wir jetzt auch keine Probleme!«

»Aber wir haben doch keine Probleme!«, antwortete Walter. »Im Gegenteil. Ich finde, es klappt doch ganz hervorragend mit uns beiden. Ich wüsste nicht, was es daran zu ändern gäbe.«

Ich seufzte. »Ach, Walter …!«

Mein Stiefvater rückte ein Stückchen näher an mich heran. »Ist eine gute Per… äh …formanz denn so wichtig für dich?«

Ich nickte. »Leistung ist der wesentlichste Bestandteil meines Lebens. Ich wäre nicht da, wo ich bin, wenn ich nicht so denken würde.«

»Und wo genau bist du?«, hakte Walter im ernsten Ton nach.

»Na, da, wo ich sein will. Also, nicht gerade hier, also mit dir.« Ich sah mich resigniert um. Überall um uns herum lagen verstreut Walters Klamotten, angegessene Brötchenhälften und leere Flaschen. Bei dem ganzen Trubel um Walters neue Pflegekraft war ich nicht zum Aufräumen gekommen. Inges Wohnzimmer sah aus wie in einem üblen Messie-Haushalt. »Hier komme ich mir eher vor wie die Königin von Chaotistan.«

Walter lächelte mich an.

»Aber im Büro, da weiß ich, wo es langgeht. Ich gebe immer zweihundert Prozent. Und deswegen werde ich auch bald Partner.«

»Herzlichen Glückwunsch«, sagte Walter und klopfte mir so heftig auf die Schulterblätter, dass man meinen konnte, ich habe mich soeben heftig verschluckt und wäre kurz vorm Ersticken.

Dadurch verschluckte ich mich nun wirklich und musste laut husten.

»Lass das mal untersuchen, Kindchen. Das letzte Mal habe ich so ein Geräusch von einem Tier hier im Gebüsch vor dem Haus gehört. Kurz darauf war es verendet.«

Ich ließ diesen Beitrag unkommentiert und nahm lieber einen Schluck Wasser, wobei ich sicherheitshalber vorher an der Flasche roch. Bei Walter wusste man ja nie so genau.

»Dein Beruf bereitet dir also Freude?«, resümierte er weiter.

Ich sah Walter stumm an.

Freude? Darum geht es doch überhaupt nicht. Ich bin erfolgreich, und Erfolg ist gut.

Also: »Ich bin gut darin, ja.«

»Das ist also dasselbe?«

»Ja.«

»Verstehe.«

Walter stand auf und reichte mir die Hand. »Komm, begleite einen alten Mann auf einen Abendspaziergang. Dann kannst du mir mehr von dem Beruf erzählen, der dir so viel Freude bereitet.«

Nachdenklich raffte ich mich auf.

Als ob es nur um Spaß im Leben geht! Walter hat wirklich keinen blassen Schimmer von dem, was ich tue!

Doch als wir in die rosafarbene, fast kitschige Abenddämmerung hinausspazierten, ließ mich eine Frage nicht mehr los: Bereitete mir das, was ich tat, wirklich Freude?

»Stopp!«, brüllte Walter mich plötzlich an. »Keine Bewegung!«

Abrupt hielt ich an. »Was ist denn bitte um Himmels willen los, dass du mich hier so anbrüllst?«, blaffte ich zurück.

»Da!«, sagte er und zeigte auf einen braunen Strich mitten auf dem Weg. »Ein Regenwurm. Beinahe wärst du draufgetreten.« Vorsichtig hob Walter das von der Natur wenig gesegnete Exemplar hoch. »Ein prächtiger Bursche! Guck mal!«

»Walter, das ist ein Regenwurm!«, entgegnete ich. »Das letzte Mal, dass ich so ein Ding in der Hand hatte, war vor mindestens zwanzig Jahren.«

Walter legte den Regenwurm behutsam am Feldrand auf einem Grasbüschel ab. »Und warum?«

»Warum was?«

»Warum hattest du so lange keinen Regenwurm mehr in der Hand?«

Genervt verdrehte ich die Augen. »Weil es in der Kölner City nicht ganz so viele davon gibt. Und überhaupt, warum sollte ich?«

»Warum du einen Regenwurm retten solltest? Die Frage ist doch eher: Warum nicht?«

Ich wusste keine Antwort, also sagte ich nichts.

Die Regenwurmrettungsaktion erinnerte mich an mich selbst als Kind. Immer wenn es geregnet hatte und die Luft nach frischem Gras und Regentropfen roch, waren Netty und ich rausgelaufen und hatten die Straßen nach verirrten Regenwürmern abgesucht, um sie aufzusammeln und zurück auf die Wiesen zu bringen und sie so vor dem sicheren Tod zu bewahren. Das hatten wir eine Zeit lang nach fast jedem Regentag so gemacht, aber wann wir damit aufgehört hatten, wusste ich nicht mehr. Vielleicht kam es uns irgendwann einfach zu albern vor, oder wir hatten Besseres zu tun gehabt.

»Was liebst du also so an deinem Beruf?«, fragte Walter und begann leise, vor sich hin zu pfeifen.

Ich überlegte. »Das Gewinnen mag ich. Das Überzeugen. Und natürlich, dass am Ende meine Beratung umgesetzt wird.«

»Hmmm.« Walter schmunzelte. »Und was genau wird da so umgesetzt?«

»Na ja, die meisten Firmen haben einen riesigen Wasserkopf an Personal, das nichts einnimmt und nur Geld kostet. Am Ende sind Gehalts- und vor allem Personalkürzungen oft die effektivste Lösung.«

Walter sah mich nachdenklich an, er hatte mit dem Pfeifen aufgehört. »Das heißt, du berätst Firmen dahingehend, dass sie ihre Leute entlassen?«

»Unter anderem. Das ist mein Job, ja.«

Schweigend gingen Walter und ich ein paar Minuten nebeneinander her.

»Warum sagst du nichts, Walter?«, fragte ich ihn.

»Ach, ich glaube, ich habe vergessen, was ich sagen wollte«, antwortete Walter nachdenklich, sah mich kurz an und sofort wieder weg.

Ich war nicht sicher, warum, aber aus irgendeinem Grund wusste ich, dass das nicht stimmte.

Als wir wieder in die Straße einbogen, in der ich unzähligen Regenwürmern das Leben gerettet hatte, sah ich Carls Auto vor unserer Tür stehen.

Überrascht lief ich ihm entgegen. »Carl! Was machst du denn hier?«

Carl hatte einen Blumenstrauß in der Hand und drückte mich an sich.

»Blumen?«, fragte ich erstaunt.

Er hielt mir den Strauß, es waren sicher zwölf langstielige rote Rosen, entgegen.

Ich mochte Rosen nicht, erst recht nicht die vor Kitsch überstrapazierten und klischeehaften roten, und konnte ihre Beliebtheit nicht nachvollziehen. Ich liebte Tulpen.

»Ich habe mir Gedanken um dich gemacht und wollte nach dir sehen«, sagte Carl und gab mir einen Kuss auf die Wange. »Es passt überhaupt nicht zu dir, dass du dir einfach so einen Tag Urlaub nimmst und dich so wenig meldest.«

Ich nickte. »Ja, das stimmt. Aber hier geht's drunter und drüber. Ich finde einfach niemanden für …«

In dem Moment tauchte Walter neben uns auf.

»Walter, das ist Carl. Carl, das ist Inges Mann, Walter.«

Walter und Carl reichten sich die Hand.

»Schön, Sie kennenzulernen. Antonia hat gar nichts von Ihnen erzählt«, sagte Walter und legte freundschaftlich den Arm um Carl, der mich irritiert ansah.

Ich wusste, dass er nicht gerade ein Körperkontaktfetischist war und dementsprechend unerfreut über Walters vertrauliche Geste. Von seiner Begrüßung ganz zu schweigen.

»Jetzt lasst uns erst mal reingehen und was Ordentliches essen nach dem Marsch«, schlug Walter vor und schob Carl durch die Tür.

Ich folgte den beiden schmunzelnd. Irgendwie konnte ich mir ein Grinsen bei Carls konsterniertem Gesichtsausdruck nicht verkneifen.

»Sorry, Carl«, entschuldigte ich mich nach dem Abendessen, bei dem Carl mich mehr als nur einmal irritiert angesehen hatte, besonders in dem Moment, als Walter schenkelklopfend von der Filtertennissocke und dem Erlebnis mit Frau »Ziegenbart« erzählt hatte.

Irgendwie schien ihm wohl schlagartig der Appetit vergangen zu sein, denn Carl ließ sein Bärchenwurstbrot nahezu unberührt.

Jetzt waren wir zum ersten Mal seit Carls Ankunft in meinem Elternhaus allein.

»Das ist mein altes Kinderzimmer«, sagte ich, als ich die Tür öffnete. »Du wirst dich wohl mit dem winzigen Bett begnügen müssen, es sei denn, du möchtest auf dem Sofa im Wohnzimmer schlafen.«

»Schon gut«, sagte Carl und zwinkerte mir zu. »Ich liebe Sex an ungewöhnlichen Orten.«

»Also, ich bin wirklich fix und fertig, weißt du, Walter ...«, setzte ich an.

Aber Carl unterbrach mich grinsend und deutete auf die vergilbten Pferdeposter und die alten Pokale. »Das ist ja ganz schön hardcore hier. Fast schon gruselig.«

»Ach, das. Das ist hundert Jahre her!«, winkte ich ab.

Carl zog mich an sich: »Aber irgendwie turnt es mich an.«

Ich schob ihn sanft weg. »Ich bin wirklich müde.«

Das alte Kinderzimmerbett war viel zu eng für Carl und mich, und sein lautes, schnaufendes Atmen ging mir auf die Nerven. Carl übernachtete selten bei mir und ich genauso wenig bei ihm. Und wenn, war im großen Kingsize-Bett mindestens ein Meter Platz zwischen uns, sodass mir seine Schlafgeräusche noch nie so aufgefallen waren. Aber jetzt fühlte es sich unangenehm an, viel zu eng, zu nah. Müde sah ich auf den alten Pferdekopfwecker. Kurz vor drei. Ich sollte längst schlafen.

Als ich mich zum x-ten Mal umdrehte, wachte Carl wieder auf.

»Hey Schatz«, flüsterte er, »ich glaube, wir sollten diesen heiligen Ort entehren.« Er zog mich an sich.

»Nicht hier, Carl«, zischte ich und löste mich aus seiner Umarmung. »Das ist mehr als nur ... unpassend. Und schräg. Ich kann das nicht.«

»Ach was!«, tat Carl meine Einwürfe ab und begann, mich an Hals und Dekolleté zu küssen.

»Carl ...«

Ein lautes Poltern ließ mich auffahren.

Mit einem brachialen Tritt – ähnlich einer GSG9-Stürmung – wurde die Tür aufgestoßen. Im Dunkeln konnte ich Walters Silhouette, den viel zu kleinen Körper und den dicken Bauch, erkennen. Er hatte etwas in den Händen.

»Tataaaaaaa!«, brüllte er in Richtung Kinderbett und knipste mit dem Ellenbogen den Lichtschalter an.

»Was in Gottes Namen ...« Carl war schlagartig hochgeschreckt und sah aus wie ein Erdmännchen bei nahender Gefahr durch Raubtiereinfall.

»Happy Birthday to you, happy Birthday tooooo youuuuuuu!«, sang Walter krächzend, immer noch in der Tür stehend, mit einem Tablett in der Hand.

Er hatte sich in seinen besten Anzug geschmissen und sogar eine Fliege umgebunden, wenn auch ein wenig schief.

Habe ich was verpasst? Vergessen? Hat Carl Geburtstag? Oder ich?

»Aber Walter, ich hab doch gar nicht Geburtstag!«, erklärte ich und setzte mich hin, nachdem ich mich gesammelt hatte. »Das ist doch schon vier Monate her!«

»Ja, und genau deswegen holen wir drei das jetzt auch mal nach, wo wir schon so nett beisammen sind. Man sollte doch keine Gelegenheit auslassen, das Leben zu feiern! Meint ihr nicht auch?« Mit diesen Worten goss Walter Sekt in die drei mitgebrachten Gläser.

Carl war alles andere als begeistert über Walters Überfall und sah mich entsetzt an. »Es ist drei Uhr, Antonia. Und morgen ist ein wichtiger Tag im Büro. Wie im Grunde jeder Tag. Du solltest um die Uhrzeit nicht trinken«, rügte Carl mich, als Walter und ich uns zuprosteten.

»Ach, was! Morgen, morgen!«, winkte Walter ab und stieß mit mir an. »Das *Heute* zählt!«

Carl ignorierte das für ihn bereitgestellte Glas, und als Walters und mein Glas aneinanderklirrten, hatte Carl sich bereits zur Wand gedreht.

Walter war eben Walter, es hätte sowieso nichts gebracht, ihn jetzt davon zu überzeugen, dass der gewählte Termin zum nachträglichen Anstoßen nicht unbedingt ideal war. Aber ich konnte ohnehin nicht schlafen, also war es auch egal.

»Prost!«, sagte ich zu Walter und nahm einen großen Schluck.

»Carl«, sagte Walter flüsternd und beugte sich über mich zu meinem Bettnachbarn, »mit Sektchen intus kannst du's vielleicht nicht besser, aber ganz sicher länger!«

Ich verschluckte mich vor Lachen und prustete die halbe Bettdecke voll, aber Carl regte sich nicht einen Zentimeter.

Walter zwinkerte seinem Rücken zu: »Es kommt der Tag, da will die Säge sägen!«

»Walter!«

»Was denn? Stimmt doch!«

Schlagartig wurde ich wieder ernst. Irgendwie lief es doch alles nicht rund hier, und eine Lösung für Walters Betreuung hatte ich immer noch nicht gefunden. »Walter, ich mache mir ehrlich Sorgen um dich. Das geht doch nicht so weiter. Ich muss im Job wirklich alles geben, und du stellst eine Dummheit nach der anderen an, sodass ich dich eigentlich nicht alleine lassen kann. Und alle Pflegerinnen hast du vergrault.«

Walter sah mich nur mit großen Augen an.

Ich nahm noch einen großen Schluck, und mein Glas war leer.

Die *Mission Walter* ging in die nächste Runde, ich hörte schon sinnbildlich den Gong in weiter Ferne tönen.

»Wir brauchen eine Lösung, und zwar schnell. Eine absolut wasserfeste!«

»Es gibt nichts Absolutes, Kindchen, und schon gar keine absoluten Lösungen. Außer *Absolut Vodka*.«

6. Kapitel

»Kaffee?«, fragte Walter und drehte sich zu Carl um, der gerade vorsichtig durch den Türrahmen der Küche lugte.

Ich hatte auch nach Walters Geburtstagsständchen kaum schlafen können und saß bereits seit sechs Uhr grübelnd am Küchentisch.

»Danke«, antwortete Carl und klang versöhnlich.

Immerhin ein erster Schritt!, dachte ich zufrieden und deutete Carl an, sich neben mich zu setzen.

»Brötchen?«

Carl schüttelte den Kopf.

»Er isst morgens nur Obst oder Bircher-Müsli«, erklärte ich Walter, der einsichtig nickte.

»Sehr gut, sehr gut.«

Geschäftig holte er eine Schüssel aus dem Küchenschrank und bereitete eine Portion Cornflakes für Carl vor, der mich nicht gerade erfreut ansah.

Aber um des lieben Friedens willen wird er es schon essen, dachte ich und biss in mein Marmeladenbrötchen.

Meine Essgewohnheiten waren, kaum dass ich die Dorfgrenze von Klein-Seichtingen überschritten hatte, dieselben wie vor zwanzig Jahren. Woran das wohl lag?

»Bitte sehr«, sagte Walter zufrieden und stellte Carl eine Glasschale mit Cornflakes hin.

Carl lächelte verkniffen und nahm den ersten Löffel.

Mir fielen verdächtige Einbuchtungen an den Rändern der

Glasschale auf. »Walter, das ist doch nicht … Das sieht aus wie ein Aschen…!«

»Hups«, sagte Walter unbeeindruckt kauend, »da hab ich mich wohl vergriffen.«

Carl blieben die aufgelösten Cerealien im Mund stecken, und er sah mich mit aufgerissenen Augen an. »Mmmas?«

»Keine Sorge, war frisch gespült!«, ergänzte Walter.

»Mensch, das hätte dir doch auffallen müssen«, sagte ich ärgerlich, nahm den Aschenbecher vom Tisch, kippte die Cornflakes in den Müll und stellte ihn in die Spüle. »So was sieht man doch!«

Ich konnte sehen, dass Carl mit sich rang. Unter normalen Umständen hätte er eine Szene gemacht. Jetzt hatte er sich aber wohl entschlossen, den frisch errungenen Frieden zwischen uns nicht zu gefährden.

Walter hatte sich indes ans Kaffeekochen gemacht. »Fertig!«, lobte er sich jetzt mit stolzgeschwellter Brust. »Einmal Kaffee für den jungen Mann. Schwarz, nehme ich an?«

Carl nickte. »Danke.«

»Da nich' für. Frisch durch die Tennissocke gebrüht. Da geht nichts drüber!«

»Bitte?« Carl sah mich angeekelt an und spuckte den Rest des ersten Schluckes Kaffee zurück in die Tasse. »Schon wieder Tennissocke?«

Ich hob die Schultern und musste mir ein Grinsen verkneifen.

»Ein ganz besonderes Aroma ist das«, lobte Walter seine ungewöhnliche Filtertechnik.

»Ich glaube, ich habe genug. Es reicht.« Mit diesen Worten erhob Carl sich und ging aus der Küche. In der Tür drehte er sich noch einmal um und sah mich vorwurfsvoll an. »Dieses Affentheater hier hat hoffentlich bald ein Ende.«

»Carl …«, rief ich ihm nach, erfolglos.

Zerknirscht blickte ich in Richtung Walter.

Jetzt werde ich auch schon wie eine Verbündete behandelt.

Walter sah kein bisschen reumütig aus und lachte herzhaft.

»Du hast Carl doch nicht etwa absichtlich verarscht, oder?«, hakte ich nun nach.

»Bisschen steif der Typ, könnte ein wenig Auflockerung gebrauchen, hab ich mir so gedacht.«

»Bitte?«

»Das mit dem Aschenbecher war wirklich ein Versehen«, gestand Walter. »Aber die Tennissockensache konnte ich mir einfach nicht verkneifen. Ich habe mich den ganzen Morgen auf sein verdattertes Gesicht gefreut.«

»Oh Mann, Walter. Und jetzt muss ich zusehen, wie ich den Schlamassel wiedergutmachen kann!«

Ich hörte, wie Carl draußen sein Auto startete.

»Die Frage ist doch nicht, ob du das kannst, Kindchen.« Walter sah mich nachdenklich an. »Sondern, ob du das willst.«

*

Als ich wenig später ins Büro fuhr, hatte ich ein schlechtes Gewissen. Ich musste Walter schon wieder allein lassen, und das konnte im Grunde nicht gut gehen. Blöd, dass ich Nettys Nummer nicht hatte, sonst hätte sie bestimmt noch mal nach ihm sehen können. Wobei – ihr letzter Ratschlag, den Walter in die Tat umgesetzt hatte, war ja auch gründlich in die Hose gegangen. Vielleicht war es besser so.

Walter hatte sich für heute vorgenommen, einen neuen Krimi (ich hatte die ernsthafte Befürchtung, dass Gert Kniebel den übersehen hatte) zu lesen, und ich hoffte, dass er damit seinen Tag verbringen und somit nicht auf dumme Ideen kommen würde.

»Bist du so weit?« Carl stand wartend vor meinem Schreibtisch.

»Ja. Nur wo ist mein Laptop? Gerade hatte ich ihn doch noch ...«

»Wir nehmen meinen«, sagte Carl, bereits ein wenig ungehalten. »Wie, bitte schön, kann man seinen Laptop hier verlegen?«

Jetzt fiel es mir siedend heiß ein, und mein Magen krampfte sich zusammen: Ich hatte ihn in der Extra-Tasche verstauen wollen, die ich in Inges Flur gestellt hatte, es dann aber vergessen, als Walter mich wegen eines spektakulären Blickes auf ein turtelndes Pärchen einer angeblich seltenen Reiher-Art vor dem Küchenfenster zu sich gerufen hatte.

Nach dem Morgen mit einem verärgerten Carl, dem schlechten Gewissen gegenüber ihm und der Firma und der Sorge um Walters Betreuungsloch hatte ich den blöden Laptop schlichtweg vergessen.

»Mist! Die Präsentation für das Meeting jetzt ist doch da drauf!«

Carl sah mich ungläubig an. »Aber du hast die doch sicher noch auf einem Stick, oder? Und überhaupt, ich gehe davon aus, dass sie längst in meinem Posteingang auf mich wartet. Warte, ich check gerade mal meine Mails.«

Nein, ich hatte sie auf keinem Stick, und auch Carl hatte ich sie nicht, wie üblich, spätestens vierundzwanzig Stunden vor Vorstellung geschickt. Ich hatte es einfach verschwitzt.

»Du brauchst nicht nachzusehen«, sagte ich, legte meine Hand auf seinen Arm und hielt ihn somit davon ab, sein Outlook-Programm auf dem Blackberry zu durchforsten. »Du wirst nichts finden. Ich habe sie dir nicht geschickt. Ich habe es ... vergessen.«

Dass dies ein Super-GAU war, und das nicht nur nach Carls Maßstäben, war klar.

Carl steckte sein Blackberry zurück in die Anzugtasche,

setzte sich auf die Kante meines Schreibtisches und sah mich an. »Ich mache mir Sorgen um deine Einstellung und die erforderliche Ernsthaftigkeit, die mit einer Partnerschaft hier einhergehen sollte. Solche schlampigen Aktionen kenne ich nicht von dir, und erst recht nicht in dieser nahezu erschreckenden Regelmäßigkeit.«

Ich nickte. »Ich weiß, tut mir leid.«

»Das ist alles?«

»Was soll ich denn noch sagen, Carl? Den ganzen Tag bin ich mit den Gedanken bei Walter und mache mir Sorgen, dass er irgendwas anstellt oder ihm etwas passiert.«

»Walter, Walter, ich höre nur noch Walter! Meine Güte, du wirst doch diesen armen alten Irren irgendwo abgeben können!«

Carls Worte waren wie ein Tritt in die Magengrube, und es wunderte mich im selben Augenblick, in dem es mich wütend machte.

»Rede bitte nicht so von Walter, Carl. Er kann nichts dafür, dass er ein bisschen neben der Spur ist. Und er macht es ja auch nicht extra.« Dann konnte ich es mir aber doch nicht verkneifen, noch hinzuzufügen: »Außer das heute Morgen. Das war ein kleiner Spaß auf deine Kosten«, und empfand eine winzig kleine Welle von Schadenfreude.

Das hatte gesessen, denn Carl verließ ohne ein weiteres Wort, jedoch nicht ohne einen vielsagenden Blick mein Büro.

Der Tag war bereits jetzt gelaufen. Wir würden den Kunden vertrösten und den Termin verschieben müssen, denn alle so lange warten zu lassen, bis ich nach Klein-Seichtingen und wieder zurück gefahren wäre, wäre eine Zumutung gewesen. Ich klingelte Frau Wieser an und bat sie, das zu übernehmen.

»Scheißtag!«, murmelte ich vor mich hin, als ich auflegte und mir ein neues Kundenportfolio vom Schreibtischstapel nahm.

Letztendlich hatte Carl recht: In meiner gesamten beruflichen Karriere hatte ich mir noch nie so viele Patzer hintereinander geleistet. Oder überhaupt! Das war nicht nur unprofessionell, sondern auch untypisch. Das war nicht ich.

*

Auf dem Nachhauseweg wollte ich noch ein paar Dinge aus dem Tante-Emma-Laden im Dorf besorgen und lief prompt Netty in die Arme.

Sie sah müde aus, regelrecht geschlaucht. Die Kinder-Kombi hatte sie diesmal nicht dabei.

»Netty! Gut, dass ich dich treffe! Kannst du mir deine Nummer geben?« Ich drückte sie kurz an mich, so wie wir es damals immer gemacht hatten. »Weißt du, was letztens nach deinem Besuch – übrigens danke dafür! – im Laden von der alten Büchereule passiert ist?«

Netty nickte und bekam augenblicklich rote Wangen, genau wie früher, wenn ihr etwas unangenehm war. »Ja, ich hab's gehört. Und es ist meine Schuld. Ich hab dem Walter den Floh ins Ohr gesetzt. Das tut mir ehrlich total leid!«

»Ach, was! Du konntest ja nicht wissen, dass es so enden würde. Wo sind eigentlich Julander und ... äh ... Lejuster?«

Netty lachte mich mit ihren weißen, geraden Zähnen an. »Das Kinderthema ist wirklich nicht so deins, hm?«

Ich schüttelte lachend den Kopf: »Nein, das stimmt.«

»Bei meiner Mutter«, antwortete Netty und wurde schlagartig ernst. »Ich brauchte mal ein paar Stunden für mich.«

So geschafft, wie sie aussah, glaubte ich es ihr aufs Wort.

»Ich hab eine Idee. Du kommst einfach mit zu mir und Walter und isst mit uns zu Abend, wie wär das?«

Ich hatte richtig Lust, den Bürokram zu vergessen, und über die fehlenden letzten Jahre zu sprechen, in denen wir uns nicht gesehen hatten.

»Ich weiß nicht ...«

»Komm schon! Das wird sicher lustig. Wir haben uns doch noch so viel zu erzählen!«

»Okay!«, sagte Netty nun und gab sich einen Ruck. »Ich komme mit! Aber nur, wenn du mir alles bis auf die kleinste Kleinigkeit von deinem Glitzerglamourleben und deiner tollen Karriere in der Stadt erzählst! Ich werde es aufsaugen wie einer von John Carpenters Vampiren!«

Wenn du wüsstest, dachte ich, *auf welch wackeligen Beinen meine Partnerschaft gerade steht.*

Aber ich sagte nichts. Netty konnte eine Portion Glamour gebrauchen, und die würde ich ihr nicht vorenthalten.

»Bananenschokoeis?«

Ich nickte. »Bananenschokoeis. Wie früher!«

Als ich mit Netty an Inges und Walters Haustür angekommen war und gerade den Schlüssel aus meiner Tasche kramte, hielt ein riesiger Lastwagen direkt vor unserem Haus.

Solche Kaliber verirrten sich doch sonst nie in dieses Kaff, dachte ich noch, als ich die Tür öffnete und die Augen vorsorglich zukniff.

Abgebrannt, vermüllt, was auch immer – ich war auf sämtliche Katastrophen gefasst. Aber nichts dergleichen schien passiert zu sein. Flur und Küche schienen ungewöhnlich aufgeräumt, es herrschte verdächtige Stille.

»Walter?«

Netty und ich pirschten uns ins Wohnzimmer vor.

»Hier bin ich«, rief Walter uns zu, und tatsächlich, er saß am Wohnzimmertisch.

Allerdings hatte er da etwas auf seinem Schoß …

»Walter, was machst du da mit meinem Laptop?«

»Netty! Wie schön! Kindchen, das ganze Internetz da, das ist eine tolle Sache. Dass die Inge und ich das nicht früher entdeckt haben, das ist wirklich schade.«

Überall auf dem Bildschirm befanden sich weiße Punkte.

»Was ist das, Walter?«, fragte ich erschrocken.

»Tipp-Ex! Kann ja keiner wissen, dass man die Fehler auch mit Shift exen kann!«

Ich schluckte, und auch Netty zog besorgt die Augenbrauen hoch.

Ich habe doch ein Passwort, und überhaupt, wie hat Walter es geschafft, den Internetstick zu aktivieren?

Noch bevor ich hyperventilieren oder Walter fragen konnte, wie er zum Hightech-Junkie geworden war, hörte ich ein lautes *Roooomms!* vor unserem Haus, gefolgt von der Türklingel.

Wie von der Tarantel gestochen sprang Walter auf. »Das muss die Lieferung sein! Kindchen, das ist zu toll, dein Internetz, und so unglaublich schnell!«

Netty und ich sahen uns fragend an und folgten ihm dann ungläubig zur Tür.

»Zustellung für Antonia Nachtigall?«, fragte der Lieferant, der geklingelt hatte.

»Ja, genau«, antwortete Walter, »absolut richtig!«

»Moment mal«, mischte ich mich ein. »Du hast was auf meinen Namen bestellt?«

Walter nickte. »Ja, du weißt doch, die Inge ist halt ein bisschen streng in mancher Hinsicht ...«

Der eine Lieferant hielt mir den Lieferschein zur Unterschrift hin, während ein zweiter eine Palette mit diversen Holzkisten zur Haustür karrte und hinter ihm abstellte.

»Wird dat heut noch wat?«, fragte er ungeduldig.

»Bitte?« Ich glaubte, nicht richtig zu hören. »Walter, was zum Teufel hast du bestellt?«

»Eine Mini-Palette *Moët & Chandon Champagner Brut Impérial*«, antwortete der Lieferant an Walters Stelle und hielt mir die Quittung hin. »Lieferung auf Nachnahme. Bitte schön!«

Eine Halluzination! Eine Wahnvorstellung! Etwas anderes kann es nicht sein!, dachte ich, als ich den Preis hörte. Und einen neuen Laptop musste ich nun auch noch kaufen! Mir schwirrte der Kopf.

Bevor ich irgendetwas sagen konnte, hatte Walter für mich mit den Worten: »Ich bin Erziehungsberechtigter, geben Sie mal her!«, unterschrieben.

Netty stützte mich von links, denn auf diesen Schock hin war ich seitlich leicht in Schräglage gekommen und eingeknickt.

»Das lassen wir zurück...«

»Zu spät«, unterbrach mich der Lieferant trocken, »schon unterschrieben.«

»Hast du sie nicht mehr alle?«, fragte ich Walter zwischen zwei Schnappatemzügen.

»So viel Bargeld haben wir nicht im Haus«, antwortete Walter, »Antonia, kannst du mal ...?«

Das Ende vom Lied war, dass es Inges Sparschwein und Walters Weihnachsstrumpf, mein letztes Bargeld und Nettys gesamtes Wocheneinkaufsgeld brauchte, um den Lieferanten, der mittlerweile die Geduld verloren hatte und wild gestikulierend vor sich hin schimpfte, wieder zur Ruhe zu bringen.

Und nun saßen wir mitten im Wohnzimmer, die Palette Schampus im Wert eines Wochenendtrips im Fünf-Sterne-Hotel inklusive Wellnessbehandlungen in unserer Mitte.

»Und jetzt?«, fragte ich resigniert.

»Ich denke, wir sollten was trinken?«, fragte Netty vorsichtig. »Ich meine, wo das Zeug nun schon mal da ist?«

Wir sahen zu Walter, der geschäftig begann, eine Kiste zu öffnen und eine Flasche auszupacken, um sie uns dann stolz entgegenzuhalten.

»Toll, was man alles so im weltweiten Web bestellen kann. Gut, dass der Sohn vom Wirtz Karl-Heinz von drüben mir dabei geholfen hat. Sonst hättest du am Ende jetzt noch Indianer auf deinem Computer!«

»Trojaner«, verbesserte Netty trocken, die unterdessen drei Champagnerkelche aus der Wohnzimmervitrine geholt hatte, die ein wenig angestaubt waren.

Sie polierte sie kurz mit einer Ecke der Wohnzimmertischdecke blank und reichte sie Walter, der die Flasche mit einem gekonnten *Plopp!* öffnete und uns eingoss.

»Ich glaube das alles nicht«, sagte ich kopfschüttelnd. »Das darf einfach alles nicht wahr sein.«

»Prost!«, sagte Walter, und unsere Gläser klirrten.

So oft, wie ich dieses Geräusch in den letzten Tagen gehört hatte, hatte ich es sicher in den letzten zwanzig Jahren nicht gehört.

»Und das ist noch nicht alles!«, erklärte Walter. »Ich habe noch eine ganz tolle Überraschung für dich, mein Kind.« Mit großen Augen sah er mich an, als ob er darauf wartete, dass ich nun wie ein kleines Kind, dem man eine Überraschung ankündigt, vor Freude aufspringen und vor Ungeduld platzen würde.

Ich nahm einen großen Schluck und sah Netty an. »Ich bin hier in einem Albtraum gelandet. Netty, bitte sag, dass das ein Albtraum ist, dass ich das alles nur träume und in Wirklichkeit alles gut ist?«

»Aber es ist doch alles in Ordnung«, sagte Netty und kippte sich nach. »Du hast einen tollen Job, einen tollen Mann, verdienst unglaublich viel Geld, bist unabhängig, erfolgreich, siehst toll aus. Was willst du mehr?«

Sie trank das zweite Glas auf einmal aus und schüttete sich erneut nach. Angesichts dieses Tempos erschien Walter wie ein Kommunionsanwärter.

»Aber das hier, das ist doch alles ...« Ich versuchte, die letzten Tage in Worte zu fassen, aber mir fiel einfach keine passende Bezeichnung ein. »... irgendwie irre!«

»Na und?«, antwortete Netty, und ich konnte eine leichte Gereiztheit spüren. »Immerhin tust du doch sonst immer, was du liebst!«

Erstaunt sah ich meine alte Freundin an. Ihr Ton klang seltsam verbittert. *Was ist es, das sie so wütend macht?*

»Ihr immer mit eurer künstlichen Steifheit!«, meldete Walter sich jetzt zu Wort. »*Irre!* Tzz! *Toll* ist das, so als Strohwitwer, und dann mit zwei so netten jungen Mädels wie euch auf das Leben anzustoßen!« Walter stand auf und drehte das alte Radio, das ich noch aus meiner Kindheit kannte, auf. *Radio Little Seichtingen* ertönte lautstark. Eine alte Live-Konzert-Übertragung wurde angekündigt, und Walter flippte schlagartig aus: »Woodstock 1969! Da war ich! Das gibt's doch nicht!«

Sobald die ersten Töne von *Spinning Wheel* der Band Blood, Sweat & Tears erklangen, hielt es erst Walter und dann auch Netty nicht mehr auf der Couch.

»What goes up must come down …«, tönte es aus dem Radio.

Walter und Netty bekamen gleichzeitig einen Kicheranfall.

»Spinning wheel got to go round. Talking about your troubles it's a crying sin …«

Dann sangen beide Arm in Arm mit und wollten nun auch mich auf die improvisierte Tanzfläche zerren. Die beiden tanzten, als gäb's kein Morgen mehr. Walters problematische und sonst so oft von Inge bedauerte Hüfte spielte mit, als sei es tatsächlich 1969.

Was soll es?, dachte ich, sprang ebenfalls auf und tanzte mit.

»Was ist das für eine Überraschung, die du noch für mich hast?«, brüllte ich Walter über die laute Musik hinweg an.

»Wart's ab, Kindchen!«, brüllte Walter tänzelnd zurück. »Das wird dich wirklich umhauen!«

Das glaubte ich Walter aufs Wort. Mehr noch – ich befürchtete sogar, dass es das tat, und zwar im wahrsten Sinne des Wortes.

»Woher wusstest du überhaupt mein Passwort?«, schrie ich weiter gegen die laute Musik an.

Walter hob die linke Schulter und sah mich, weiter auf der Stelle tanzend, an und schmunzelte. »Das war nun wirklich einfach, Kindchen, da hättest du dir wahrhaftig was Ausgefuchsteres einfallen lassen können!«

Ich sah ihn verständnislos an. »Aber woher ...?«

»Dein Pony, damals, das du so über alles auf der Welt geliebt hast. Davon hat Inge mir viel erzählt. Als es zu alt war, um darauf zu reiten, hast du es noch fast jeden Tagen besucht und ihm Inges Rohkost verfüttert und später immer behauptet, du hättest den Berg Möhren ganz allein gegessen. Die arme Inge hat sich halb totgeschält. Und als es eingeschläfert werden musste, hast du dich wochenlang in deinem Zimmer verkrochen und nur geweint. Da half noch nicht mal Inges berühmte Bananenschokotorte.«

Es stimmte. Jetzt, als er es sagte, kam die Erinnerung wieder hoch.

»Inge hat dir damals stundenlang deine Lieblingsgeschichten aus Kindertagen vorgelesen, Drossel... *hicks!* ...puttel und Aschen... äh ...bart.«

Ich sah Walter staunend an. Ich konnte mich daran erinnern, dass damals eine Welt für mich zusammengebrochen war, denn das Pony war tatsächlich mein Ein und Alles gewesen. Es war das einzige Mal, an das ich mich erinnern konnte, dass ich als Teenager geweint hatte.

Walter drehte eine schiefe Pirouette auf Janis Joplins *Little Girl Blue*: »Pumuckl, so hieß es doch, nicht wahr?«

Nach einigen Runden brauchte ich – im Gegensatz zu Walter – eine Verschnaufpause. Man konnte wohl behaupten, dass ich wirklich nicht gut in Form war, wenn sogar ein Alt-68er problemlos länger durchhielt.

Gerade, als ich mich schnaufend auf das alte Sofa fallen gelassen hatte, plumpste auch Netty lachend und mit einem Glas in der Hand neben mich.

»Hach! Ss' das ssssschön!« Netty war angeduselt, das war klar. Sie legte ihren Kopf auf meiner Schulter ab und seufzte tief. »Wie früher!«

Ich legte den Arm um meine alte Freundin und lachte. »Nicht so ganz. Aber schön ist es, dass wir uns wiedergetroffen haben. Nach so vielen Jahren. Und irgendwie sind wir doch immer noch dieselben.«

Netty schüttelte den Kopf. »Sind wir nicht. Du nicht, und ich auch nicht.«

»Aber immerhin sind wir da, wo wir hinwollten. Also sind wir auch so, wie wir sein wollen.«

Einen derart klugscheißerischen Satz aus meinem Mund zu hören wunderte sogar mich selbst. Der Alkohol wirkte – ohne Zweifel.

»Du vielleicht«, sagte Netty und goss sich nach. »Das hier ist der erste lustige Abend seit ...« Sie machte eine kleine Pause und nahm einen Schluck. »... seit hundert Jahren.«

»Aber ...« Mein Hirn ratterte langsam. Es fühlte sich an, als habe ich ein riesiges Mühlrad im Kopf, das zu wenig Wasser bekam – dafür umso mehr Champagner – und sich deswegen nur schwerfällig und langsam drehte. »Aber du hast doch Johannes, den Mann, den alle wollten, zwei tolle Kinder, ein schönes Haus, deinen Job ...«

Netty sah mich mit ihren großen Augen an. »Du hast recht. Ich habe viel mehr als die meisten anderen. Ich sollte dankbar sein.«

»Aber was fehlt dir denn?«, fragte ich besorgt.

So hatte ich meine Freundin noch nie erlebt – obwohl ich zugeben musste, dass wir damals solche ernsten Gespräche auch nie geführt hatten.

»Ich«, antwortete Netty. »Ich fehle mir.«

7. Kapitel

»Gut, dass Sie schon so früh da sind«, begrüßte mich Dr. Ehrnst. »Ich habe noch vor der Besprechung etwas mit Ihnen zu bereden.«

Ich war gerade dabei, meine Bluse in dem engen Kostümrock zurechtzuzupfen, als Dr. Ehrnst mein Büro betreten hatte. Nach dem gestrigen Trinkgelage hatte ich beinahe wieder verschlafen und war wieder erst hier dazu gekommen, mich bürofertig zu machen.

»Aber natürlich«, antwortete ich. »Nehmen Sie doch Platz.« Ich deutete auf den Sessel vor meinen Schreibtisch. »Bitte.«

Aber Dr. Ehrnst ging zum Fenster, verschränkte die Arme und sah hinaus. Er stand jetzt mit dem Rücken zu mir. »Sie wissen, dass Carl Sie als Partner vorschlagen wird.«

Ich nickte in die Fensterspiegelung.

»Und Sie wissen sicher auch, dass es noch einen anderen Anwärter auf diesen besonderen Platz gibt.«

»Ja, natürlich«, antwortete ich und stellte mich mit verschränkten Armen neben ihn an das Fenster. Ich blickte auf die Dächer von Köln, meiner Stadt. Es war ein sonniger Tag, und der Blick auf den nicht weit entfernten Dom war frei.

Hans Ehrnst spielte auf seinen Neffen Thomas an. Ich wusste, dass es vielerlei Gründe bedurfte, seinen eigenen Neffen nicht vorzuziehen. Aber ich hatte mich ins Zeug gelegt, jahrelang. Die letzten Tage mit Walter waren Ausrutscher, kein Abbild meines Engagements der letzten Jahre.

Er muss mich als Partner akzeptieren, schoss es mir durch den Kopf, *er muss einfach.*

»Sie müssen wissen, dass ich Sie sehr schätze, Antonia. Und die Arbeit, die Sie für uns machen.«

Lange hatte ich auf eine solche Unterredung gewartet, und jetzt war sie endlich da. Ich hatte mir oft vorgestellt, wie es sich anfühlen würde, und wartete auf die einsetzende Euphorie und die Erleichterung.

»Sie wissen, dass das mein Lebensziel ist«, sagte ich leiser als beabsichtigt. »Ich habe meine gesamte berufliche Karriere darauf ausgerichtet. Es ist alles, was ich will.«

Jetzt drehte sich Hans Ehrnst zu mir und sah mich an. »Ach ja?«, fragte er. »Ist es das tatsächlich?«

»Ja«, antwortete ich überrascht. »Natürlich.«

Nachdenklich betrachtete er mich wortlos weiter, sodass es mir schon fast unangenehm wurde. Dann sagte er: »Ist es wirklich das, was Sie wollen? Unter allen Umständen?«

Seine wasserblau-grauen Augen sahen mich fragend an. Ich fühlte mich seltsam durchschaut.

Was soll diese Fragerei? Es besteht kein Zweifel daran, dass ich genau das will.

»Ich will es«, sagte ich also. »Un…« Als ich weitersprechen wollte, versagte kurzzeitig meine Stimme. Ich räusperte mich hinter vorgehaltener Hand. »Unter allen Umständen, ja.«

»Sie wissen, dass es ab dem Zeitpunkt keine festen Arbeitszeiten mehr für Sie geben wird. Kein Leben außerhalb dieser Partnerschaft. Die Partnerschaft *ist* dann Ihr Leben.«

»Ja, das weiß ich.«

Als ob das jetzt anders wäre …

»Gut«, sagte Dr. Ehrnst nun und legte seine Hand für einen kurzen Moment auf meine Schulter. »Das musste ich wissen.« Ohne ein weiteres Wort drehte er sich um und ging auf die Tür zu.

»Dr. Ehrnst«, hielt ich ihn auf, »habe ich Ihnen denn das

Gefühl vermittelt, dass ich nicht alles für diese Position tun würde?« Ich wunderte mich selbst über meine Worte, aber es brannte mir unter den Nägeln, warum er, noch bevor Carl mich offiziell vorschlagen würde, zu mir gekommen war.

Hans Ehrnst schüttelte den Kopf. »Nein«, antwortete er, »ganz im Gegenteil. Ich sehe, wie sehr Sie sich einsetzen.«

»Dann verstehe ich Ihre Frage nicht«, entgegnete ich.

»Ich sehe Ihren Ehrgeiz, zweifelsohne. Aber mir fehlt etwas anderes«, führte er seinen Gedanken weiter aus. »Etwas, das man nicht an Leistung und Erfolgen messen kann.«

»Was?«, fragte ich.

»Leidenschaft.«

»Bitte?«

»Bei dem, was Sie tun. Ich sehe nur Ihren Ehrgeiz, und der kommt von Ihrem starken Willen.«

»Aber … Ich liebe meine Arbeit«, verteidigte ich mich. Meine Antwort kam zögerlicher als beabsichtigt, und im gleichen Moment ärgerte ich mich darüber. Als die Worte meinen Mund verließen, fühlte ich etwas, das sich sträubte, diesen Satz auszusprechen. Es fiel mir schwer, und ich wusste nicht, warum.

»Dann bin ich beruhigt«, erwiderte Hans Ehrnst. »Mehr wollte ich nicht wissen.«

Als Dr. Ehrnst mein Büro verlassen hatte und ich mich auf meinen Schreibtischstuhl fallen ließ, spürte ich eine seltsame Leere in mir aufkommen. Die wenigen Minuten gerade waren sehr anstrengend für mich gewesen, und dieser eine letzte Satz ganz besonders.

Wieso tue ich mich so schwer damit zu sagen, wie sehr ich meinen Job mag? Wahrscheinlich hat mein ungeplanter Walter-Aufenthalt nicht nur meinen Alkoholkonsum vervierzehnfacht, sondern auch noch mein Hirn vernebelt!

Ich ärgerte mich maßlos über mein Zögern und meinen schwachen Auftritt eben.

»Gut, dann kommen wir nun zu Punkt drei auf der Agenda«, sagte Thomas Ehrnst und klickte das nächste Sheet der Power-Point-Präsentation für den Möbelfabrikanten an.

Gedankenverloren sah ich auf den blinkenden Cursor auf der großen Leinwand.

»Antonia?«

Ich schreckte auf. »Äh … ja. Genau. Also, da wären zum einen die enormen und in keinem Verhältnis stehenden Produktionskosten«, erklärte ich dem ehemaligen Schreiner, der nun Unternehmensleiter war. »Diese Stellschraube müssen wir als Erstes bewegen und die Fertigung ins Ausland verlegen. Billiger, schneller. Sie haben jetzt eine Unternehmensgröße erreicht, Herr Waldorf, bei der sich die teure Hand- und Sonderanfertigung nicht mehr rentiert.«

Max Waldorf sah mich zweifelnd an. »Darf ich Ihnen was sagen, Frau Nachtigall? Ich bin mit Herz und Seele Möbelkünstler. Ich liebe das Holz, mit all seinen Besonderheiten, Makeln, Fehlern. Jedes Stück soll einzigartig sein, genau wie sein Besitzer. Und man soll die Liebe spüren, mit der es hergestellt wurde. Das habe ich mir geschworen, als ich angefangen habe.« Er machte eine kurze Pause und rieb sich die Stirn. »Deshalb denke ich nicht, dass ich bei der Massenproduktion im Ausland für die gewohnte Qualität und gute Arbeitsbedingungen sorgen kann.«

»Herr Waldorf«, sagte ich und beugte mich zu meinem Kunden, »warum haben Sie uns zurate gezogen?«

Max Waldorfs Blick senkte sich. »Weil mein Unternehmen rote Zahlen schreibt.«

»Sehen Sie. Und wir sind dafür da, damit das demnächst nicht mehr so ist. Glauben Sie mir, unsere Strategien funktionieren immer. Nur gehört dazu, dass Sie uns voll und ganz vertrauen.« Ich legte meine Hand auf seinen Arm. »Das betrifft übrigens auch das Personalmanagement. Ihre Personalkosten sind viel zu hoch. Die Büroarbeiten können von einem

Team erledigt werden, das nur halb so groß ist wie Ihres. Diesen Wasserkopf müssen wir ebenfalls loswerden. Mehr Prozessabläufe definieren. Auch die älteren Mitarbeiter arbeiten nicht so effizient, wie sie es sollten.«

»Sie meinen doch nicht etwa Frau Rudolf?« Max Waldorf schüttelte abwehrend den Kopf. »Sie war von Anfang an dabei, hat mir immer den Rücken gestärkt. Das kann ich nicht.«

»Aber natürlich können Sie«, wandte ich ein. »Da habe ich mir auch schon …«

Ich wurde jäh unterbrochen. Laut diskutierende Stimmen vor der Besprechungstür waren nicht zu überhören.

Noch bevor ich mir einen Reim darauf machen konnte, was das wohl sein könnte, öffnete sich die Tür. Eine vor Aufregung rotgefleckte Frau Wieser hob entschuldigend die Schultern und gab den Blick auf Walter frei: Im Anzug, über den er allerdings seinen hellblau karierten Bademantel geworfen hatte, stand er ein wenig desorientiert in der Tür.

»Hallo«, sagte er zaghaft in die Runde.

»Frau Wieser, was hat das zu bedeuten?«, fragte Thomas ungehalten. »Wer ist das?«

Stille.

Wie versteinert saß ich kerzengerade auf meinem Stuhl. Ich öffnete meinen Mund, um etwas zu sagen, schloss ihn aber wieder, als kein Wort rauskommen wollte.

»Kann mir mal bitte jemand sagen, was das hier soll?«, wiederholte Thomas seine Frage und starrte jetzt in die Runde.

»Kindchen«, rief Walter aufgeregt und sah mich direkt an, »ich hatte auf einmal so ein komisches Gefühl. Ich wollte nicht allein sein!«

Er atmete so schwer, dass man denken konnte, er sei den Weg aus Klein-Seichtingen hierher zu Fuß gerannt. Wie er tatsächlich hierhergekommen war, fragte ich mich jetzt auch.

Hans Ehrnst, der der Präsentation bis dahin nur still beigewohnt hatte, und sein Neffe Thomas sahen mich nun fragend an. Auch Max Waldorf wirkte irritiert.

Immer noch: Stille.

Mein Mund stand erneut regungslos halb offen, und mein Blick hing starr auf Walter.

»Antonia? Gehört der Herr dort zu Ihnen?«, fragte Hans Ehrnst.

»Ich, ich . . .«

Mein Kopf war heiß und ratterte wie verrückt.

Verdammt Walter, bitte nicht, vermassle mir nicht auch das, dachte ich, *wie komm ich hier raus? Was sage ich denn nun?*

»Ich, ich weiß nicht . . .« Mehr brachte ich nicht zustande.

»Sie wissen nicht, ob der Herr hier zu Ihnen gehört?«, fragte Hans Ehrnst jetzt und stand auf.

»Mir war's so einsam, da wollte ich dich besuchen«, erklärte Walter. »Das ist doch nicht etwa schlimm, oder? Und wir haben doch auch Samstag, und am Wochenende sollte man nicht arbeiten.«

Hans Ehrnst ging auf Walter zu und gab ihm die Hand. »Hans Ehrnst. Und Sie sind?«

»Walter«, antwortete Walter und schüttelte kräftig Hans Ehrnsts Hand. »Angenehm.«

Dann stellte Walter sich allen per Handschlag vor, Max Waldorf stand ebenfalls auf.

Als Walter bei Thomas angekommen war, reagierte der gereizt. »Walter wer?«, fragte er genervt. »Und überhaupt, was soll das denn, hier so einfach in eine Besprechung reinzuplatzen? Was erlauben Sie sich eigentlich?«

Hans Ehrnst winkte mit einem »Schon gut!« ab und legte seine flache Hand auf Walters Rücken, um ihn höchstpersönlich aus dem Raum zu bugsieren: »Wir rufen jetzt erst mal die Polizei, die werden schon herausfinden, wohin Sie gehören.«

Walter sah irritiert über seine Schulter zu mir rüber, während er langsam aus dem Raum geschoben wurde, und sein Blick zerriss mir fast das Herz.

Kurz bevor die Tür zufiel, erwachte ich aus meiner Schockstarre, und eine seltsam entfernte Stimme rief: »Stopp! Er gehört zu mir!«

Das darauffolgende Gespräch mit Carl war kurz.

Er hatte von Frau Wieser gehört, was vorgefallen war, und rief mich nach der Besprechung mit Max Waldorf zu sich.

»Ich werde dich nicht als Partnerin vorschlagen, wenn sich nicht *so-fort* und eklatant etwas ändert«, erklärte er aufgebracht.

Wir standen vor meinem Büro, in dem Walter auf mich wartete. »Das ist keine Warnung«, führte Carl seine Aussage weiter aus, »sondern Fakt.«

»Ich weiß. Carl, ich …«

»Gut. Wir sehen uns Montag.«

»Aber ich …«, setzte ich an, doch Carl ließ mich einfach stehen.

*

Auf der Autofahrt zurück nach Klein-Seichtingen war Walter wieder ganz der Alte, und die eben noch so spürbare Verwirrung war wie weggeblasen. Er genoss die bequeme Autofahrt sichtlich. »Öffentliche Verkehrsmittel sind auch nicht mehr das, was sie mal waren. Das war ja eine halbe Weltreise bis in dein Büro. Beinahe hätten sie mich beim Schwarzfahren erwischt, Kindchen. Nur gut, dass ich auf Kommando einen Schwächeanfall kriegen kann. Als ich dann losgesprintet bin, da haben die aber gestaunt, das kannst du mir glauben!«

Ich seufzte. So etwas in der Art hatte ich mir fast gedacht. Oder eher befürchtet.

»Übrigens – ganz schön spießig, deine Kollegen da in ihren schwarzen Maßanzügen«, war Walters einziger Kommentar zu der eben erlebten Szene. »Wie die grauen Männer aus ... dem Film da, mit dem Lockenkopfmädchen in der Höhle.«

»*Momo.*« Ich sparte mir jeden weiteren Kommentar, denn Vorwürfe würden jetzt auch nichts mehr an der Situation ändern, das hatte ich mittlerweile begriffen.

»Wie hieß noch mal der Film mit der Assistentin, die der Chefin die ganze Arbeit abgenommen hat, und dann war alles gut?«, fragte Walter mich.

»Welcher Film?«

»Na, der Hollywood-Film, mit der bösen Chefin und der Assistentin, die ihr ganzes Leben verändert hat und alles verloren hat, aber dafür den Job gut machte ...« Walter rieb sich am Kinn. »Der mit der Meril Street!«

»*Der Teufel trägt Prada?*«, fragte ich verwundert.

»Ja! Genau so war das gerade eben bei dir im Büro«, erklärte Walter. »Ich mache mir wirklich Sorgen um dich, Kindchen.«

»Das brauchst du nicht, Walter, wirklich nicht«, antwortete ich. »Ich hab das alles schon im Griff. Nur für dich, für dich müssen wir uns noch etwas einfallen lassen. Ich kann das Risiko, dass du noch so einen Auftritt hinlegst, nicht noch einmal eingehen.«

»Hm«, machte Walter nachdenklich und sah aus dem Fenster. »Wusstest du, dass im Chinesischen die Wörter *Risiko* und *Chance* ein und dasselbe Schriftzeichen sind?«

Kurz bevor wir in unsere Straße einbogen, entdeckte ich Leo am Straßenrand entlangspazieren. Er hatte ein braunes Tier ohne Sattel am Strick und ging entspannt den Weg entlang. Aus irgendeinem unerfindlichen Grund fand ich plötzlich Gefallen an seiner gut proportionierten Rückansicht.

Ich hielt an und ließ das Fenster herunter. »Hallo, Leo«, sagte ich. »Na? Vom Maultier gefallen?«

Er lachte mich mit seinen weißen Zähen an. »Eselpferd, wenn schon. Nein, keine Sorge. Der dienstunfähige Yoda hier und ich machen einen Spaziergang. Zum Reiten ist er schon zu alt, aber das Gnadenbrot verwehre ich ihm sicher nicht.«

»Das ist fein«, kommentierte Walter Leos rühmliche Einstellung zur Tierhaltung. »Da kann ich gerne mal mithelfen beim Ausführen!«

Sofort kam mir eine Idee. *Wenn Leo es gestatten würde, dass Walter sich tagsüber bei ihm auf dem Hof aufhält und bei den Tieren mithilft, wäre Walter beschäftigt und ich sicher, dass er in guten Händen ist. Dazu hätte Walter noch Spaß und würde etwas Sinnvolles tun. Das wäre überhaupt DIE Lösung!*

»Leo, können Walter und ich kurz mitkommen? Ich würde dich gerne etwas fragen.«

»Klar«, antwortete Leo, »sehr gerne sogar. Ich mach uns einen schönen Kaffee. Den hattest du doch sowieso noch gut.«

»Eher andersrum«, gab ich zerknirscht zurück. »Du hast Walter immerhin gerettet.«

»Gerettet ist wohl ein wenig übertrieben«, erhob Leo Einspruch. »Aber wie auch immer – ich freue mich, so oder so, wenn eine attraktive Dame mein bescheidenes Heim beehrt.«

Ich lächelte aufgrund des netten Kompliments und sagte: »Ja, dann fahren wir schon mal vor?«

Leo nickte. »Bis gleich!«

Wir saßen auf der riesigen Holz-Terrasse vor dem Hof, die den Blick auf einige Wiesen mit grasenden Pferden freiließ. Es herrschte eine unglaubliche Stille hier, nur ab und an unterbrochen von einem zufriedenen Pferdeschnauben oder einem engagierten Rotkehlchen.

Wir tranken Kaffee aus altertümlichen, aber schönen Porzellantassen, die Leo geerbt hatte, und aßen selbst gemachten Käsekuchen.

Walter war inzwischen zu der ersten und kleinsten Wiese, die von einem Holzgitter umzäunt war, geschlendert.

»Schön, dass du dir die Zeit genommen hast«, sagte Leo und nahm einen Schluck von dem heißen Kaffee. »Du siehst nicht gerade aus, als hättest du viel davon.«

»Genau deswegen wollte ich auch mit dir reden«, erklärte ich und klang ein wenig mehr geschäftlich als beabsichtigt. »Walter braucht dringend eine Betreuung, und ich finde einfach niemanden.«

Leo hob eine Augenbraue und stellte seine Tasse auf dem Tisch ab. »Ach, daher weht der Wind. Verstehe.«

»Leo, bitte. Glaub mir, ich würde dich wirklich nicht fragen, wenn ich nicht schon alles versucht hätte.«

In der Sonne sind seine Augen hellgrün, wie frisches Moos am Waldrand, fiel mir plötzlich auf, *die Farbe passt toll zu seinem blaugrün karierten Holzfäller-Hemd.*

Im selben Moment wunderte ich mich schon wieder über meine eigentümlichen Gedanken.

»Das glaube ich dir sofort«, sagte er.

»Pfleger sind hier eher rar, und die wenigen Damen, die infrage gekommen wären, hat Walter innerhalb kürzester Zeit mit seinen seltsamen Aktionen in die Flucht geschlagen. Ich bin wirklich verzweifelt. Erst eben ist er im Bademantel bei mir im Büro aufgetaucht, kannst du dir das vorstellen?«

»Na, die Nummer hast du doch auch drauf«, sagte Leo lachend. »Scheint wohl in der Familie zu liegen.«

»Ich wäre froh, wenn ich auf deine Hilfe zählen könnte, Leo.«

Jetzt sah Leo mich nachdenklich an. »Ich denke, ich weiß, worauf du hinauswillst, Antonia.«

Wir sahen zu Walter hinüber, der mit Yoda einen Heidenspaß zu haben schien und aufgeregt mit ihm diskutierte, und mussten beide im selben Moment lächeln.

»Weißt du, Walter wäre sicherlich gerne hier, in der Natur, bei den Tieren. Und ich weiß einfach weder ein noch aus. Du würdest mir einen riesigen Gefallen tun, wirklich. Es soll auch nicht umsonst sein, nicht, dass du das glaubst. Ich würde dir natürlich einen guten Stundenlohn anbieten. Es wären jetzt noch zwei Wochen.«

Leo verschränkte die Arme vor der Brust, und sein Lächeln wich einem ernsten Stirnkrausen. »Walter kann gerne hier auf dem Hof Zeit verbringen, so viel er möchte. Aber dein Babysitter-Geld will ich nicht, Antonia.«

Beruhigt atmete ich auf. »Wirklich? Du kannst dir gar nicht vorstellen, wie erleichtert ich bin. Du bist meine letzte Rettung, Leo, weißt du das?« Am liebsten hätte ich ihn impulsiv umarmt, so froh war ich, eine gute Lösung für Walter gefunden zu haben. Aber angesichts seines ernsten und fast ein wenig enttäuschten Blickes hielt ich es doch für keine gute Idee.

»Aber eine Sache verstehe ich nicht. Vielleicht kannst du mir die Frage beantworten.«

Erleichtert lehnte ich mich zurück. »Jede!«

»Warum nimmst du nicht einfach Urlaub, solange deine Mutter weg ist?«

Ich wusste, dass jemand wie Leo, dem die Natur und seine seltsame Art von Selbstverwirklichung anscheinend über alles gingen, das nicht verstehen würde.

»Es ist zurzeit unmöglich. Wir haben da gerade so einen großen Deal, und ich werde zum Partner vorgeschla…«

»Schon gut«, sagte Leo und goss mir Kaffee nach. »So was in der Art hatte ich mir fast gedacht.«

Irgendwie brachte er mich dazu, mich schuldig zu fühlen, aber ich wusste nicht, wofür. Das machte mich sauer, und ich reagierte gereizt. »Jemand wie du kann das nicht verstehen.«

»Stimmt«, antwortete Leo. »Jemand wie ich versteht so was nicht.« Er räusperte sich und schob mir das mit Rosen verzierte Milchkännchen hin.

Ich nahm das Milchkännchen, um einen kleinen Schluck davon in meine Tasse laufen zu lassen. Dabei fühlte ich, dass meine Hand leicht zitterte.

Leo schien das auch zu bemerken. »Ich mach das schon.«

Als er mir das Kännchen abnehmen wollte, berührten sich unsere Hände. Während wir uns ansahen, spürte ich einen Stich in der Magengegend und eine Hitzewelle, die von dort aus meinen gesamten Körper durchflutete. Ich wand meinen Blick ab.

Was zur Hölle soll das denn jetzt sein?

Er goss die Milch in meine Tasse. »Eine Bitte hätte ich dann doch noch, quasi als Dankeschön für Walters Aufenthalt.«

»Und die wäre?«, fragte ich so ruhig nach, wie es mir in diesem Moment möglich war.

»Geh mit mir essen«, sagte er und lächelte mich verschmitzt an. »Nach dem Blütenfest? Hier gibt es ein ganz tolles Lokal im Dorf, feine Hausmannskost.« Ein wenig verlegen schob er dann noch hinterher: »Ist allerdings auch das einzige.«

»Abgemacht«, sagte ich und lächelte zurück.

»Ach, ich weiß gar nicht, was da in mich gefahren ist«, sagte Netty und lächelte mich verlegen an.

Ich musste sie einfach noch mal fragen, was sie gestern mit ihrer Andeutung gemeint hatte, und war spontan zu ihr gefahren.

Wir saßen an ihrem großen Küchentisch, die beiden Mini-Mes von Johannes spielten im Wohnzimmer, und Netty hatte uns frischen Minztee aufgebrüht.

Das Haus war eine klassische Doppelhaushälfte, hell und

freundlich, liebevoll eingerichtet, wenn auch ein wenig zu viel von allem, für meinen Geschmack.

Es war bereits früher Abend, aber Johannes war noch nicht zu Hause. »Er ist wirklich engagiert, wenn es um seinen Beruf geht«, erklärte Netty Johannes' Abwesenheit achselzuckend.

»Aber wir wollten doch sowieso in Ruhe reden«, antwortete ich, »da passt das doch prima, dass Johannes so lange arbeitet. Also, raus mit der Sprache: Liegt bei euch was im Argen?«

Netty winkte ab: »Ach, was. Ich hatte gestern im Gegensatz zu heute ordentlich einen im Tee.« Sie lächelte mich unsicher an. »Hab da einfach irgendwas vor mich hin gebrabbelt. Das musst du doch nicht gleich so ernst nehmen, kennst mich doch.«

Netty machte also einen Rückzieher. Sechzehn Jahre keinen Kontakt zu haben ließ sich wohl nicht einfach so ungeschehen machen. Ihr Unwohlsein über diese Flunkerei ließ die Luft zwischen uns zum Zerschneiden dick werden.

»Das stimmt doch nicht, Netty. Du hast gestern ganz klar gesagt, dass du nicht glücklich bist in deiner Ehe. Und dass du viel lieber wieder ganztags arbeiten willst, statt dich hauptsächlich ums Haus zu kümmern. Und dass du ...«

»Hör auf«, unterbrach Netty mich. »Das war ein alberner Abend. Wir haben getrunken, peinlich getanzt und furchtbare Fotos von uns geschossen. Vielleicht hat es mich deswegen ein bisschen an früher erinnert, und ich habe aus der Melancholie heraus irgendwas erzählt. Aber das kann man doch nicht für bare Münze nehmen, was man an so einem Abend redet. Das ist doch alles nur alberner Quatsch. Der Ernst des Lebens sieht doch vollkommen anders aus.«

»Ach ja?«, hakte ich nach. »Und wie?«

»Das musst du ja wohl am besten wissen«, erwiderte Netty. »Du hast schließlich alles erreicht, was du dir vorgenommen hast.«

Wenn man von dem momentanen Trubel um Walter und dem Ärger mit Carl und dem schlechten Eindruck, den ich deswegen im Büro hinterlassen hatte, mal absieht.

»Du musst doch den ganzen Tag immer nur glücklich sein«, sagte Netty und starrte in ihre große Teetasse.

»Ich weiß gar nicht, was ihr alle immer mit eurem Glücklichsein-Getue habt. Es geht im Leben doch nicht darum, *immer nur glücklich* zu sein.«

»Siehst du! Du sagst es ja selbst!«, gab Netty es mir jetzt zurück. »Und deswegen ist mein Leben hier auch vollkommen in Ordnung. Ich habe alles, was ich brauche. Und noch mehr. Die Kinder sind toll, ich liebe sie über alles, und Johannes ist ein ...«, sie überlegte kurz, »... ein wirklich aufgeräumter Mann. Er ist ständig besorgt um die Stadt und seine Familie und tut alles für uns. Damit es uns gut geht.«

Letztendlich teilten Netty und ich also die gleiche Meinung und hatten im Grunde dieselbe Sicht der Dinge. Sie zog ihr Leben genauso durch wie ich, und beide hatten wir mittlerweile begriffen, dass es im Leben nicht nur um Spaß und Selbstverwirklichungsschnickschnack ging. Und doch blieb ein schaler Beigeschmack, den ich nicht loswurde.

»Bis du sicher, dass das gestern nur albernes Gerede war?«, fragte ich Netty ein zweites Mal und sah sie eindringlich an.

»Ja«, antwortete sie, »ganz sicher.« Ihr Lächeln war schön, wie immer, aber irgendwie sah es nicht echt aus.

8. Kapitel

»Frau Nachtigall!« Frau Wieser kam mit geröteten Wangen und leuchtenden Augen auf mich zu. »Frau Nachtigall!«

»Ja?«

Sie wedelte mit einer mehrseitigen Liste. »Das ist eben fertig geworden! Wenn Sie mal einen Blick darauf werfen würden?«

Ich legte Mantel und Tasche auf den Schreibtisch und nahm ihr die Liste ab, damit sie nur endlich aufhörte, damit vor mir herumzuwedeln.

»Was ist das?«, fragte ich Frau Wieser. Ich konnte nur eine Auflistung irgendwelcher Namen erkennen.

»Na, die Gästeliste, für Ihre Hochzeit!«, quietschte Frau Wieser.

Ich hatte die Befürchtung, dass sie mich gleich an ihr wie immer grau bestrickjacktes Herzchen drücken wollte, und nahm zur Sicherheit einen Schritt Abstand.

»Herr Kahler hat sie von mir zusammenstellen lassen. Er sagte, sie sei sicher auch in Ihrem Sinne. Ich habe wirklich Stunden dafür gebraucht, aber mir ist ganz sicher kein einziger wichtiger Name durchgegangen!«

Ich ließ mich auf meinen Schreibtischstuhl fallen und las mir die Liste halblaut selbst vor: »Dr. Alberts, Dr. jur. Amreiher, Prof. Dr. Bertram, Herr und Frau Bielen …«

Aber das sind doch alles Kunden von uns!

»Frau Wieser, sind Sie sicher, dass das meine *Hochzeitsgästeliste* ist?«

Frau Wieser nickte eifrig. Doch als sie meinen skeptischen Blick sah, verwandelte sich ihr strahlendes Lächeln augenblicklich in ein fragendes. »Aber Herr Kahler hat mir ganz klar den Auftrag …«

Wieder dieses verdammte Magenziehen!

Ich krümmte mich auf meinem Stuhl zusammen und stützte mich mit einem Arm auf dem Schreibtisch ab.

»Stimmt etwas nicht?« Frau Wieser beugte sich besorgt über mich.

»Schon gut«, sagte ich. »Danke erst mal.«

Mit einem leicht verwirrten Gesichtsausdruck verließ Frau Wieser mein Büro.

Als die Schmerzen nachließen, machte ich mich mit großen Schritten auf in Carls Büro.

»Was soll das?« Ich klatschte Carl die fünfseitige Liste mit Namen, die ich entweder nicht kannte oder nur im Zusammenhang mit unserer A-Kunden-Liste oder Hans Ehrnsts Golfturnieren oder irgendwelchen Forbes-Listen, auf den Tisch.

»Das ist unsere Gästeliste«, antwortete Carl, während er weiter eine E-Mail tippte.

Wütend nahm ich die Liste wieder in die Hand: »Dr. Dr. Wagemann? Prof. Dr. Weger-Ehrnst? Dr. med Wittner? Dr. Wirre-Kerbel? Was ist das, Carl? Deine Hausarzt-Liste? Oder die Kardiologen-Liste von Hans Ehrnst? Oder hast du Angst, dass *du* bei der Hochzeit womöglich einen Herzanfall bekommst?«

Carl sah noch immer nicht von seiner E-Mail auf. »Das sind unsere wichtigsten Kunden, Antonia, oder die, die es noch werden sollen. Und ein paar Kontakte von Hans. Die Bedeutung dieser Leute muss ich dir wohl kaum erklären.«

»Nein, das müsstest du nicht«, konterte ich, »wenn das eine Firmenjubiläumsparty wäre. Aber *das* hier ist eine *HOCHZEITSGÄSTELISTE*! Und zwar *UNSERE*!«

Jetzt sah Carl von seiner E-Mail auf und betrachtete mich einige Sekunden, bevor er antwortete: »Ist das dein Ernst, dass du dich wie ein trotziges Kind, das seinen Willen nicht bekommt, aufführst? Die Liste enthält die Elite von Wirtschaft, Medizin, Werbung und Forschung – alle unsere Partner. Sogar der Finanzberater von Merkel ist drauf! Und da Hans einen sehr guten Draht zu ihm hat, gehe ich auch davon aus, dass er kommt.«

»Das ist mir schnurzegal, ob der Finanzheini von der Merkel kommt! Es geht hier um unsere Hochzeit und nicht um ein Geschäftsevent! Oder hast du auch schon die Presse informiert, dass sie direkt eine Mitteilung darüber bringen können?«

Die von mir rein rhetorisch gemeinte Frage beantwortete Carl mit einem Nicken: »So ist es. Das gehört eben dazu, wenn man Partner einer der renommiertesten Unternehmensberatungen des Landes ist. Und deine kindlich-naive Art, darauf zu reagieren, gibt mir mehr als nur zu denken.«

»Und wo stehen meine Leute? Meine Familie? Walter? Und Netty?«

»Netty? Netty wer?« Carl sah mit hochgezogenen Augenbrauen an.

»Meine *Freundin* Netty!«

»›Wir haben keine Zeit für Freunde‹, war dieser Satz nicht von dir? Und Walter? Du meinst den Irren, der unser ganzes Leben durcheinanderbringt? Der kommt ganz bestimmt nicht auf meine Hochzeit!«

»Auf *deine* vielleicht nicht!« Mittlerweile brüllte ich wieder. »Aber auf *meine* ganz sicher!«

»Antonia, komm zur Besinnung, ich bitte dich«, wandte Carl ein und stand auf, um mich in den Arm zu nehmen, aber ich machte mich los.

»Nein, Carl. Das ist doch alles nicht in Ordnung. Meine eigene Hochzeit als Geschäftsevent hochziehen? Nein, das fühlt sich nicht richtig an!«

»Deswegen bist du auch mit deinem sonst so brillanten Verstand gesegnet, Antonia, der dir sagt, was vernünftig ist – zumindest bis vor ein paar Tagen –, und musst dich nicht von kindlichen Emotionen leiten lassen.«

Ich hatte genug von Carls arroganten Beleidigungen. »Weißt du was?« Ich klatschte ihm die Liste wieder hin. »Heirate doch Hans Ehrnst! Oder noch besser: die Firma! Oder am besten: dich selbst! Dich liebst du doch sowieso am meisten!«

Noch bevor Carl darauf reagieren konnte, war ich aus der Tür.

Ein dicker Kloß steckte in meinem Hals, sodass ich kaum noch schlucken konnte. Alles fühlte sich wirr an, so, als stünde nichts mehr an seinem richtigen Platz. Als hätte ein leiser, schleichend daherkommender, aber deswegen nicht minder starker Orkan in meinem Leben gewütet und nur Schutthaufen hinterlassen, die ich nun auseinandersortieren musste.

Konnte ich mich in Carl so getäuscht haben? Was, verdammt noch mal, ist nur los?

*

Selbst Stunden später, auf der gesamten Autofahrt nach Klein-Seichtingen, wütete ich noch vor mich hin. So sehr, dass ich mal wieder das Ortseinfahrtsschild und die damit verbundene Dreißigerzone übersah. Allerdings erinnerte mich Gert Kniebel nur zwanzig Meter hinter dem unseligen Schild daran, indem er winkend auf die Straße sprang. Erschrocken trat ich auf die Bremse.

»Öhöhöhööö!«, spuckte und röchelte er mich an, als ich das Fenster runterließ. Gerts Begrüßung fiel wie immer ein wenig intimer aus, als es bei normalen Polizisten üblich war. »Antöhöhöhööhö-nia! Du weißt, warum ich dich anhalte?«

»Gert, das interessiert doch wirklich keinen Menschen hier, ob ich drei Stundenkilometer zu schnell war oder nicht!«

Gert holte – nicht ohne Stolz – ein klumpiges Messgerät hinter seinem Rücken hervor. Ich konnte nicht mit Sicherheit sagen, ob es überhaupt funktionstüchtig war – es sah so aus, als hätte Gert es aus dem Landeskundemuseum mitgehen lassen.

»Öhöhöhööö! Drei Stundenkilometer? Höhöhöhööö! Das waren ganz genau ... also das waren ... warte mal eben ... das haben wir gleich ...«

Gert drückte wild einige Knöpfe auf dem Gerät, und ich hätte mich nicht gewundert, wenn er noch eine knirschende Kurbel an der Seite betätigt hätte, die dann mit einem lautstarken Kassengeklimper meine Geschwindigkeitsüberschreitung ausspucken würde.

»Das waren ganze zwölf Stundenkilometer zu viel!«, ließ mich Gert nun mit ernster Miene wissen.

Ich wusste, dass ich mich diesem Affentheater nicht entziehen könnte, also war ich am besten beraten, wenn ich das Spiel mitspielte. »Okay, Gert. Was macht das?«

»Öhöhöhööö! Das ist aber vorbildhaft, Tönchen, dass du so schnell so einsichtig bist! Ich mach das ja wirklich nicht gerne, aber, na ja, du weißt ja, einer muss ja für Recht und Öhöhöhöööordnung sorgen!«

Ich nickte. »Also, was macht das? Ich zahle bar.«

»Na, also das wären mindestens ein Punkt in Flensburg und die Geldstrafe, also, die ist nicht ohne, das sag ich dir schon mal ...«

Ich kapierte schnell, worauf er hinauswollte: »Ein Punkt plus Geldstrafe – oder?«

»Oder – öhöhöhööö! Na ja, oder ich drücke noch mal beide Augen zu«, Gert machte eine entsprechende Geste, die allerdings mehr an einen Fünfundzwanzig-Volt-Stromschlag als an ein Augenzwinkern erinnerte, »und du nimmst mich mit zur Tankstelle vorne beim Bäcker und besorgst mir eine Stange, öhöhöhööö, also, nicht, dass du das falsch verstehst ...«

»Ich glaube, ich verstehe dich schon vollkommen richtig«, sagte ich und öffnete ihm die Beifahrertür.

Händereibend stieg Gert ein, und wir fuhren zu der kleinen Tankstelle im Ort.

Noch bevor ich ausgestiegen war, legte Gert seinen Arm auf meinen, der noch auf dem Lenkrad lag, und flüsterte: »Also, öhöhöhööö, im Grunde sind es ja zwei Strafen, denen du entgehst, und ...«

»Verstehe. Also zwei Stangen Zigaretten. Sonst noch was?«, entgegnete ich beinahe routiniert.

Langsam schnallte ich, wo der Hase langlief. Hier wusste im Grunde jeder, woran er beim anderen war, und das war nicht das Schlechteste.

»Also, wenn du so fragst. Öhöhöhööö, die haben da doch immer diesen leckeren Lakritzschnaps ...«

Nachdem ich Gert zufrieden an der Wache abgesetzt hatte, fuhr ich geradewegs zu Leo und Walter. Schon als ich auf den Schotterweg zur Hofeinfahrt einbog, konnte ich Walter auf einer der großen Wiesen vor dem Hof entdecken. Ich stoppte den Wagen, sah, wie er lautstark eine Art Esel- und Ponywettrennen moderierte, und erkannte auch einige der Mädchen, die mich damals mit Leo auf ihren Ponys auf der Straße ausgebremst hatten.

Walters bunte Krawatte diente als Ziellinie am Wiesenrand, sein Sonntagsjackett hatte er ausgezogen und um einen Stock gebunden; dieser fungierte nun als Startfahne. Walter und die Mädchen feuerten Yoda und seine winzige Reiterin euphorisch an, die gegen ein schon etwas ergrautes Shetlandpony samt Pippi-Langstrumpf-bezopfter Amazone und gegen einen übergewichtigen Haflinger und den einzigen Jungen in der Runde antraten. Jetzt entdeckte ich auch Leo am Wiesenrand, der gellend durch die Finger pfiff, als das Startsignal fiel.

Es sah so aus, als hätten alle wahnsinnig viel Spaß, und ich musste lächeln. Die irre Truppe mit Walter in der Mitte gab ein absonderliches Bild ab, aber alleine das Zusehen machte schon Freude.

Als ich den Wagen geparkt hatte, kam Leo auf mich zu.

»Na? Business für heute erledigt?«

Ich nickte. »Aber so was von.«

Ein Mädchen, das ich noch nicht kannte, kam aus den Ställen. Sie war etwas älter als die anderen, ich schätzte sie auf ungefähr siebzehn. Rechts und links hatte sie die Zügel von zwei gesattelten, mittelgroßen Pferden in der Hand, die ihr genügsam folgten.

»Ich wär dann so weit«, sagte sie zu Leo und hielt ihm den Zügel des Rappen hin.

Leo nickte ihr zu: »Danke!«, ohne aber den Blick von mir abzuwenden. Er musterte mich regelrecht von oben bis unten.

Ich trug meine übliche Hosenanzugkombi in Dunkelblau – was war daran auszusetzen? Immerhin war weit und breit weder ein Pferdekopfbademantel noch ein Negligé in Sicht!

»Lust?«, fragte er, hielt den Kopf schief und mir die Zügel entgegen. »Natürlich nur, wenn Sandy nichts dagegen hat!«

Das Mädchen schüttelte den Kopf und grinste. »Sicher nicht!«

»Äh, ich soll ...?« Unsicher nahm ich den Zügel entgegen. »Das ist fast zwanzig Jahre her!«

»Ach was, das verlernt man doch nie!«, rief Sandy mir noch im Weggehen zu.

Auch Leo schien diese Ansicht zu teilen: »Ist wie Autofahren. Du bist doch früher geritten, oder?«

Ich nickte. »Fast fünfzehn Jahre.«

»Na also. Außerdem hast du ja mich dabei. Zur Not rette ich dich eben wie ein edler Ritter, du weißt schon.«

Na klar! Jetzt ziehen wir die Märchen-Nummer durch, oder was?! Auf der anderen Seite ... Lust auf einen Ausritt bei dem schönen Frühlingswetter habe ich allemal – was spricht also dagegen?

Walter schien mit Yoda und den Kindern mehr als nur beschäftigt zu sein. Außerdem machte die etwas ältere Sandy einen wirklich vernünftigen Eindruck auf mich, sie würde sicher ein Auge auf alle hier haben.

»Ich würde ja gerne«, sagte ich also zögernd. »Aber ich weiß nicht so recht, ob das, was ich hier anhabe, gerade passend ist.«

»Das ist doch wurscht«, winkte Leo ab. »Zieh den Blazer aus und basta. Wir drehen nur eine kleine Runde am Waldrand entlang.«

»Okay«, willigte ich ein. »Versuchen wir's. Aber du bist schuld, wenn ich mir Arme und Beine breche.«

Mit einer schnellen sportlichen Bewegung hatte Leo sich auf den Braunen geschwungen.

Ich stand noch etwas unsicher vor dem Rappen.

»Soll ich dir helfen?«, fragte er mich von oben.

»Ich glaube, das geht«, erklärte ich und versuchte, mit Schwung aufzusteigen. Allerdings schaffte ich es gerade, mich bis zum Bauch auf den Pferderücken zu ziehen, weiter reichte der erste Schub dann doch nicht. Hilflos hing ich halb auf dem Pferd, halb unten.

Lachend stieg Leo wieder ab und kam zu mir. »Warte, ich helfe dir!«

»Schon gut!«, wehrte ich ab. »Das war Absicht. Eine reine Vertrauensübung. Ich wollte erst mal sehen, wie sich ... äh ... wie heißt er hier überhaupt?«

»Lupo.«

»Äh, genau. Ich wollte sehen, ob Lupo ... äh ... fremdelt.«

»Ah, ja.« Leo stemmte die Arme in die Hüfte, während ich immer noch keuchend in der wahrscheinlich unvorteilhaftesten Position aller Zeiten hing.

Du musst dich hochhieven, Antonia! Und zwar sofort!, schoss es mir durch den Kopf, denn ich hing gerade so vor Leo, dass ich ihm meinen Hintern so entgegenstreckte, wie Inge es höchstwahrscheinlich bei der Pflug-Yoga-Übung Richtung Himmel getan hatte.

Leo schien das nicht im Geringsten zu stören, im Gegenteil. Er hielt mich an der Hüfte fest und versuchte, mich nach oben zu schieben.

Peinlich …!

»Ich schaff das alleine!«, murrte ich. »Lass das!«

»Hui, ist ja schon gut!« Leo ließ von mir ab und hielt entschuldigend beide Handflächen hoch. »War nur nett gemeint!«

Mit einem Klimmzug, der mich die Kraftreserven des ganzen Tages aufbrauchen ließ, zog ich mich – weniger grazil als beabsichtigt, aber nun war es auch egal – hoch.

Als ich endlich auf dem Pferd saß, hatte ich einen guten Sitz und nahm die Zügel zwischen die Finger. Es fühlte sich schlagartig vertraut an. Und sicher. So, als sei es nur wenige Tage her, dass ich in einem Sattel gesessen hätte.

»Auf was wartest du?«, feixte ich und trieb Lupo an, der sofort losschoss.

Leo hatte lachend das Nachsehen: »Na warte!«

Die ganze Strecke am Waldrand entlang nahmen wir im gestreckten Galopp. Ich hatte völlig vergessen, wie frei man sich auf dem Rücken eines Pferdes fühlte, und genoss, wie der Wind durch meine Haare fegte. Lupo kannte die Strecke, das merkte ich, und ich verließ mich ganz auf ihn. Ein paar Sekunden lang schloss ich sogar die Augen. Nichts hatte sich in den ganzen Jahren verändert. Es war ganz genau wie früher. Jeder Atemzug fühlte sich gut an, so, als ob es keine Grenzen gäbe, über die wir nicht galoppieren könnten. Erst als Leo mich von hinten anpfiff, öffnete ich die Augen wieder.

»Mannometer! Du legst ja ein Tempo vor! Und behauptest auch noch frech, seit Ewigkeiten nicht mehr geritten zu sein!«

Ich drehte mich um. »Das stimmt auch«, rief ich ihm zu. »Aber du hattest recht: Es ist, als ob kein Tag vergangen wäre. Einfach toll!«

Leo zeigte lächelnd auf eine kleine Baumgruppe vor einem See direkt vor uns. »Das ist mein Lieblingsplatz. Lass uns eine Pause einlegen. Du schaffst mich, ehrlich!«

Beim Absteigen allerdings kam auch meine neu gewonnene Grazilität an ihre Grenzen. Wie ein nasser Mehlsack plumpste ich von Lupos Rücken. »Okay«, gab ich zu, »hieran muss ich noch etwas arbeiten.«

Leo grinste mich verschmitzt an. »Stimmt.«

Ich knuffte ihn in die Seite. »Eine etwas charmantere Antwort hätte dir auch keinen Zacken aus der Krone gebrochen.«

»Die mit der Krone bist hier ja wohl du!«

Leo ließ sich auf die grüne Wiese fallen, und ich blieb etwas unsicher vor ihm stehen.

»Was ist?«, fragte er herausfordernd. »Angst, dir deinen schnieken Hosenanzug zu versauen?«

»Tzz, so ein Quatsch«, war meine Antwort, bevor ich mich neben ihn ins Gras fallen ließ.

»Ich glaube, du kannst richtig nett sein«, sagte Leo jetzt und legte sich mit verschränkten Armen auf den Rücken, während er an einem Grashalm kaute, »wenn du mal ein bisschen locker lässt.«

Ich sah ihn von der Seite an und erwiderte nichts. Mit angezogenen Beinen saß ich neben Leo. Unsere Pferde grasten friedlich neben uns, die Sonne schien, der Himmel war blau, und ich hatte die ernsthafte Befürchtung, mir würde jeden Moment eine Kitsch-Überdosis den Rest geben. Ich kam mir vor wie eine der Figuren aus den immer gleichen Schmonzetten-Filmen, und mir wurde schlagartig anders.

»Was ist los?«, wollte Leo wissen und setzte sich wieder auf. »Warum so eine nachdenkliche Miene?«

Er sah mich an, und unsere Gesichter waren nur noch wenige Zentimeter voneinander entfernt. Seine grünen Augen strahlten mich derartig an, dass ich Angst bekam, er könne direkt in mich hineinsehen. Ich konnte ein paar graue Sprenkel in ihnen erkennen, und obwohl ihm die Sonne frontal in die Augen schien, musste er nicht blinzeln. Solche Augen hatte ich überhaupt noch nie gesehen, sie hatten etwas wirklich Außergewöhnliches.

Leos Blick wurde auf einmal sehr ernst, und sein Gesicht bewegte sich die wenigen Zentimeter, die zwischen uns lagen, auf mich zu. Ein Windhauch wehte eine Haarsträhne in mein Gesicht. Leo streckte seine Hand aus und strich sie mir hinters Ohr. Noch bevor ich irgendwie reagieren konnte, legte er seine Hand vorsichtig auf meine Wange. Fast reflexartig schloss ich die Augen. Ich spürte an seinem Atem, wie er mit seinem Gesicht noch näher kam, bis er mit seinem Mund direkt vor meinem war.

Ich riss die Augen auf und starrte direkt in seine.

Was tue ich hier, um Himmels willen?

»Äh, ich muss los. Schon spät jetzt ...«

Leo nahm seine Hand weg und wich abrupt zurück. »Okay ...«

»Ähm ... Ich muss noch Abendessen für Walter kochen ...«

Oh Gott, was erzähle ich hier? Ich kann *gar nicht kochen!*

»Klar«, antwortete Leo mit dem Blick auf den mittlerweile in der Sonne glitzernden See gerichtet, »was anderes hätte ich jetzt auch nicht vermutet.«

Im Nu war die vertraute Stimmung verflogen, und ich war froh, als ich wieder auf dem Pferd saß und zurück Richtung Hof ritt.

9. Kapitel

»Was ist das denn nun für eine Überraschung?«, fragte ich Walter, während wir eine Landstraße – grob Richtung Bergisches Land – entlangfuhren. »Irgendwie macht mich der Gedanke an das, was du da geplant haben könntest, nervös.«

Walter war den ganzen Morgen herumgesprungen wie ein aufgeregtes Kind.

Heute trug er, anders als sonst, nicht den obligatorischen Sonntagsanzug mit Krawatte, sondern ein sportliches Outfit: Jeans, natürlich mit Bügelfalte, dazu ein weißes Hemd und einen leichten beigefarbenen Pulli darüber.

Ich fragte mich, was er wohl in dem Aufzug vorhatte. *Wandern? Das ist eigentlich zu harmlos für den Walter, den ich kennengelernt habe.*

»Wart's ab«, sagte er feixend und rieb sich die Hände, »du wirst *be-geis-tert* sein!«

Das Navi, das ich nach Walters Anweisung eingestellt hatte, lotste uns irgendwo ins Nirgendwo.

Walter hatte eine extra für heute zusammengestellte CD eingelegt, auf der sich Lieder wie *Jump* von Van Halen oder *It's my Life* von Bon Jovi befanden. Der arme Nachbarsjunge war wohl wieder bis in die Nacht beschäftigt gewesen. Langsam konnte ich mir also auch noch Sorgen bezüglich Kinderarbeit und Schlafenszeiten machen.

Nach einer knappen Stunde waren wir am Ziel angekommen. Und ich sah weit und breit nichts, außer Felder, grüne

Wiesen und inmitten von ihnen eine kleine Erhebung, vielleicht dreißig Meter hoch.

»Was wollen wir denn nun hier?«, fragte ich, während wir uns abschnallten und aus dem Auto stiegen.

Anstelle einer Antwort hörte ich eine Gegenfrage: »Wie viel Uhr ist es?«

»Kurz vor elf. Wieso?«

»Dann geht's gleich los.« Walter rieb sich grinsend die Hände.

»Was?«

Noch bevor er mir antworten konnte, hörte ich ein leises Luftgeblubber-Geräusch, das stetig näher kam.

»Komm ans Auto, Kindchen!«, sagte Walter und nahm meinen Arm.

Ganz klar – ich kannte das Geräusch irgendwoher. Und als ich hochsah, wurde meine Vermutung bestätigt: Ein Helikopter war gerade im Landeanflug, und zwar direkt vor uns auf die Wiese.

»Walter!«, brüllte ich, um den nun schon sehr lauten Geräuschpegel zu übertönen. »Was hat das zu bedeuten?«

Doch statt einer Antwort schenkte Walter mir nur ein weiteres spitzbübisches Grinsen.

Der Helikopter landete langsam neben uns, und es war inzwischen so windig, dass ich das Gefühl hatte, mich am Wagen festklammern zu müssen, um nicht vom Luftstrom weggesaugt zu werden. Noch bevor die Propeller aufhörten zu rotieren, öffnete sich die Schiebetür des Helis, und zwei Männer in dunkelblauen Ganzkörperanzügen sprangen heraus. Sie liefen geduckt und mit den Händen über der Stirn direkt auf uns zu!

Noch bevor ich etwas sagen konnte, hatte einer der beiden mich am Arm genommen und winkte mit dem anderen Arm Richtung Heli.

»Komm«, brüllte er in den Helikopterlärm, »es geht los.«

»Was? Was geht los?«, brüllte ich zurück und sah, wie Walter sich mit einem gezielten Sprung vom Gestell in den Heli hievte, als wäre er gerade halb so alt, wie er wirklich war. »Walter! Verdammt noch mal, komm sofort da raus!«

Doch es war nichts zu machen – Walter war im Heli, zusammen mit seiner Begleitung. Wenn ich nicht wollte, dass Walter mir davonflog, wohin auch immer, musste ich einsteigen. Ich hatte keinen blassen Schimmer, wohin uns diese mal wieder völlig irrsinnige Walter-Aktion führen würde – aber hatte ich eine Wahl?

Der Innenraum war bis auf zwei rucksackartige Pakete leer, und er wirkte von innen viel größer, als man es von außen eingeschätzt hätte. Kaum war die große Schiebetür verschlossen, erhob sich der Heli wieder in die Luft. Die beiden jungen Männer, die ihrem Auftreten nach problemlos der GSG 9 angehören könnten, stellten sich uns als Steven und Rainer vor.

»Ich bin dein Sprungpartner, Steven«, sagte Steven und reichte mir die Hand.

Bitte?! Sprungpartner?

Steven ergänzte, als er meinen irritierten Gesichtsausdruck sah: »Wir duzen uns immer direkt, schließlich kommen wir uns ja gleich ganz schön nah!« Er zwinkerte mir zu.

Bitte?! Höre ich richtig? Wir kommen uns gleich ganz schön nah?

Dann begannen Steven und Rainer, die Rucksackpakete zu entwirren, denn es lagen auch einige Gürtel und Schnallen dabei.

Mir schwante Böses.

Feixend sah mich Walter an.

»Und, Überraschung gelungen, Tönchen?«

Ich schüttelte entgeistert den Kopf. »Das ist aber nicht das, wonach es aussieht, oder?!«

»Aber natürlich! Wir springen gleich aus ...«, Walter

wandte sich den beiden Männern zu, »aus wie viel Metern noch mal?«

»Viertausend«, antwortete Rainer und schnallte sich den Rucksack um.

Dann deutete er Walter an, erst in den mitgebrachten Overall und dann in das Gerüst von Gurten und Schnallen zu steigen, was dieser auch ohne Weiteres tat.

»Vergiss es!«, rief ich kopfschüttelnd. »Nein! Nie und nimmer!«

»Dann spring ich eben alleine!«, antwortete Walter, der bereits komplett ausgerüstet vor mir stand und nun einen Helm aufzog.

Ich konnte nicht fassen, dass ich mit dem alten Mann meiner Mutter aus viertausend Metern Höhe springen sollte – das war definitiv der Babysitting-Overkill!

»Walter, das ist lebensgefährlich, das kannst du nicht machen!«, versuchte ich es beschwichtigend. »Denk an dein Herz! Deinen Blutdruck! Da kann alles Mögliche passieren!«

»Beim Einkaufen kann alles Mögliche passieren, und beim Putzen auch«, rief Walter und winkte ab. »Und außerdem ist es sowieso mal dringend an der Zeit, dass *überhaupt etwas* passiert. Los, komm, spring rein!«

Walter deutete auf das Gürtelgewirr, das Steven mir entgegenhielt.

»Ich helfe dir«, sagte der freundlich und lächelte mich an.

Unter anderen Umständen hätte ich Steven vielleicht attraktiv gefunden, aber im Moment hatte ich andere Probleme.

»Das ist Erpressung!«

»Richtig!« Walter nickte.

»Das ist absolut unvernünftig! Das ist ... verrückt!!!«

»Stimmt genau!«, rief Walter lachend.

»Aber du bist doch viel zu ...«, versuchte ich einen erneuten Einwand.

»... alt?« Walter schüttelte den Kopf. »Der älteste Fallschirmspringer war Frank Moody mit hundertzwei Jahren. Dagegen bin ich ja ein richtiger Jungspund!« Nach einem kurzen Augenblick fügte er noch hinzu: »Wie kann man überhaupt zu alt für Spaß sein?«

Der Helikopterpilot drehte sich jetzt um und hielt Richtung Steven den Daumen hoch.

Der nickte. »Wir sind gleich auf der Höhe«, sagte er und fügte an mich gewandt hinzu: »Du musst dich jetzt beeilen!«

Tausend Gedanken schossen mir gleichzeitig durch den Kopf: *Was habe ich für eine Wahl? Ich kann den Sprung verweigern und Rainer mit Walter im Schlepptau alleine springen lassen. Wenn etwas passieren sollte, könnte ich es, selbst wenn ich mitspringen würde, auch nicht verhindern. Allerdings würde Inge mir es nie verzeihen, wenn ich Walter alleine gelassen hätte – und dann etwas schiefgegangen wäre.*

Was aber am allerschlimmsten war: Zu meiner allergrößten Überraschung versetzte mir der Gedanke, etwas derart Verrücktes zu tun, sogar einen kleinen Kick. Carl würde mir das nie und nimmer glauben, auf so eine versponnene Idee würde ich im Leben nicht selber kommen.

Ich schluckte. »Okay. Ich mache es.«

»Wusst' ich's doch!«, sagte Walter und klopfte mir zufrieden auf die Schulter. »Meine Erziehung!«

Meine Güte, was habe ich mir da eingebrockt? Und nun ab in die Klamotten …

»Wir fangen bei zehn an runterzuzählen …«, erklärte Steven mir, nachdem er mich vor sich festgeschnallt hatte, und gab mir eine kurze Einweisung.

Ich kam mir in dem knallgelben Overall wirklich lächerlich vor. Zudem hatte ich eigentlich Probleme mit solch engem Körperkontakt mit einem völlig Fremden. Momentan gefiel es mir aber eigentlich ganz gut.

Ob es das Adrenalin …?

»Bei drei beugst du dich vor, und bei eins springe ich, okay?«

Ich nickte.

»Rainer wird mit Walter zuerst springen, dann kannst du es sehen.«

Walter sah glatt um einige Jahre jünger aus, wie er da bis über beide Ohren strahlend und an Rainer angeschnallt stand, mit seiner dunklen Flieger-Brille, dem silbernen Helm und in dem grellen Overall.

An ihm ist wirklich ein kleiner Junge verloren gegangen, dachte ich, *oder ist es eher so, dass er sich diese Einstellung einfach nur bewahrt hat?*

Und ich? Hier, jetzt, in einer Situation, in der ich mich vor kurzer Zeit nie im Leben gesehen hätte, empfand ich tatsächlich Vorfreude. Und zwar eine Vorfreude dieser kribbelnden Art, die man kaum beschreiben kann, eine Mischung aus Neugier, Angst, Nervenkitzel und einem ganz neuen Sich-Selber-Spüren, das eigentlich das Beste daran war.

Nachdem der Pilot ein Zeichen gegeben hatte, dass wir nun auf der richtigen Höhe angekommen waren, öffnete Rainer die Tür.

Ich konnte in Walters Mimik keinerlei Anzeichen von Angst erkennen. Er hatte immer noch sein breites Grinsen im Gesicht und konnte es augenscheinlich kaum erwarten.

»Fünf, vier, drei ...«

Mich überkam ein eiskalter Angstschauer. Noch bevor ich einen weiteren Gedanken fassen konnte, waren Rainer und Walter gesprungen. Ich folgte ihnen mit meinem Blick und sah die riesigen hell- und dunkelgrünen Flächen unter uns, und Häuser, so winzig, dass sie nur als kleine Punkte erkennbar waren.

»Juh-!«, hörte ich Walter noch im Sprung brüllen, da waren sie auch schon weg.

»Jetzt wir!« Steven schob mich Richtung Tür.

Mein Magen machte einen Satz nach unten.

»Acht, sieben ...«

Oh Gott, betete ich – und das tat ich sonst nie! –, *bitte lass uns das heil überleben!*

»Drei, zwei …«

Uuuuuuuuuuuuuuiiiiiiiiiiiiiiiihhhhhhhhhhhh!!!!!!!!!

Das Fallen und der kurze Zustand der Schwerelosigkeit haben etwas von Unendlichkeit an sich. Als ob man sich auflöst, in tausend Teile zerspringt und doch gleichzeitig jede einzelne Zelle des Körpers intensiv spürt. Es ist eine ganz besondere Mischung aus Ewigkeit und Zeit, die im Flug vergeht, wie ein Moment, der angehalten wird und gleichzeitig rasend schnell vorbeirauscht.

Ich konnte nicht sagen, ob wir gerade wirklich flogen oder ob ich mich in einem gefühlt unbeweglichen Zustand befand, der so surreal auf mich wirkte, als sei das alles nur ein seltsamer Traum. Ich hatte nie über die Vorstellung, einmal aus viertausend Metern Höhe zu springen, nachgedacht. Vielleicht auch, weil hinter solchen Gedanken etwas anderes stand, etwas, mit dem ich mich nie auseinandergesetzt hatte. Etwas, das in meiner Welt nicht vorkam. Bis jetzt.

Noch bevor weitere Tausende Gedankensplitter wirre Runden in meinem Kopf drehen konnten, holte Stevens Stimme mich zurück in die Realität.

»Alles okay?«

Er musste mir direkt ins Ohr brüllen, fast so laut, dass es wehtat, damit ich ihn verstand. Ich versuchte, gegen den Luftstrom zu nicken, aber er konnte das natürlich nicht sehen.

»Ja!«, brüllte ich. »Ja-haaaaaaaa!«

Der wahnsinnige Blick nach unten auf das Bergische Land, die Felder, die Miniaturhäuser, der stahlblaue Himmel um uns, Walter, wie er pantomimisch jubelnd einige Meter unter uns flog, der Luftstrom, der meine Wangen schlackern ließ und mich wie verrückt durchzuspülen schien. Es fühlte sich an wie eine Welle aus Glück und Freiheit, die mich unter sich begrub und im nächsten Moment wieder aufsteigen ließ.

Steven brüllte wieder etwas in mein Ohr, aber jedes zweite Wort wurde vom starken Windgeräusch verschluckt.

»Gleich ... tau-send ... fünf-hun... du ... Auf-zieh-leine ...«

Steven hielt mir einen Griff über die Schulter, und ich legte wie automatisch meine Hand hinein. Ich kannte Steven nicht, ich war noch nie in meinem Leben aus viertausend Metern Höhe gesprungen, aber ich fühlte mich sicher.

»Eins ... Hilfs-schirm, zwei ... Haupt-schirm!«, rief Steven.

Dann machte er das Daumen-hoch-Zeichen, und ich zog.

Der kleinere Schirm öffnete sich, und nur einige Sekunden später ging der große Schirm auf.

Ich konnte sehen, wie Walter und Rainer ebenfalls gerade durch den geöffneten Schirm ausgebremst wurden und jetzt fast auf unserer Höhe waren.

Als der Schirm komplett geöffnet war, sausten wir nicht mehr im Steilflug hinunter, sondern schwebten eine Zeit lang vorwärts, um uns dann ruhig in einen langsameren Senkflug einzupendeln. Die Landschaft um uns herum wirkte so friedlich, die Hektik vorbeifahrender Autos, das geschäftige Treiben auf Straßen und in den Läden – nichts davon war zu spüren.

Seltsam, in einem Moment rasenden Fliegens ein Gefühl von Ewigkeit zu empfinden, schoss es mir in den Kopf.

Und gefühlte hundert Prozent Adrenalin schossen durch meinen Körper. Ich wollte lachen, aber ich hatte die Befürchtung, mir könnten die Wangen explodieren, falls sich mein Mund öffnen würde.

Ich war einfach nur – ja. Glücklich.

Obwohl Steven mein Gesicht nicht sehen konnte, rief er mir ein »Gut?« über die Schulter.

»Oh-jaaa!«, war meine lautstarke Antwort.

»Gleich ... drei-hun-dert Me-ter ... Lan-dung«, brüllte Steven weiter in mein Ohr. »Beine hoch!«

Die Sekunden verflogen jetzt plötzlich viel schneller, die winzigen Häuser waren auf einmal groß, wie zum Greifen nah. Der Schirm schaukelte nun mehr als vorher, denn Steven begann, auf einen anvisierten Punkt der Wiese unter uns hinzulenken. Ein paar Meter über dem Boden zog ich die Beine nach oben, wie Steven es mir gesagt hatte. Er streckte seine hingegen aus und wir landeten – Steven auf seinem gepolsterten Hintern und ich quasi auf seinem Schoß.

Walter, der mit Rainer einige Augenblicke vor uns gelandet war, hatte sich bereits aufgerappelt und losgemacht und kam auf mich zu. Hier – auf dem sprichwörtlichen Boden der Tatsachen – kam mir das eben Erlebte noch viel verrückter vor als während des Fluges.

»Kindchen, was bin ich stolz auf dich!«, rief Walter mir entgegen, zog mich zu sich hoch, noch bevor Steven mich komplett abgeschnallt hatte, und drückte mich an sich. »Und, wie fühlt sich das Loslassen so an?«

10. Kapitel

Das Blütenfest war jedes Jahr an Muttertag das Highlight der Frühjahr-Sommer-Saison in Klein-Seichtingen. Ich konnte mich erinnern, dass Netty und ich oft mitgeholfen hatten, wenn es darum ging, die Fenster und Läden im Dorf zu schmücken, und wir lange Blumenketten gebastelt hatten, die wir dann liebevoll in großen Wasserschüsseln in den Gärten unserer Eltern deponiert hatten. Schon Tage vorher wurde überall im Dorf herumgefuhrwerkt, aufgehübscht, um- und eingepflanzt, und überall roch es nach Frühling, frisch gemähtem Gras und Blumen.

Ich stand am Anfang der Dorfgasse, in der rechts und links Stände aufgebaut waren. Vornehmlich gab es Handwerks-, Gartenaccessoires- oder Blumenstände, und obwohl meine Erinnerung an dieses Ereignis mehr als nur verblasst war, kam es mir wie gestern vor, dass Netty und ich heimlich die guten Blumen aus dem Komposthaufen unseres Friedhofes sortiert oder aus den Gärten der Nachbarn geklaut hatten, um sie dann an unserem selbst gebastelten Mini-Stand für wenige Pfennige zu verkaufen. Am meisten Spaß hatten wir immer gehabt, wenn wir der alten Büchereule, die uns selbst damals schon uralt vorgekommen war, einige ihrer Blumen aus ihrem eigenen Garten verkaufen konnten und keiner uns auf die Schliche kam. Bei dem Gedanken daran musste ich grinsen.

In diesem Moment legte sich ein Arm von hinten um meine Schultern.

»Hey«, sagte Leo.

»Hey«, erwiderte ich.

»Dich bringt doch nicht etwa diese überaus romantische Stimmung hier so zum Grinsen, oder?«, feixte er.

»Ach, ich hab an früher gedacht«, tat ich es ab. »Wo ist Walter?«

»Er wollte bei Yoda auf dem Hof bleiben, der Trubel mit den ganzen Touris heute ist ihm wohl zu viel«, erklärte Leo und ergänzte aufgrund meines besorgten Blicks: »Keine Sorge, es ist eine Notbesetzung da.«

»Notbesetzung?«

»Ja, mach dir keine Sorgen!« Leo deutete auf eine Kutsche, in die gerade ein junges blondes Mädchen stieg.

Sie war höchstens Anfang zwanzig, trug eine hellblaue Robe und eine Tiara in der betonartig fest gesprühten Hochsteckfrisur. Sie war offensichtlich die diesjährige Blütenkönigin.

»Begleitest du mich?« Ohne eine Antwort abzuwarten, nahm er meine Hand und schlenderte zur Kutsche. Der Bock war leer, Leo schwang sich mit einem gezielten Sprung hinauf und zog mich hinterher.

»Hey Jeannie«, begrüßte er das junge Mädchen, während ich sie nur anlächelte. »Kann's losgehen?«

Jeannie nickte und strahlte Leo bis über beide Ohren an. Man konnte ihr den Spaß an ihrer Blütenköniginnenposition ansehen.

Netty war auch einmal Blütenkönigin gewesen, kurz vor dem Abi, und Johannes hatte die Kutsche gelenkt, erinnerte ich mich.

»Ab geht's?«, fragte Leo und nahm die Zügel in die Hand.

Jeannie rief ein unüberhörbares »Und wie!« über unsere Schultern.

Auffordernd hielt Leo mir die Zügel entgegen. »Willst du?«

Ich zuckte mit den Schultern und sah ihn an. »Das hab ich noch nie gemacht.«

»Und wenn schon, es ist ganz leicht. Immerhin weiß ich aus sicherer Quelle, dass du gut mit Pferden umgehen kannst. Na los, versuch's doch einfach mal!«

Ich fand es mehr als nur mutig von Leo, denn immerhin galt es, die Blütenkönigin durch das Dorf zu kutschieren. Wenn auch die Straße keine dreihundert Meter lang war, so war es trotzdem gefährlich, das Führen der Zügel einer ungeübten Person zu überlassen. Aber ich wollte mich trauen.

Reflexartig ergriff ich die Zügel, formte beide Hände zu seitlichen Fäusten, bei denen der Daumen obenauf lag, und presste sie aneinander. Leo legte seine Hände auf meine und bewegte sie zusammen mit einem leichten Zungenschnalzen.

Sofort setzten sich die beiden Braunen in Bewegung.

Leos Schulter berührte mich seitlich, und das löste, gemeinsam mit der Tatsache, dass er seine Hände auf meine gelegt hatte, eine Mischung aus Unruhe und Wohlbefinden bei mir aus. Irgendwas hatte dieser seltsame Pferdefreak, das mich schon wieder unsicher werden ließ. Und das gefiel mir ganz und gar nicht. Obwohl ich das Gefühl an sich mochte.

Dieses Dorf mitsamt seinen durchgeknallten Bewohnern machte mich anscheinend langsam wahnsinnig.

Jeannie genoss die kurze Parade sichtlich und winkte den Zuschauern, die nun eine Schneise bildeten, sodass die Kutsche durchkam, freundlich zu.

Wenn ich nicht schon längst in einem Inga-Lindström-Setting gelandet war, dann war ich es spätestens jetzt. Ich kam mir plötzlich selten dämlich vor: Was tat ich hier eigentlich gerade? Inge würde es sicher nicht glauben, mich so zu sehen, und Carl würde auf der Stelle tot umfallen. Bei dem Gedanken an sein konsterniertes Gesicht musste ich allerdings laut auflachen.

»Da hat aber jemand Spaß«, kommentierte Leo meinen kleinen Ausbruch.

Als ich mein Gesicht zur Seite drehte, um ihn anzusehen, war sein Mund – wieder einmal – nur wenige Zentimeter von meinem entfernt.

»Huhuuu Tony!«, rief es laut von der anderen Seite, und ich zog vor lauter Schreck so stark an den Zügeln, dass die Pferde abrupt zum Stehen kamen.

Netty stand samt Johannes und den beiden Kindern am Straßenrand und winkte.

»Hallo Netty! Johannes! Meine Güte!« Ich war überrascht, sie hier zu sehen, was unlogisch war, denn schließlich wohnten sie hier, und Johannes als Bürgermeister würde sicherlich eine Rede anlässlich des Blütenfestes halten und Jeannie später die Schärpe umlegen.

»Antonia, das ist aber eine Freude«, rief Johannes zu mir hoch und streckte sich, um mich zu umarmen. »Netty hat schon erzählt, dass du uns beehrst!«

Johannes hatte sich im Gegensatz zu Netty sehr stark verändert, er war kaum wiederzuerkennen. Das damals so verschmitzte Gesicht wirkte ernst, die Züge waren angespannt. Seine früher so dichten Haare rankten sich in lichtem Flaum um eine Halbglatze.

Leo beugte sich zu uns. »Wir müssen«, erklärte er mit dem Blick nach vorn.

Johannes nickte ihm zu. »Wir sehen uns zur Rede vorm Rathaus«, rief er noch, während Leo den Pferden das Startkommando gab.

Meine Güte, Antonia, du machst gerade eine Zeitreise zurück in die Vergangenheit, dachte ich, *und das, obwohl du doch jahrelang so erfolgreich vor ihr weggelaufen bist.*

»Und, war das was?«, fragte Leo, als er mich nach der Parade mit beiden Händen an meiner Taille festhielt, während ich vom Bock sprang.

»War ganz nett«, murmelte ich. »Auch wenn ich wohl sehr lange brauchen werde, um diesen Kitsch-Overkill zu verarbeiten.«

»Kitsch-Overkill also?«, wiederholte Leo verstimmt. »Du bist wirklich jemand, der am Sandstrand unter Palmen noch etwas daran auszusetzen hat, dass der laue Windhauch aus der falschen Richtung kommt, was?«

Ich verstand nicht, was an meiner Bemerkung ihn so sauer gemacht hatte. Immerhin war ich nur ehrlich. »Du bist echt verkorkst«, entgegnete ich.

»Und du zickig«, lautete Leos Antwort.

Netty stand mit den Kindern direkt neben dem Rednerpult, hinter dem Johannes sich nun aufbaute. Ich stellte mich neben sie und drückte meine alte Freundin zur Begrüßung an mich. Mit einem Blick auf die freudestrahlende Jeannie, die nun ein Jahr das Amt der Blütenkönigin innehaben würde, flüsterte ich: »Du warst die schönste Blütenkönigin von allen!«

Nettys Blick schweifte ins Leere ab. »Ja. Damals dachte ich, die Welt läge mir zu Füßen, und alles wäre möglich.«

»Was ja auch tatsächlich so ist«, ergänzte ich. »Du hier, als Bürgermeisterfrau, Johannes am Pult, die Kinder wie aus dem Bilderbuch … Ich meine, wow!«

»Lass gut sein, Tony«, seufzte Netty und setzte augenblicklich ein roboterhaftes Lächeln auf, als Johannes sie zu sich bat.

»Und, fällst du gleich um?«, feixte Leo von der Seite.

»Keine Sorge, ich überlebe es gerade noch so«, gab ich zurück und musste wieder lächeln.

Anscheinend konnte Leo es nicht lassen, mich mit seiner ironisch-nervigen Art zu foppen.

»Zur Not fang ich dich auf«, ergänzte er zwinkernd.

»Das hättest du wohl gern«, schmunzelte ich.

»Stimmt«, sagte er schlagartig ernst.

Nach Johannes' Rede, die für meinen Geschmack ein wenig zu pathetisch ausgefallen war, nach der feierlichen Überreichung der Schärpe an Jeannie und nach sicher hundert *Tödööhs* der ansässigen Blaskapelle schlenderten Leo und ich durchs Dorf, Richtung *Bergischer Hof*, in dem Leo für uns einen Tisch reserviert hatte. Deal war schließlich Deal, und Walter zuliebe konnte ich mit Leo doch gerne essen gehen.

Nachdem ich so lange nicht mehr im *Bergischen Hof* gewesen war, befürchtete ich Schlimmes, denn schon vor zwanzig Jahren war das Restaurant renovierungsbedürftig gewesen. Umso mehr staunte ich jetzt, wie liebevoll neu hergerichtet es aussah. Das alte Fachwerkhaus schien komplett saniert zu sein. Die ehemals verrotteten Fensterläden waren durch neue ersetzt worden, deren frischer Lack glänzte, und vor jedem der kleinen Fenster hing ein Blumenkasten mit bunten Primeln, Stiefmütterchen, Tulpen und Narzissen. Selbst die typischen Blütenfest-Blumenketten über den Fensterrahmen fehlten nicht.

»Ich hab auf der Gartenterrasse reserviert.« Leo streckte den Arm in Richtung eines kleinen gepflasterten Steinweges aus, der, neben dem Haupteingang durch ein Blumenbeet, wohl zur Terrasse führte.

Dass es überhaupt eine gab, war mir auch neu. Gut, ich war jung gewesen, als ich Landflucht begangen hatte, und in dem mir so verhassten Dorf gediegen Essen zu gehen war damals so ziemlich das Letzte, wonach mir der Sinn gestanden hatte.

»Bitte.«

Ich ging vor und konnte mir ein Lächeln nicht verkneifen. Dass man hier reservieren musste, konnte ich mir kaum vorstellen.

Hier klappen sie doch in zehn Minuten die Bürgersteige hoch!

Aber als wir um die Ecke bogen und auf der großen Terrasse mit Blick auf Wald und Wiesen standen und uns ein leises Gemurmel umgab, staunte ich nicht schlecht: Alle Tische bis auf einen einzigen waren belegt.

Leo führte mich zu dem leeren Tisch, auf dem eine kleine Vase mit Wiesenblumen stand und eine Kerze brannte, und schob den Stuhl zurück. »Nimm doch Platz.«

Perfekte Gentleman-Manier, ah ja.

Sofort kam unser Kellner und brachte uns die Karte.

»Weißt du schon, was du trinken möchtest?«, fragte Leo.

Ich zuckte mit den Schultern.

Warum bestellt er nicht für uns beide?

»Ich brauche noch einen Moment.«

Während Leo seine Bestellung aufgab, einen leichten Weißwein, passend zum warmen Wetter, lugte ich über die Karte. Der Kellner kam mir bekannt vor, aber einordnen konnte ich ihn nicht. In meine Klasse konnte er nicht gegangen sein, dafür war er eindeutig zu jung.

Aber auch er schien zu überlegen, wo er mich einordnen sollte. »Tony?«, fragte er schließlich. »Bist du's wirklich?«

Diese Stimme kenne ich doch!

Das musste Malte sein, der kleine Bruder von Stefan, mit dem Netty fast die gesamte Schulzeit zusammen gewesen war. Malte hing Stefan immer am Bein, und ich konnte mich noch genau daran erinnern, wie genervt Netty und Stefan damals gewesen waren, weil sie ihn nie loswurden. In meiner Vorstellung war der kleine Malte immer noch höchstens dreizehn und lief mit Zahnspange und bettelndem Hundeblick hinter uns her.

»Malte!«

Als ich aufstand, um ihn zu begrüßen, merkte ich, dass vom kleinen Malte nicht mehr viel übrig geblieben war. Natürlich trug er nun die Zahnspange nicht mehr, und er war sicher stattliche eins neunzig groß, schlank und ein richtiger Kerl geworden.

Aber dass er hier kellnert …?

»Das ist ja eine Überraschung! Wahnsinn, wie groß du geworden bist!« Im selben Moment, als die Worte meinen

Mund verließen, fiel mir auf, wie bescheuert sich das anhörte. »Ich meine, also damals warst du … äh … kleiner?«

»Eine kleine Nervensäge, ich weiß.« Malte lachte.

»Was machst du hier, wie ist es dir ergangen?«

Bescheuerte Fragen, Teil II.

»Ach, im Gegensatz zu dem, was man so von dir hört, bin ich von der Nervensäge direkt zum Langweiler geworden«, antwortete er zwinkernd. »Ich bin hiergeblieben und hab so ziemlich alles mal ausprobiert, aber als Stefan zurückkam, war mir klar, dass ich ihn hier im Restaurant unterstützen wollte. Du weißt ja noch, Stefan …«

Stefan. Kurz vor dem Abitur hatte Netty Schluss gemacht, aus heiterem Himmel. Obwohl wir bis dahin nie Geheimnisse voreinander gehabt hatten, hatte sie mir den Grund für diese Kurzschlussaktion nie verraten. Stefan übrigens auch nicht. Er hatte nächtelang vor ihrer Tür gewartet, um sie zum Sprechen zu bewegen. Aber weil wir in dem Alter sowieso alle durch den Wind waren und ich schon auf gepackten Koffern saß, die ich unter den Arm klemmen wollte, sobald ich dem Schuldirektor das Abizeugnis aus den Händen gezerrt hatte, hatte ich nie mehr mit Netty über Stefan gesprochen. Auch er war damals aus Klein-Seichtingen geflüchtet, ähnlich überstürzt wie ich, und alle wussten, dass es wegen Netty gewesen war.

»Das heißt, Stefan ist wieder hier?«, fragte ich staunend.

Malte nickte. »Ja, er hat den *Bergischen Hof* wieder zum Leben erweckt, nachdem er Chef de Cuisine geworden war. Er hat in Sternerestaurants überall in der Welt gekocht, und nun arbeitet er hier an seinem ersten Stern.«

Das erklärte, warum das Lokal so voll besetzt war.

Aber warum zum Teufel hat Netty mir nichts von alledem erzählt?

Jetzt meldete sich auch Leo wieder zu Wort. »Ich freu mich wirklich für euch, dass ihr euch wiedergetroffen habt, aber

negativ besetzter Begriff ist, weiß ich sehr wohl, wie du es gerade eben gemeint hast.«

»Ach, und wie?« Leos Augen sahen mich herausfordernd an.

»Abwertend.«

Langsam wurde es mir zu bunt.

Was meint dieser Typ eigentlich, wer er ist? Der verdammte Dalai Lama oder was?

»Wieso kritisierst du eigentlich ständig an mir herum, obwohl wir uns überhaupt nicht richtig kennen?«, hakte ich weiter nach.

Leo sah mir immer noch direkt in die Augen. Dieser Blick löste etwas unterhalb meines Bauchnabels aus, es war ähnlich stechend wie meine Magenschmerzen, allerdings nicht schmerzhaft.

»Ich habe es nicht böse gemeint, auch wenn du das glaubst. Ehrlich gesagt, frage ich mich sowieso, was dich an dem Begriff stört, wenn du selbst sagst, dass es eigentlich zutrifft.«

»Es war die Art, *wie* du es gesagt hast«, erklärte ich.

»Und ich frage mich, warum du dich immer gleich angegriffen fühlst, Antonia. Du zückst sämtliche Waffen, noch bevor ein Gegner am Horizont auftaucht.« Er goss Wasser aus dem Krug, der auf dem Tisch stand, in unsere Gläser und nahm einen Schluck. »Was jagt dir solche Angst ein?«

Ich lächelte spöttisch ob seiner obskuren Bemerkung.

Angst? Ich? Bitte! Wovor?

»Das Einzige, was mir momentan Angst macht, ist, dass der Wein zu warm sein könnte. Andere Probleme habe ich zurzeit nicht.«

Leo seufzte. »Ich habe es befürchtet.«

Das Essen war tatsächlich hervorragend, genau wie Malte es angekündigt hatte. Stefan hatte sich zu einem wahren Spitzenkoch gemausert.

Ich sah ihn noch heulend vor Nettys Elternhaus sitzend, an seine alte *Puch* gelehnt – oder war es eine *Hercules Prima?* –, zu einer Zeit, als ausschließlich unsere Mopeds frisiert waren und sonst nichts.

»Das mh-ist wirklich mh-gut«, sagte ich kauend und biss mir beinahe auf die Lippen. Mit vollem Mund zu sprechen, fiel mir sonst nicht im Traum ein. Wahrscheinlich hatte Carl recht, und das platte Landleben hatte wirklich einen negativen Einfluss auf mich. »Bevor ich es vergesse, Leo: Danke noch mal. Du und deine Hofleute, ihr helft mir mit Walter sehr.«

Auch jetzt hatte ich Walter in der Obhut der Reitercrew gelassen, die mit ihm zusammen die Tiere von den Weiden holten und versorgten.

»Da nich' für«, tat Leo meinen Dank ab und legte sein Besteck zur Seite, verschränkte die Arme auf dem Tisch und sah mich wieder mit seiner direkten, fast durchbohrenden Art an. »Du antwortest nicht gerne auf unbequeme Fragen, hm? Du hast mir immer noch nicht verraten, wovor du wegläufst.«

»Leo, ganz ehrlich, ich weiß nicht, was du von mir hören willst. Ich laufe vor nichts weg, mein Leben ist ganz und gar perfekt so, wie es ist. Ich verstehe nicht, warum du mir einreden willst, dass etwas nicht stimmt. Frag dich doch lieber selber mal, warum ein mäßig attraktiver Mittdreißiger hier in der Pampa ganz alleine einen Ponyhof betreibt und mit seinem Pick-up nicht mal über die Dorfgrenze hinauskommt.«

Okay, das mit dem »mäßig attraktiv« ist gelogen. Aber was soll diese ständige Infragestellerei meines Lebens?

An Leos Blick konnte ich erkennen, dass er gekränkt war. Vielleicht war ich ein wenig übers Ziel hinaus geschossen.

»Ja, wahrscheinlich hast du recht. Ich sollte mich mal fragen, warum das so ist.«

Ich hatte jetzt mit einem Gegenangriff gerechnet, aber nichts dergleichen kam. Sofort überkam mich ein schlechtes

Gewissen, und ich überlegte, was ich sagen könnte, um die Sache wiedergutzumachen.

»Aber das mit dem ›mäßig attraktiv‹ nehme ich dir wirklich übel.« Er lächelte.

Automatisch musste ich auch lächeln und kam mir kindisch vor.

Die nächsten Minuten saßen wir uns schweigend gegenüber. Während Leo in Richtung Wald sah, sah ich ihn an. Eigentlich mochte ich seine Art, auch wenn mich dieses Weichspülergetue sonst nervte. Er hatte etwas Besonderes an sich, das ich noch bei keinem Mann vorher entdeckt hatte. Einerseits schien er glücklich zu sein, mit dem, was er tat. Er ruhte in sich. Aber ich wurde das Gefühl nicht los, dass da trotzdem etwas war, was ihn umtrieb, etwas, das ihn nicht vollends ankommen ließ.

Carl hatte ich noch nie so unter die Lupe genommen. Apropos Carl – er hatte sich nach unserer Diskussion nicht mehr gemeldet. Ich würde ihn später anrufen, so ging es ja nicht weiter.

»Antonia, darf ich dich was Persönliches fragen?«, fragte Leo, als der Hauptgang von Malte, der mich von der Seite anzwinkerte, abgeräumt wurde.

»Gut«, sagte ich, obwohl ich keine Lust auf weitere Interpretationen meines angeblich verkorksten Lebens hatte. Aber was tut man nicht alles aus einem schlechten Gewissen heraus.

»Möchtest du einen Espresso zu deinem Dessert?«

Ich verstand nicht.

Ist das jetzt die persönliche Frage?

»Gerne«, antwortete ich.

Leo bestellte zwei.

»War das jetzt die persönliche Frage?«, hakte ich nach.

Er nickte. »Ja.«

»Oh.«

»Persönlicher wird es heute nicht mehr.«

Uuups! Das saß.

Leo verstand es, verbale Seitenhiebe zu verteilen. Ich hatte mich schon gewundert, dass er vorhin meinen Angriff unkommentiert gelassen hatte.

»Touché!«, antwortete ich zähneknirschend. Nach ein paar Sekunden fügte ich nachdenklich hinzu: »Weißt du, bei einem Job wie meinem, mit einer Achtzig-Stunden-Woche und mehr, da bleibt nicht so viel Zeit für anderes.«

»Verstehe.«

»Nein, ich glaube nicht. Als Partnerin einer so renommierten Unternehmensberatung, was ich bald sein werde, der ganze Stress ...«

»Gestresst *zu sein* ist eine *Entscheidung*«, unterbrach Leo mich und nahm seinen Espresso entgegen.

Ich ging gar nicht auf diese Bemerkung ein, sondern sprach einfach weiter: »... und mit meiner Verantwortung ... Ich meine, dieses Selbstfindungsdings, Ruhe und Entspannung und der ganze Kram, das ist doch nur eine Ausrede der meisten, faul sein zu können und nicht hart arbeiten zu wollen. Das Leben ist nun mal kein Ponyhof!«

Leo hob eine Augenbraue. »Meinst du das jetzt ernst, oder soll das ein Scherz sein?«

Ich sah ihn herausfordernd an: »Ich scherze nie.«

»Oh, Mann.« Leo atmete tief durch. »Du tust mir leid, Antonia, ehrlich. Du siehst vor lauter Ehrgeiz gar nicht mehr, was wirklich wichtig ist.«

Leo legte den Espressolöffel, mit dem er gerade noch wild in dem kleinen Tässchen herumgerührt hatte, eine Spur zu kraftvoll auf seinem Unterteller ab. »Weißt du, ich glaube tatsächlich, dass du eine ganz zauberhafte Person sein könntest, wenn du nur einmal nicht eine Temperatur kurz über dem Erfrierungsgrad hättest. Antonia, merkst du nicht, dass du die Mauer um dich herum so hoch gebaut hast, dass du jetzt selbst nicht mehr drüber gucken kannst?«

»Nur weil ich mir meiner Verantwortung bewusst bin, bin ich gleich unterkühlt? Leo, versteh das jetzt nicht falsch, aber ich habe das Gefühl, du kapierst nicht, was ich so jeden Tag tue. Ich rette weltbekannte Unternehmen vor der Insolvenz, verschaffe ihnen ein neues Image, berate sie dahingehend, dass ...«

»Ich glaube, ich muss jetzt los, zurück in mein Ponyhofleben«, unterbrach mich Leo. »Morgen ist ein langer Tag faulenzen angesagt. Bisschen auf den Ponys rumhopsen, bisschen Kinder, die Entwicklungsstörungen haben, durch die Gegend reiten lassen, so ein Krimskrams eben. Das hat ja alles nichts mit Verantwortung zu tun.« Leo stand auf, zog ein paar lose Scheine aus der Hosentasche und legte sie auf den Tisch. »Ich bin jetzt weg. Ich wünsche dir noch einen schönen Abend. Vielleicht unterhältst du dich mit Stefan besser, der kennt dich immerhin schon länger und weiß eher zu schätzen, wie furchtbar engagiert du bist.«

Jetzt reichte es mir endgültig. »Schön, dass du immer alles abwerten musst, was anders ist als du!«

Leo zuckte mit keiner seiner langen Wimpern. »Ist es nicht eher so, dass *du* genau das tust?«

Mittlerweile war auch ich aufgestanden und pfefferte meine Stoffserviette auf den Tisch. »Das ist absolut lächerlich, dass du dir so ein Urteil über mich erlaubst. DU KENNST MICH KEIN BISSCHEN!«

»Stimmt«, sagte Leo in einem ruhigen, fast sanften Ton, der im Gegensatz zu meinem lautstarken Ausbruch gerade wie ein Anziehen der Handbremse auf voller Fahrt wirkte. »Aber eins weiß ich ganz genau: Von Verantwortung hast *du keine* Ahnung!«

Er drehte sich um und ging. Ließ mich einfach so an dem Tisch stehen, auf dem die Kerze fast heruntergebrannt war.

Noch bevor ich wusste, wie ich jetzt mit dieser Situation umgehen wollte, packte mich ein starker Arm von hinten und zog mich an sich.

Ich drehte mich um. »Stefan!«, rief ich verblüfft aus.

»Mann, Tony! Ist das schön, dich zu sehen! Das ist ja mal eine Überraschung! Hab zwar schon die Spatzen von den Dächern zwitschern hören, dass du im Lande bist, konnte es aber kaum glauben. Du warst doch nie hier, in den letzten zwanzig Jahren, oder täusche ich mich?«

Ich drückte meinen alten Kumpel fest, fester, als ich wollte. Irgendwie brauchte ich das jetzt. »Genauso oft wie du«, antwortete ich und drückte mein Gesicht in seine Schulter.

»Stimmt«, erwiderte er. »Wir zwei Flüchtlinge. Aber ich bin jetzt wieder da.«

Ich ließ ihn los und ging einen Schritt zurück, um ihn mir besser ansehen zu können. Im Gegensatz zu Netty schien er viel mehr gealtert zu sein, aber nicht zu seinem Nachteil. Die Augenfältchen und der leichte Grauansatz an den Schläfen ließen ihn reifer und attraktiver wirken.

»Du bist älter geworden«, sagte ich.

Er sah mich grinsend an. »Wie ich sehe, nicht so zu meinem Vorteil wie du.«

Ich nahm sein Kompliment schmunzelnd an. »Danke.«

»Ist dir bewusst, dass es jetzt eine *Bravo Hits 79* gibt?«

»Oh Gott!«

Wir mussten beide gleichzeitig lachen. An nichts merkt man so sehr, dass man alt geworden ist, wie an der Musik, hatte Walter mal gesagt, und er hatte recht.

»Warum bist du wieder da?«, wollte ich wissen. »Wieso jetzt, nach so langer Zeit?«

»Wie viel Zeit hast du?«, fragte Stefan, während er seine schicke Kochschürze von der Hüfte zog.

»Genug«, antwortete ich.

Mit Leo zu sprechen würde heute wahrscheinlich keinen Sinn mehr machen. Also konnte ich genauso gut noch etwas im Restaurant bleiben und mit Stefan über alte Zeiten reden.

»Gut.«

Stefan deutete der jungen Kellnerin an, ihm ein frisches Glas zu bringen, und schenkte mir von dem wirklich guten Wein nach, von dem noch ein letzter Rest in der Flasche den Abend von Leo und mir überlebt hatte.

Als wir saßen, merkte ich, dass Stefan nach den richtigen Worten suchte.

»Netty.« Es war keine Frage, obwohl es eine werden sollte. Aber in dem Moment, als ich den Namen meiner alten Freundin aussprach, war ich mir sicher, dass sie der Grund für Stefans Rückkehr war. Und es war augenblicklich unschwer zu erkennen, dass ich damit zu hundert Prozent ins Schwarze getroffen hatte.

»Zwei Grappa, bitte«, bestellte ich. »Dann erzähl mal.«

Stefan hatte wirklich viel zu erzählen, es war längst nach Mitternacht, als er mir nach all seinen Erfahrungen in den verschiedenen Ländern auf dem Weg zum Chef de Cuisine berichtet hatte und nun endlich an dem Punkt ankam, der mich brennend interessierte.

»Über die ganzen Jahre habe ich viele tolle Frauen kennengelernt«, setzte er seufzend an, »ich hatte auch ein paar ernste Beziehungen. Aber eine Sache konnte ich nie abstellen.«

»Und die wäre?«

»Ich habe alle immer mit Netty verglichen.« Er seufzte. »Keine konnte ihr das Wasser reichen.«

»Vielleicht liegt es daran, dass du nie erfahren hast, warum sie eigentlich damals Hals über Kopf Schluss gemacht hat?«, versuchte ich es vorsichtig.

»Das liegt ja wohl auf der Hand.« Stefan seufzte wieder, diesmal noch tiefer. »Johannes.«

»Aber die beiden waren doch damals nicht direkt nach euch zusammen?«, fragte ich nach. »Das hätte ich doch mitgekriegt!«

»Wie denn?«, ließ mich Stefan nicht ohne eine leichte Schärfe in seiner Stimme wissen. »Du bist doch damals losge-

können wir trotzdem langsam bestellen? Ich hab einen Bärenhunger!«

»Natürlich«, antwortete ich, obwohl mir gerade so viele ungeklärte Gedanken durch den Kopf gingen.

Ich konnte einfach nicht verstehen, warum Netty das alles mit keiner Silbe erwähnt hatte.

»Ich empfehle euch das Drei-Gänge-Tagesmenü mit der Maiforelle«, sagte Malte. »Was Besseres habt ihr sicher lange nicht gegessen. Stefan übertrifft sich damit selbst.«

»Gut. Und ich nehme dazu denselben Wein wie Leo.«

Auch Leo schien einverstanden mit dem Menüvorschlag. »Gerne, das Forellenmenü nehme ich auch.«

»Schön, dich wiedergetroffen zu haben«, ergänzte er noch, während er uns die Karte wieder abnahm, und es klang ehrlich. »Ich sage Stefan Bescheid, dass er später mal rauskommt, wenn er ein wenig mehr Luft hat.«

»Danke, Malte.«

Er deutete eine kleine Verbeugung an und verschwand im Haus.

»Alles gut? Du siehst so nachdenklich aus«, bemerkte Leo.

»Ich denke an früher. Wie das alles damals war, und was aus uns geworden ist.«

»Und, was ist aus dir geworden?«, hakte er nach.

»Genau das, was ich mir vorgenommen hatte«, antwortete ich.

»Du hast dir also vorgenommen, ein *Workaholic* zu werden?« Er sprach das *Workaholic* besonders betont aus.

Dieser spezielle Ton gefiel mir nicht.

»Richtig. Und falls dir etwas daran nicht passt, Leo, kannst du jederzeit gehen.«

Er sah mich nachdenklich an. »Wieso meinst du eigentlich, dass Angriff immer die beste Verteidigung ist?«

»Du hast mich gerade beleidigt. Oder es zumindest versucht. Auch wenn das Wort *Workaholic* in meiner Welt kein

rannt, ohne dich umzudrehen, als wenn der Teufel höchstpersönlich hinter dir her gewesen wäre. Gerade mal Schmauchspuren hast du hinterlassen.«

Das stimmte, ich musste Stefan recht geben.

Aber Netty hätte mir das mit Johannes doch erzählt … Oder nicht?!

»Netty war damals unglaublich enttäuscht, dass du alles einfach hinter dir lassen konntest. Auch eure Freundschaft.«

»Aber wir haben telefoniert, ab und zu«, wandt ich rechtfertigend ein.

»Anscheinend nicht genug.«

Ich senkte meinen Blick und sah auf die Wiesen und den Waldrand, der jetzt im Dunkeln im schwachen Kerzenlicht unergründlich tief wirkte.

»Wahrscheinlich hast du recht. Nun ist das aber Jahre her, und ich kann es nicht mehr ändern. Ich kann es nur in Zukunft besser machen. Und außerdem: Viel wichtiger ist doch die Frage, warum du ausgerechnet jetzt wieder hier bist? Netty ist verheiratet, hat zwei Kinder. Es ist zu spät.«

»Wahrscheinlich hast du jetzt recht«, wiederholte Stefan meinen Satz, »aber viel wichtiger ist doch *die* Frage: Ist es überhaupt jemals zu spät für irgendwas?«

Darauf hatte ich keine Antwort, also schwieg ich.

Irgendwie verlief dieser Abend anders, als ich ihn mir vorgestellt hatte.

Konnte es sein, dass alle gerade in einer Art Sinnkrise waren? Es hatte den Anschein, als seien alle Suchende, die jeden Stein auf ihrem Weg zweimal umdrehten, um nicht auch nur ein noch so kleines Detail ihres Lebens zu verpassen. Aber was änderte es? Stefan war alleine, obwohl er nach Klein-Seichtingen und damit auch irgendwie zu Netty zurückgekehrt war, und Leo machte den Eindruck auf mich, dass auch bei ihm irgendwas nicht so hundertprozentig stimmte. Und obwohl ich anscheinend die Einzige war, die mit ihrem Leben zufrieden war, wurde ich hier von allen am laufenden Band infrage gestellt.

»Ist Netty glücklich mit Johannes?«, fragte Stefan mich jetzt.

»Ich glaube, dass irgendetwas nicht stimmt«, antwortete ich, »aber ich bin mir nicht sicher.«

»Das habe ich mir schon gedacht.« Stefan wirkte resigniert.

»Warum fragst du sie nicht selbst? Immerhin bist du doch deswegen wieder hier.«

»Hab ich doch«, erwiderte er, »sicher tausendmal hab ich es versucht. Sie wirkt immer so traurig, gar nicht so lebenslustig wie früher. Aber sie antwortet mir nicht. Nie.«

Dass irgendetwas mit Netty nicht stimmte, hatte ich ja selbst auch schon bemerkt. Aber die Tatsache, dass Stefan ihretwegen wieder hier war und kein Geheimnis daraus machte, sicher auch vor ihr nicht, und sie trotzdem nicht mit ihm sprach, gab mir zu denken. Ich musste ganz dringend mit ihr reden. Und dann würde ich keine Ausreden gelten lassen.

»Und du warst mit Leo Winter hier?«, wechselte Stefan das Thema, nachdem wir ein paar Minuten schweigend dagesessen hatten. »Woher kennst du ihn?«

»Er hilft mir im Moment mit Walter«, erklärte ich. »Inge ist ja ohne Vorwarnung in einen indischen Ashram abgehauen. Sie hat die Reise bei eurem verrückten Radiosender gewonnen. Und da ich eigentlich eine Siebzigplus-Stunden-Woche habe, Walter aber nicht alleine lassen kann, habe ich Leo um Hilfe gebeten. Das funktioniert eigentlich auch ganz wunderbar.«

»Aber?«

»Aber er will einfach nicht verstehen, warum ich mich so schwer vom Büro loseisen kann, dass ich mein Bestes gebe und hart arbeite. Das hält er mir jedenfalls immer vor. Er ist halt eher so ein genügsamer Naturbursche.«

»Genügsamer Naturbursche? Leo Winter?« Stefan lachte laut auf und schüttelte den Kopf. »Schätzelein, ich denke, er ist alles andere als das.«

»Ja, ja, ich weiß, er bringt Kindern das Reiten bei und ist auch sonst ein netter und gutmütiger Mensch«, gab ich zu, »aber von der Welt da draußen hat er nicht den blassesten Schimmer.«

»Tony, ich glaube, ich muss dir mal etwas über Leo erzählen. Kennst du eigentlich die Werbeagentur *Winter & Friends?*«

»Natürlich kenne ich die«, antwortete ich. »Ich bin Unternehmensberaterin, und wir kooperieren sehr oft mit deren Hauptsitz in Berlin. Immerhin ist es eine der renommiertesten Werbeagenturen Deutschlands!«

»Der Gründer, Frieder Winter, war Leos Vater«, ließ Stefan mich nun wissen. »Es sollte eigentlich *Winter & Winter* heißen. Bevor Leo ausgestiegen ist.«

Ich war mehr als nur überrascht, als Stefan mir erzählte, dass Leos Vater die Karriere seines Sohnes als Werber schon von Kind auf an durchgeplant hatte, und Leo, der sein Abitur mit Ach und Krach bestanden und das darauffolgende PR & Kommunikations-Studium nach nur drei Semestern abgebrochen hatte, so gar nicht dem Bild entsprach, das sein Vater gerne von ihm erschaffen hätte.

Ich hatte Frieder Winter persönlich gekannt, bevor er letztes Jahr ganz plötzlich an einem Herzinfarkt gestorben war. Er war immer ein sehr akkurater und gradliniger Mann gewesen. Wir hatten gute Erfahrungen in der Zusammenarbeit gemacht und konnten uns immer auf ihn und seine Leute verlassen. Winter hatte eine Art Monopol in seiner Branche geschaffen, aber dass ein verlorener Sohn der Grund für seine unermüdliche Arbeitswut war, darauf wäre ich natürlich nicht gekommen.

»Obwohl Leo nie in die Werbebranche wollte, hat er es seinem Vater zuliebe versucht. Nachdem er das Studium abgebrochen hatte, ist er dann so in die Agentur eingestiegen. Sein Vater war überzeugt, dass er in den Job schon reinwachsen würde.«

»Aber das passierte nicht«, riet ich.

»Richtig.« Stefan nickte und nahm noch einen Schluck Weißwein. »Er hat mir erzählt, wie sehr er die ganzen hohlen Slogans für Statussymbole, wie Uhren, Autos, Anzüge und so weiter, gehasst hat. Ganze Marketingpakete von Feuchttüchern bis zum Lifestyle-Raumerfrischer – alles sollte schöner oder begehrter machen oder dazu führen, dass man sich selbst auf dem Klo so fühlt, als sei man an der Na-Pali-Küste auf Hawaii. Anstatt seine Koffer zu packen und selber nach Hawaii zu fahren.«

»Ich verstehe, was du meinst.«

»Nach nicht mal einem Jahr und etlichen Überstunden hat er hingeschmissen. Er wollte raus, in die Natur, was mit den Händen machen, bei den Tieren sein. Da bot es sich an, das Erbe seines Onkels anzutreten. Der Hof war verpachtet und total heruntergekommen, ein ganzer Rattenschwanz Schulden hing dran. Leo hat alles wieder neu aufgebaut.«

Für eine so gut wie geschenkte Karriere bei Winter & Friends *würden die meisten Menschen, die ich kenne, morden,* dachte ich, *unglaublich, dass es Leo so gar nichts zu bedeuten scheint.*

»Dann hat er doch jetzt, was er wollte«, resümierte ich. »Leo Winter, der furchtlose Aussteiger, ist nun glücklich auf seinem Hof angekommen.«

»Nicht ganz. Zu zwei Dritteln seinem Hof«, ergänzte Stefan, »und das auf Pump.«

»Und wem gehört das letzte Drittel?« Jetzt hatte er mich neugierig gemacht.

»Seinen Pflichterbanteil hat sein Vater ihm damals nicht verkauft. Vielleicht als Rache für Leos Ausstieg.«

»Und wem gehört der Anteil jetzt?«

»Der zweiten Frau von Frieder Winter. Er hat Leos Mutter

damals verlassen. Auch eine Sache, die Leo ihm nie verziehen hat.«

»Hm. Und sie verkauft nicht?«

»Nein. Leo und sein Vater sind im Streit auseinandergegangen, und mit der Witwe hat Leo nie gesprochen. Er hat sie nicht als neue Frau an der Seite seines Vaters akzeptiert, weil sie seiner Meinung nach nur auf das Geld des alten Winter aus war. Wahrscheinlich ist es bis heute so eine Stolzsache.«

»Verstehe. Das heißt, Leo wird den Hof, obwohl er ihn komplett saniert hat und sein ganzes Leben daran hängt, nie allein besitzen?«

»So, wie es aussieht, nein. Die Witwe Winter gehört zum Jetset und ist meistens in Kitzbühel und St. Tropez zu finden, da kriegen wir Leo so schnell nicht hin.«

Dass eine solche Geschichte hinter Leos Bauernhofidyll stecken könnte, war mir nie in den Sinn gekommen.

Irgendwie suchten wirklich *alle*, aber angekommen war anscheinend niemand.

»Zudem kommt er mit den Raten nicht nach. Die Sache mit dem Therapeutischen Reiten refinanziert sich nicht. So wie es aussieht, wird Leo den Hof nicht halten können. Er steht kurz vor der Insolvenz.«

Ich wunderte mich. »Aber es sah immer so nach Hochbetrieb bei ihm aus, wenn ich auf dem Hof war?«

»Stimmt. Nur haben die meisten Eltern kranker Kinder nicht besonders viel Geld, da sie oft den größten Teil für die Pflege und die Gesundheit ihrer Kinder aufbringen müssen. Und die Kassen übernehmen die Kosten der Reitstunden meistens nicht, da der Hippotherapie kein therapeutischer Nutzen nachgewiesen werden kann. Was totaler Quatsch ist … Und Leo ist da … ich sag mal … er ist da ein wenig zu empathisch. Ihn hält das alles nicht davon ab, sich trotzdem um die behinderten Kinder zu kümmern. Eben kein knallharter Geschäftsmann, das war er noch nie.«

»Hm.«

Ich konnte mir vorstellen, dass Stefan recht hatte. Leo wirkte nun wirklich nicht wie der Businessmann schlechthin. Allerdings fand ich es wirklich schade, dass er mit seinem Engagement nicht erfolgreich war. Zumindest nicht finanziell.

Müde hielt ich mir die Hand vor den Mund, weil ich gähnen musste.

»Langer Tag, hm?«

Ich nickte. »Ja, und er ist noch nicht vorbei. Apropos, Walter ist sicher schon ein paar Stunden alleine, ich muss nach Hause.«

Ich begann, in der Handtasche nach meiner Kreditkarte zu suchen. Leo würde ich sein lieblos dahin geklatschtes Geld wiedergeben, auf so eine Einladung konnte ich verzichten. Außerdem konnte er es Stefans Ausführungen zufolge nun wirklich bestens gebrauchen.

»Geht aufs Haus«, tat Stefan mein Gewurschtel ab. »Aber ich würde mich freuen, wenn du mal mit Netty reden würdest. Irgendwas stimmt wirklich nicht mit ihr.«

»Danke«, antwortete ich und ließ von der Tasche ab. »Ich werde mit ihr sprechen, das hatte ich ohnehin vor. Aber weißt du, was ich nicht so richtig verstehe, bei der ganzen Sache um Netty und dich?«

»Was?«

»Wie konntest du das damals einfach so wegstecken, dass sie mir nichts, dir nichts Schluss gemacht hat, ohne dir je eine Erklärung dafür zu geben?«

Stefan atmete hörbar aus. »Ich bin weggelaufen, Tony, Tausende von Kilometern um die ganze Welt. Das zum Thema *einfach so wegstecken*. Aber sie hat mich nicht losgelassen, egal, wo ich war. Wir tragen unseren unsichtbaren Rucksack doch alle mit uns herum, egal, wie weit wir uns von den Orten oder Menschen entfernen, die uns unglücklich gemacht haben.

Manchmal muss man eben zurückkommen und sich dem Schmerz stellen, um ihn zu besiegen. So sehe ich das.«

Als ich zu Hause ankam und erleichtert feststellte, dass Walter bereits friedlich auf dem Sofa lag und las, gingen mir Stefans Worte nicht mehr aus dem Kopf.

Was, wenn Stefan recht hatte? Wie sah dann mein unsichtbarer Rucksack aus?

Ich setzte mich zu Walter auf die Couch und erzählte ihm von Stefan, von Leo und meinen ruhelosen Gedanken.

Walter richtete sich auf und hörte sich alles besonnen an, nickte ab und zu und murmelte oft ein »Hmm« oder ein »Jaja« dazwischen.

»Langsam habe ich das Gefühl, dass ich, je länger ich hier bin, selber nicht mehr weiß, wo es langgeht«, beendete ich seufzend meine Ausführungen. »Sonst war immer alles so klar und einfach. Und jetzt habe ich immer mehr das Gefühl, mich hier zu verzetteln. Mit Netty und mit Leo. Ach, das war einfach ein katastrophaler Abend. Alles ist so ... verwirrend!«

Walter klopfte mir auf die Schulter. »Komm, lass uns schlafen gehen.«

Ich wunderte mich, denn normalerweise war ich es, die Walter dazu ermahnen musste. Wir standen auf und gingen schweigend nacheinander die Treppe hoch, jeder in sein Zimmer.

Bevor Walter die Tür zu seinem und Inges Schlafzimmer schloss, drehte er sich noch einmal zu mir um. »Das Leben ist aus so vielen Fäden gewoben, mein Kind. Und nicht nur einer davon ist rot.«

11. Kapitel

»Du bist schon wieder zu spät.«

Carls Stimme war so voller Vorwürfe, dass ich nicht umhinkam anzunehmen, dass mein Zuspätkommen – lächerliche zwanzig Minuten, denn Walter war heute mit einem mittelschweren Krawattenauswahlproblem in den Tag gestartet, bevor ich ihn auf dem Reiterhof absetzen konnte – nicht der Hauptgrund für seine schlechte Stimmung war.

»Ist diese Familienfarce nun endlich gelöst, ja?«, hakte er nach.

»Ja«, erklärte ich genervt und hängte meine Jacke über die Bürostuhllehne. »Walter ist jetzt tagsüber auf dem Reiterhof und hilft, Kinder zu betreuen.«

»Ha!« Carl lachte laut auf. »Den verwirrten alten Mann lassen sie Kinder betreuen? Die können doch wohl viel eher auf ihn aufpassen.«

Ich hatte Carls Sprüche bezüglich Walter satt und war sowieso unter Zeitdruck bis zum nächsten Meeting, auf das ich mich noch vorbereiten wollte. »Lass gut sein«, antwortete ich scharf. »Für dich ist ja nur wichtig, dass ich ohne Ablenkung hier meine Arbeit mache, und das tue ich.« Ich stand auf, ging zur Tür und hielt sie ihm auf. »Du kannst also ganz beruhigt sein.«

»Wir müssen noch über einiges sprechen«, ließ Carl mich mit nicht weniger vorwurfsvollem Ton wissen. »Unser Streit war vollkommen überflüssig. Aber das können wir auch heute Mittag in Ruhe bereden.«

»Ja. Obwohl ich nicht wüsste, was es zum Thema Gästeliste noch zu bereden gäbe. So will ich das Ganze nicht, dann lassen wir es lieber komplett.«

»Ich sagte ja, das bereden wir später«, gab Carl mir zu verstehen, dass er jetzt nicht gewillt war, das heikle Thema zu diskutieren.

Mir war es egal, meine Entscheidung stand fest. Eine Firmenveranstaltung sollte unsere Hochzeit nicht werden, so sehr ich meine Arbeit auch mochte.

»Frau Nachtigall?« Frau Wiesers Stimme ertönte aus der Gegensprechanlage.

»Ja?«

»Da ist ein Herr Leo Winter für Sie am Apparat.«

»Stellen Sie durch, bitte.«

Ich fragte mich, ob alles okay war mit Walter, und war augenblicklich wieder in Sorge. Einfach so würde Leo nicht anrufen.

»Antonia?« Leos Stimme klang atemlos.

»Ja, ist was mit Walter?«, fragte ich ohne Begrüßung nach.

»Er muss hier weg, sofort.«

»Bitte? Aber was ist denn passiert?«

»Ich kann dir jetzt nicht alles am Telefon erklären, nur so viel: Walter hat Mist gebaut. Er hat Pralinen mit Alkoholfüllung an die Kinder verteilt. Alle haben jetzt eine Alkoholfahne, und sämtliche Eltern rasten hier gerade völlig aus. Sie drohen mit Anzeigen. Das kann ich mir nicht leisten, gerade jetzt, wo … Walter muss hier weg, Antonia, sonst gibt es Mord und Totschlag!«

»Scheiße!«, entfuhr es mir. »Ich komme!«

»Nein«, brüllte Leo ins Telefon. »Gert bringt ihn zu dir. Er kann hier keine Minute länger bleiben, das gibt eine Eskalation. Unterschätz niemals aufgebrachte Eltern!«

»Okay.«

Dann hörte ich nur noch das Tuten in der leeren Leitung. Leo hatte aufgelegt.

Als Gert und Walter das Vorzimmer betraten, konnte ich Walter direkt ansehen, wie aufgebracht er war. Gert röchelte vor sich hin und blickte suchend um sich, während Walter völlig verloren neben ihm im Raum stand. Noch bevor Frau Wieser die beiden in Empfang nehmen konnte, schob ich sie in mein Büro und schloss die Tür.

»Danke Gert, dass du Walter hergebracht hast«, sagte ich so ruhig wie möglich. Es hatte keinen Sinn, dass ich mich jetzt auch noch aufregte.

»Öhöhöhööö, ja. Ging nicht anders. Drei Elternpaare bestehen auf eine, öhöhöhööö, eine Anzeige«, erklärte Gert. »Ein Kind hatte laut meiner sicheren Informationsquelle fünf oder mehr von diesen Dingern gegessen.«

»Scheiße!«, rutschte es mir schon wieder raus.

»Öhöhöhööö, na, na, na, wer wird denn da gleich ausfällig werden! Den Kindern ist ja nichts passiert. Nicht mal 'n kleiner Schwips war zu bemerken. Öhöhöhööö! Ich weiß aus eigener Erfahrung, öhöhöhööö, na ja, also fast eigener, öhöhöhööö, betrunken ist ein Kind erst ab dreißig Stück. Aber du kannst dir, öhöhöhööö, vorstellen, wie die Eltern ... na ja ... wie sie eben sind.«

Ich seufzte und sah Walter an, der zerknirscht vor mir stand. »Mensch, Walter. Was denkst du dir nur immer bei solchen Aktionen?«

»Das war die einzige Schokolade, die wir noch zu Hause hatten, und da hab ich die eben eingepackt. Als Belohnung für die mutigen Kinder, die sich aufs Pferd trauen. Ich wusste ja nicht, dass da Alkohol drin ist!«

Ich seufzte. »Gert, was können wir denn jetzt tun?«

»Gar nichts«, winkte er ab. »Aber Walter kann vorerst nicht zurück auf den Hof. Die schließen Leo die Bude schneller, als er, öhöhöhööö, absatteln kann, wenn Walter da bald wieder, öhöhöhööö, auftaucht.«

Scheiße!, schoss es mir durch den Kopf, *bitte nicht!*

»Aber ich weiß nicht, wohin mit ihm!« Ich klang richtig verzweifelt, wie eine fremde Person.

»Ich kann euch nicht helfen, erst recht nicht in meiner, öhöhöhööö, Funktion als, öhöhöhööö, Exekutiver, wenn du verstehst. Und die Stange ...«

»Ja, ja, du bekommst noch eine Stange Zigaretten«, stöhnte ich. »Aber wofür eigentlich?«

»Na ja, öhöhöhööö, ich hätte Walter auch direkt einbuchten können, öhöhöhööö!«

»Also gut.«

Scheiße, scheiße, scheiße!, dachte ich. *Wohin jetzt mit Walter?*

Da standen wir also: ein alter Mann im Sonntagsanzug mit leichter Alkoholfahne, dessen Frau in einen indischen Ashram abgehauen war und der demnächst ein paar Klagen von kampfeslustigen Eltern am Hals hatte. Und ich, eine Frau Mitte dreißig mit einer Hochzeitsgästeliste auf dem Schreibtisch, die sich las wie die Gästeliste einer Firmen-Jubiläumsfeier, und die keine Kinder und keine Karriere gerade auch nicht unter einen Hut brachte.

»Er muss weg!« Carl machte keine langen Ausschweifungen. »Und zwar sofort. Du ruinierst dir gerade alles, was du dir in den letzten Jahren aufgebaut hast. Kriegst du das eigentlich noch mit, Antonia?«

Ich hatte Walter in den Aufenthaltsraum bringen lassen und Frau Wieser angehalten, ihm erst mal einen Tee zu machen und ab und zu nach ihm zu sehen.

Carl hatte nicht lange gebraucht, um mitzukriegen, was los war, und war in mein Büro gestürmt.

»Carl, er kann nun mal nicht auf dem Hof bleiben, das habe ich dir doch gerade erklärt.«

»Gut.« Carl nickte. »Du willst es anscheinend nicht verstehen. Dann sag ich es dir eben anders: Ich habe gerade eben Geld zurückstellen lassen. Es gibt Einrichtungen, die Kurzzeitpflege anbieten, da kann der Verrückte die nächsten zwei Wochen hin. Wir schreiben es schon irgendwie ab, geht auf Firmenkosten. Hauptsache, dieses elende Thema ist vom Tisch!«

»Ich kann doch Walter nicht einfach irgendwo abgeben, ich ...«

»Es stellt sich schon lange nicht mehr die Frage, ob du das kannst. Ich verlange das jetzt von dir. Ich will keinerlei Familienkatastrophen, Zuspätkommen und Verschwinden mitten am Tag mehr von dir mitkriegen, ist das klar, Antonia Nachtigall?« Carls Ton war bissig.

Aber letztendlich hatte er recht: Ich hatte alles versucht, Walter und meine Karriere unter einen Hut zu bringen – und war gnadenlos gescheitert. Walter musste irgendwo richtig betreut werden, ich konnte das nicht leisten.

»Ich habe dir eine Unterkunft ganz in der Nähe raussuchen lassen, da ist noch ein Platz frei. Du kannst ihn nachher hinbringen. Und dann will ich nichts mehr zu diesem Thema hören. Kein Wort, verstehst du? Wir haben hier eine Partnerschaft zu vergeben, und glaub mir, du bist nicht die Einzige, die auf diesen Posten scharf ist.«

Carls Worte kamen in meinem Kopf zwar an, aber ich fühlte nichts. Nicht mal das übliche Magenziehen, das mich doch sonst tagtäglich begleitete. »Okay.« Ich sah Carl an. Sein Blick war entschlossen, seine Augen waren zu engen Schlitzen geformt. »Ich mache es. Es wird keine Ausnahmen mehr geben. Endgültig. Ich verspreche es.«

Carls Blick wurde schlagartig sanfter. Er kam auf mich zu und zog mich an sich. »Mein Schatz. Das wird toll, mit uns hier. Wir werden bald ganz oben sein. Zusammen. Und es gibt nichts, was uns aufhält. Richtig?«

»Richtig.«

Carl küsste mich, und ich war nicht ganz sicher, ob ich ihn zurückküsste.

Ich tat mich schwer, viel schwerer, als ich es mir vorgestellt hatte, Walter über Carls und meine Pläne bezüglich seiner neuen Unterkunft zu informieren. Ich kam mir schlecht vor, und obwohl es keinen anderen Weg gab, Walter sicher durch die nächsten Tage zu bringen, liefen sämtliche Räder in meinem Kopf auf Hochtouren.

Als ich Walter sagte, dass die Pension bereits ausgesucht und gebucht war, glühten meine Wangen förmlich, und ich traute mich nicht, ihm in die Augen zu sehen.

Das alles fühlte sich an, wie einen Köpper vom Zehnmeterturm zu machen, ohne vorher nachgesehen zu haben, ob überhaupt Wasser im Pool war. Und das Wasser in meinem Becken war definitiv bis auf den letzten Tropfen aufgebraucht.

Rechtfertigend hob ich die Schultern. »Ich versuche nur, das Richtige zu tun.«

Ich rechnete mit starker Gegenwehr seitens Walter. Doch nichts geschah. Walter saß ruhig im Besuchersessel vor mir, nippte an einem letzten Schluck Tee aus der Tasse, die Frau Wieser ihm gebracht hatte, stellte sie wortlos ab und sah mich an.

»Kindchen«, begann er und klang besonnen. »Das Richtige zu tun bedeutet nicht zwangsläufig, dass es ein Happy End gibt. Im Gegenteil.«

»Hm.«

»Zumindest nicht vorerst.«

Ich seufzte. »Langsam habe ich das Gefühl, dass ich selber nicht mehr weiß, was richtig oder falsch ist.«

»Man lernt die Dinge, indem man sie tut«, sagte Walter und stand auf. »Du wirst sehen, ob deine Entscheidungen richtig waren. Ich für meinen Teil habe nichts gegen die Pension. Im Gegenteil, ich freu mich drauf.« Walter lächelte mich beherzt an. »Bestimmt treffe ich da ein paar nette Leute. Höchstwahrscheinlich sind ein paar Kartenspieler dabei, vielleicht sogar welche mit einer Vorliebe für Schnaps und Unsinn?« Er zwinkerte mir zu. »Bin dir doch lang genug auf den Keks gegangen.« Gerade, als ich so etwas wie einen Einwand formulieren wollte, setzte Walter im ernsteren Ton nach: »Nein, das ist wirklich schon in Ordnung. Ich glaube, dass es die beste Lösung für uns alle ist, und ich habe ehrlich nichts dagegen. Du brauchst kein schlechtes Gewissen deswegen zu haben. Ich weiß, wie wichtig dir deine Karriere ist. Dir dabei im Weg zu stehen, ist wirklich das Letzte, was ich will. Und auch Leo habe ich mehr als genug Scherereien bereitet. Das wollte ich alles nicht, und es tut mir so leid. Also, lass uns nach Hause fahren und meine Sachen packen.«

Ich musste tief ausatmen. Ich war dabei gewesen, wie Hunderte von Leuten, die jahrelang verantwortungsbewusst und engagiert ihre Arbeit gemacht hatten, von einem Moment auf den anderen wegrationalisiert wurden. Ich hatte Entscheidungen angeschoben und veranlasst, die Geldbeträge kosteten, die ein Normalsterblicher in seinem gesamten Leben nicht verdienen würde. Ich hatte Unternehmen sicher durch handfeste Krisen geführt. Nie hatte ich Angst vor einer dieser Entscheidungen gehabt oder davor, eine von ihnen je zu bereuen. Das gehörte zu meinem Job genau wie zum Leben. Aber Walter hier so tapfer lächelnd vor mir stehen zu sehen, zu fühlen, wie er mir nun tröstend auf die Schulter klopfte und mich mit den Worten »Komm, Kindchen, lass uns gehen« aufmunterte – das war zu viel für mich.

»Ich muss mal kurz …«, sagte ich und verschwand schnell in der Toilette.

Jetzt zu heulen kam mir genauso bescheuert vor wie damals in der siebten Klasse, als Torben Krebs mich in den Kreideschrank eingesperrt hatte, nachdem ich ihm einen Kuss verweigert hatte, und alle mich auslachten, weil er überall herumerzählte, dass ich eine schlechte Küsserin sei. Ich erinnerte mich noch ganz genau an das schlimme Gefühl von Ungerechtigkeit, das damals in mir aufgestiegen war und meinen Kopf beinahe zum Platzen gebracht hatte. Danach hatte ich mir geschworen, dass mir so etwas nie mehr passieren würde.

Aber jetzt, als ich hier am Waschbeckenrand lehnte, mein Gesicht in die Hände gestützt, und verzweifelt versuchte, die Tränen zu unterdrücken, indem ich den Zeigefinger stark auf das untere Augenlid presste, fiel mir nicht mehr ein, was danach mit meinem Gerechtigkeitsgefühl passiert war.

Gibt es das überhaupt – Gerechtigkeit? Widerfährt uns nicht allen öfter mal etwas, das wir nicht verdient haben? Die Frage ist doch viel eher, ob man die Dinge so hinnehmen muss, wie sie nun mal sind, oder ob es nicht eher an einem selbst liegt, sie zu ändern? Es ist nicht fair, Walter sitzen zu lassen, ja. Aber – habe ich denn eine Wahl?

Ich kam mir zum ersten Mal in meinem fünfunddreißigjährigen Leben mies und schäbig vor.

12. Kapitel

»Ganz schön staubig«, bemerkte ich hustend, als ich Walters alten Koffer vom Schrank hievte und mir eine riesige Staubwolke entgegenkam. »Wie lange seid Inge und du denn nicht mehr zusammen verreist?«

Walter sah aus dem Fenster und wandte den Blick nicht von den grünen Wiesen ab, als er mir antwortete: »Viel zu lange nicht mehr, Kindchen.«

Ich glaubte, Bedauern in seiner Stimme erkennen zu können.

»Warum denn nicht?«, hakte ich nach.

»So genau weiß ich das auch nicht«, antwortete Walter und sah immer noch nachdenklich aus dem Fenster. »Irgendwas war immer, du kennst das doch, Termine eben, oder es passte gerade finanziell nicht, du weißt ja, die kleine Rente ...« Walter drehte sich nun zu mir um. »Umso mehr hat es mich gefreut, dass Inge diese Reise gewonnen hat. Sie musste dringend mal wieder hier raus. Es gibt doch so viel zu sehen und so viel zu erleben. Früher, als ich noch Junggeselle war, da bin ich eigentlich nur gereist. Ich hab mit den Maoris in Neuseeland getanzt, auf Ko Lanta in einer Blätterhütte gewohnt und bin mit einem Schrottwagen ohne Beifahrertür durch halb Amerika gefahren.«

Ich war erstaunt, wie wenig ich eigentlich über Walters Vergangenheit wusste. Auf der anderen Seite hatte ich nie danach gefragt. Ich sah den alten Mann mit den weißen, verstrubbelten Haaren und dem faltigen, freundlichen Gesicht an. Kannte ich ihn überhaupt? Wer war eigentlich der Mann, der schon so lange mit meiner Mutter zusammen lebte, sogar mit ihr verheiratet war?

»Mein Radio, das muss unbedingt mit. Und das Bild hier.« Walter reichte mir sein altes Radio, das ich von unserem wilden Woodstock-Tanzabend noch in guter Erinnerung hatte, und ein gerahmtes Bild von ihm und mir, von genau diesem Abend.

»Aber wann hast du das denn machen lassen?«

»Netty hat's gemacht. Ich wollte eine Erinnerung an diesen einmaligen Abend mit meiner Tochter.«

Als Walter »meine Tochter« sagte, überkam mich ein richtiger Gänsehautschauer. Wir hatten nie irgendwelche Einordnungen à la »mein Stiefvater«, »meine Stieftochter« oder Ähnliches gebraucht und uns einfach immer nur beim Vornamen genannt. Dass er mich gerade als seine Tochter bezeichnet hatte, war harter Tobak.

Entsprechend konsterniert antwortete ich auch: »Ja, der Abend war wirklich sehr schön.«

Irritiert packte ich weiter.

Habe ich alles?

Ich ging Walters Sachen alle noch mal im Kopf durch: Anzüge für die nächsten Tage, Hemden, Krawatten, Schlafsachen, Waschzeug, Rasierer und Schaum, Zahnbürste ... Es dürfte nichts fehlen.

»Nicht den karierten Schlafanzug«, erhob Walter Einspruch, als ich diesen gerade ordentlich zusammengefaltet in den Koffer packen wollte. »Lieber den gestreiften. Streifen machen schlank, du verstehst schon?« Er zwinkerte mir zu. »Flirten darf man ja mal, Kindchen. Gegessen wird natürlich zu Hause.«

Bitte?

Dass Eltern Sex haben – auch Stiefeltern – ist ja so eine

Sache. Wissen will man das nicht, darüber reden noch viel weniger. Aber bei der Vorstellung, dass Walter in dem Alter augenscheinlich noch aktiv unterwegs war, musste ich grinsen.

»Ich bin eben der schönste Teller von Klein-Seichtingen – wenn auch ein Senioren-Teller. Aber essen darf nur die Inge davon.«

»Na, dann der gestreifte!«, sagte ich lachend und tauschte die Schlafanzüge aus.

*

Die Pension lag fast perfekt in der Mitte auf dem Weg von Klein-Seichtingen nach Köln. So könnte ich Walter die nächsten Tage immer mal schnell besuchen, damit er nicht ganz so alleine war. Wie ich das zeitlich einrichten sollte, nachdem sowieso schon so viel liegen geblieben war, wusste ich zwar nicht, aber ich würde schon eine Lösung finden. Vielleicht würde ich mein schlechtes Gewissen damit beruhigen können, das sich immer wieder in der Bauchgegend bemerkbar machte.

Während der Fahrt war Walter seltsam still gewesen, und auch jetzt, nachdem ich den Wagen in der Einfahrt der Pension geparkt hatte, sagte er nichts.

Der Bau sah unauffällig aus, ein einfaches, ungefähr fünfstöckiges Gebäude, der Putz in leicht ergrautem Weiß. Es könnte aus den späten Achtzigern sein, nur der Eingangsbereich sah mit der automatischen Schiebetür etwas moderner aus.

Als wir ausstiegen und ich Walters Koffer aus dem Auto hievte, öffnete sich die Tür, und eine untersetzte Frau um die fünfzig kam auf uns zu. Wenn wir hier nicht vor einer Pflegeeinrichtung stünden und ich nicht wüsste, dass das Pflegepersonal im Regelfall weiße Zweiteiler trägt, wäre meine erste

Assoziation sicher: »Ah! Eine Showcatcherin!«, gewesen. Die hautfarbene Strickjacke, die sie über dem weißen, viel zu engen Shirt trug, rundete das Erscheinungsbild ab.

Sie stampfte derart schnellen Schrittes auf uns zu, dass man glatt befürchten musste, umgerannt zu werden, und erinnerte mich sofort an das Michelinmännchen, nur irgendwie nicht ganz so sympathisch strahlend. Zehn Zentimeter vor mir machte sie dann aber doch schnaufend wie eine Dampflok halt, die wenigen Meter schienen sie sichtlich aus der Puste gebracht zu haben.

Zackig streckte sie mir ihre Hand entgegen. »Bärenarsch.«

Bitte? Habe ich da gerade eben Bärenarsch *verstanden?*

Walter brach sofort in lautes Kichern aus, und auch ich war nicht sicher, wie ich auf diesen Namen reagieren sollte.

»Frau ... äh ... wie war noch mal Ihr Name, bitte?«

»Bärenarsch.«

Sie tippte auf ein kleines Schild über ihrer wuchtigen Brust. *Berenasch* stand in Großbuchstaben darauf.

Jetzt musste sogar ich grinsen – teils aus Erleichterung, dass sie nicht Frau Bärenarsch war, teils aus Verwunderung, dass sich Berenasch gar nicht anders aussprechen ließ, ohne dass diese Assoziation aufkam.

Walter machte indes keinen Hehl aus seinem Amüsement, sondern stand prustend neben mir. »Bärenarsch! Da soll noch einer mal behaupten, Namen sagten nichts über Menschen aus! Bärenarsch! Das passt! Herrlich!«

»Walter!«, zischte ich. »Reiß dich zusammen!«

Das war nun wirklich nicht der beste Start, den man sich vorstellen konnte.

»Na, dat Lachen wird dir noch vergehen, woll!«, schnaufte Frau Berenasch und kniff die winzigen Äuglein, die in ihrem rotfleckigen, teigigen Gesicht wirkten wie winzige Rosinen, zusammen.

»Frau Bären... äh ... Be-re-nasch, das meint er nicht so.

Ab und zu ist er etwas … steht er etwas neben sich«, versuchte ich zu beschwichtigen.

»Ja ja, jawoll, ja, dat tun se hier fast alle.«

Der Dialekt, den Frau Berenasch sprach, ließ sich für meine Begriffe nirgendwo einordnen; ihre Stimme klang derb und männlich. Insgesamt war der Begriff *sympathisch* so weit von ihr entfernt wie ich von einem achtwöchigen Yoga-Urlaub.

Walter, der sich gerade seine Pfeife anzünden wollte, hielt inne und sah mich fragend von der Seite an.

»Äh, ja, das Radio fehlt dann noch«, erklärte ich und öffnete die Tür vom Rücksitz, auf dem ich Walters Radio verstaut hatte.

»Nix da!«, wandte Frau Berenasch lautstark ein. »Dat nich und dat au nich!« Sie zeigte mit erhobenem Zeigefinger auf das Radio, dann auf Walters mittlerweile rauchende Pfeife.

»Aber …«

»Nein.«

»Aber wenn …«

»Auch nich!«

»Und vielleicht nur …«

»Nein!«

Ich gab auf.

»Wenn jeder hier dat Dudelding reinschleppen würd, nä, nä, wo kommen mer denn da hin? Und rauchen is verboten!« Energisch stemmte Frau Berenasch ihre Wursthände in die nicht vorhandene Taille.

Verdammt!

Ohne sein Radio ging Walter sicher nirgendwohin, und erst recht nicht ohne seine geliebte Pfeife, die, seit ich ihn kannte, im Dauereinsatz war.

Doch zu meiner großen Verwunderung erhob Walter auch hier keinen Einspruch. Er drückte die Pfeife wortlos aus und reichte sie mir, nachdem ich das Radio auf den Rücksitz des Wagens gelegt hatte.

Ich traute meinen Augen und auch meinen Ohren nicht: Der Walter, der sich nie etwas vorschreiben ließ, der Walter, der außer Schnaps nur Unsinn im Kopf hatte, eben dieser Walter stand hier gerade stumm wie ein Fisch neben mir, obwohl ihm gerade die beiden wichtigsten Dinge abgenommen wurden, die er besaß? Ich konnte es nicht glauben.

Der stechende Bauchschmerz war wieder da, und ich musste mich anstrengen, mir nichts anmerken zu lassen.

»Keine Sorge«, sagte Walter, »ich komm hier schon zurecht. Kümmere du dich jetzt erst mal um deine Arbeit.« Er klopfte mir auf die Schulter und machte Anstalten zu gehen.

Ich musste zuerst den dicken Kloß, der in meinem Hals feststeckte, herunterschlucken, bevor ich antworten konnte. »Sie können nicht vielleicht eine Ausnahme machen? Er ist doch nur ein paar Tage hier!«

Doch Frau Berenasch blieb hart wie Stein. »Nein.«

Ich sah Walter hilflos an und drückte ihn zum Abschied. »Ruf an, wenn du etwas brauchst, okay? Ich kann jederzeit kommen!«

Walter nickte tapfer und drehte sich mit hängendem Kopf Richtung Eingang.

Ich schaute den beiden noch hinterher, bevor Walter mit der schnaufenden Matrone, die wortlos neben ihm herstampfte, verschwand.

Blöde Bärenarsch!, dachte ich und stieg ins Auto. *Blöde Kuh!*

Ich hatte von Anfang an ein schlechtes Gefühl gehabt, Walter hier abzugeben, und ein noch schlechteres hatte ich jetzt, da ich diese unmögliche Frauenperson kennengelernt hatte. Der Kloß in meinem Hals war wieder da, und egal, wie oft ich schluckte, er verschwand nicht mehr. Genauso wenig wie das miese Gefühl und der stechende Bauchschmerz. Ich war ein Kopfmensch, immer gewesen, und über Sätze wie: »Hör auf deinen Bauch!«, konnte ich bisher nur müde lächeln. Doch jetzt, als ich an der Kreuzung stand, die zur Autobahn zurück nach Köln führte, fühlte sich einfach alles falsch an. Walter abzugeben war falsch, Carls Forderungen nichts entgegenzusetzen war falsch, überhaupt war die ganze Hochzeitssache falsch – auf einmal schien mein ganzes Leben falsch zu sein!

Ich merkte, wie mir wieder Tränen in die Augen schossen, und schon liefen mir wahre Sturzbäche rechts und links die Wangen hinunter.

Ich weinte.

Ich hatte seit hundert Jahren nicht mehr geweint!

Ich weinte *nie!*

Die Ampel wurde grün, doch mein Fuß bewegte sich keinen Millimeter auf dem Gaspedal.

Endlos lange Sekunden vergingen, und ich saß wie erstarrt hinterm Lenkrad.

Hinter mir fing zuerst ein Autofahrer an zu hupen, dann mehrere. Schnell gab es ein regelrechtes Hupkonzert. Ich nahm gar nicht richtig wahr, wie die ersten Fahrer meinen Wagen umfuhren und mir einen Vogel zeigten und Dinge wie »Hohle Nuss!« oder »Papas Auto gekrallt und dann nicht fahren können!« durch ihre offenen Fenster entgegenbrüllten.

In meinem Kopf existierte nur noch ein Gedanke: *Das ist alles falsch!* Mehr konnte ich nicht denken.

»Hallo? Alles in Ordnung bei Ihnen?« Ich nahm eine dumpfe Stimme und ein Klopfen gegen die Beifahrertür wahr. »Sie müssen den Weg frei machen, wenn etwas mit Ihnen nicht stimmt!«

Ohne zur Seite zu sehen, ließ ich das Fenster herunter.

»Sie versperren die gesamte Kreuzung!« Ich drehte mich zum Fenster und erkannte verschwommen einen Mann, etwa Mitte vierzig. »Wie kann ich Ihnen helfen?«

»Sie können mir nicht helfen«, murmelte ich mehr zu mir selbst als in Richtung des Mannes, der mich besorgt durch das geöffnete Fenster ansah. »Keiner kann mir … nur … ich! Ich kann mir helfen, verdammt noch mal!«

»Bitte?« Der fremde Mann sah mich irritiert an.

Egal.

Plötzlich hatte ich eine Idee.

»Sie können mir tatsächlich helfen«, erklärte ich und wischte mir die Tränen aus dem Gesicht. »Ich muss einen U-Turn machen, ich muss zurück. Es geht um … Leben und Tod.«

Das klang zugegebenermaßen ein wenig zu pathetisch, aber mir fiel nichts Besseres ein. Und irgendwie stimmte es auch: Es ging um Walters Leben, um mein Leben, um alles.

Ich erklärte dem guten Mann kurz mein Vorhaben, und er willigte ein, mir zu helfen – vielleicht wegen meiner Entschlossenheit, vielleicht aber auch wegen der Tränen, die über meine Wangen rollten.

Inmitten des Hup- und Grölkonzerts überholten mich die Autos von links, und er stellte sich ihnen wagemutig entgegen, sodass ich einen unerlaubten U-Turn machen konnte.

Es war mir egal, wenn das einen Strafzettel gäbe, es war mir egal, wenn ich mich gleich in der Pension zum Affen vor der alten Bärenarsch machen musste, es war mir sogar egal, dass ich meine Partnerschaft in der Firma riskierte – ich musste Walter da rausholen, denn es war falsch. Schlicht und einfach falsch.

Ich rannte den Korridor Richtung Zimmer 23 entlang, Walters Zimmer, wie mir soeben eine überraschend freundliche Aushilfe mitgeteilt hatte.

Einundzwanzig, zweiundzwanzig … da ist es!

Die Tür stand offen, und ich hörte mehrere laute Stimmen.

»… und Bä-ren-arsch hat er mich auch noch genannt!«

Ich lugte um die Ecke.

Ein betröppelter Walter saß mit hängendem Kopf auf einem schmalen Bett, die Hände im Schoß gefaltet. So zerknirscht hatte ich ihn noch nie gesehen, er ähnelte in keiner Weise dem lebenslustigen und auch ein wenig aufmüpfigen Walter, den ich in den letzten Tagen kennengelernt hatte.

Vor ihm stand neben der liebenswerten Frau Berenasch eine weitere Pflegerin, die mich ein wenig an eine nervige Version von Mary Poppins erinnerte. Beide hatten ihre hochgekrempelten Arme in die breiten Hüften gestemmt und krebsrote Gesichter.

Als ich mich jetzt in der Tür aufbaute, huschte ein Strahlen über Walters Gesicht. »Tönchen!«

»Gut, dass Sie kommen, Frau Nachtigall. Ihr werter Herr Vater hat die ganze Pension auf den Kopf gestellt, das ist untragbar!«

Ich setzte mich neben Walter auf das Bett und umarmte ihn. »Wie geht es dir?«

»Ganz schön scheiße.«

Walter lächelte mich schief an. »Kommt mir hier alles 'n bisschen so vor wie 'n Drogentrip, den ich neunundsiebzig mal hatte.«

»Was um Himmels willen ist denn passiert, dass Sie meinen Vater hier so zusammenstauchen?«, wollte ich nun wissen.

Es war nach wie vor seltsam, »mein Vater« zu sagen, aber mir kam es sehr leicht über die Lippen. Und es war schön, das zu sagen.

»Er war keine fünf Minuten hier und hat sofort die gesamte Gymnastikstunde im Turnraum gesprengt und fast jede Dame zu unkoordiniertem Tanz angehalten. Weiß Gott, wo er das Radio noch herbekommen hat, aber wir halten diese ordinären Sex Pistolen nicht gerade für die passende Musik in diesem Rahmen, und erst recht nicht, wenn gerade die Knie- und

Hüftleute dran sind!« Frau Berenasch schnaufte durch ihre monströsen Nasenlöcher, die etwas Steckdosenähnliches hatten, tief durch. Ihr Damenbart spannte über ihrer vibrierenden Oberlippe.

Spontan erinnerte sie mich an jemanden, den ich nicht kennen wollte.

Es ratterte in meinem Kopf: *Hat Walter das Radio nicht abgeben müssen? Klar, und ich habe es auf den Rücksitz gelegt, jedoch die Tür offen gelassen …*

Walter musste es zurück in die Tasche geschmuggelt haben, auf der sein Mantel lag, während ich mit Frau Berenasch gesprochen hatte. Das passte zu ihm, genau wie die Tanzaktion mit den Sex Pistols.

Genau das ist Walter! Und es gibt keinen mir schlüssigen Grund, warum er nicht so bleiben soll, wie er ist!

Walter saß schulterzuckend neben mir, und als ich grinsen musste, grinste er erleichtert mit.

»Und das ist eine Frechheit für Sie, dass ein paar alte Menschen gerade eben ein bisschen Spaß auf rockige Musik hatten?«, hakte ich nach und sah in die Runde.

»Allerdings. Wenn dazu auch noch Drogen konsumiert werden.«

»Bitte?«

Frau Berenasch fummelte geschäftig in ihrer Kitteltasche herum und zog dann neben einem gebrauchten Taschentuch, Nasenspray und einem angegessenen Keks einen Joint hervor, den sie uns hinhielt wie das kleine Jesuskind höchstpersönlich. »Konfisziert!«

Ich sah Walter fragend an. »Der ist nicht von mir! Obwohl ich natürlich nichts dagegen hätte, mal ordentlich einen durchzuziehen …«

»Walter! Wem gehört das Ding?«

»Der Fred von nebenan …«

»Das hammer ja gerne, dass ein Neuling auch noch die alte

Stammbesetzung anschwärzt!«, echauffierte sich Frau Berenasch.

Ich sah jedoch keinen Grund, Walter nicht zu glauben.

»Außerdem tun alle glatt so, als hätte ich eine ganze Discoanlage angeschleppt!«, rechtfertigte Walter sich weiter.

Ich holte tief Luft.

Jetzt meldete sich auch Mary Poppins zu Wort: »Na ja, das mit'm Dudelding do, also dos ist ein bissi ein Problem, und so ist die Stund' halt nicht g'macht, da is' jede Übung durchg'plant …«

»Manchmal läuft aber eben nicht alles wie geplant«, gab ich forsch zurück und erwischte mich bei dem Gedanken, dass ich nicht nur Walters Eingriff in die Gymnastikstunde meinte. »Manchmal plant man alles bis aufs letzte Detail durch, sodass alles perfekt zu sein scheint, und dann passiert etwas, das alles durcheinanderbringt, und nichts ist mehr so, wie es war. Und dann hat man eben *ein bissi ein Problem!* Aber deswegen muss man nicht ausflippen und den armen Walter fertigmachen! Mit so was kann man umgehen, denn so ist das nun mal im Leben. Das ist doch ein verdammter Irrglaube zu denken, man hätte immer alles im Griff, und könnte immer alles durchplanen. Denn: nein! So ist es nicht! Und das ist auch gut so!«

Das war mal eine Wutrede! So was hatte ich, solange ich denken konnte, noch nie gemacht.

Ich schnappte mir Walters Tasche, die noch unausgepackt auf dem schmalen Bett lag, und stand auf. »Lass uns gehen, Walter«, sagte ich schnaubend und schob mich an den beiden Sympathieträgerinnen vorbei. »Ihre Aufwendungen bezahle ich Ihnen, gerne auch das Doppelte für Ihren wahrlich heldenhaften Einsatz an der Tanzfront.«

»Wegen'm Joint da, das gibt 'ne Anzeige!«, rief mir Frau Berenasch cholerisch hinterher.

Auf der Stelle machte ich kehrt, baute mich vor ihr auf, sah ihr tief in die zusammengekniffenen Augen und zupfte ihr den

Joint, den sie wie ein fieses Insekt zwischen Zeigefinger und Daumen mit abgespreiztem kleinen Finger hielt, aus der Hand. »Das ist meiner. *Ich* habe ihn mitgebracht. Und deswegen«, ich konnte mir ein diabolisches Grinsen nicht verkneifen, »nehme *ich* ihn jetzt auch wieder mit!«

»Das hast du ganz toll gemacht!«, lobte Walter mich, als wir im Auto saßen. »Absolut souverän!«

»Ach«, wehrte ich ab, »am Ende zeigen sie mich noch an. Aber was soll's. Ich steck sowieso schon tiefer drin, als dass es noch irgendeine Chance gäbe, aus der Sache heil wieder rauszukommen. Das war ganz sicher eine der bescheuertsten Aktionen, die ich je unternommen habe.«

Walter sah mich schmunzelnd von der Seite an. »Aber auch eine der besten.« Ich musste lächeln, als er den Arm um mich legte: »Immerhin haben wir jetzt einen Joint!«

13. Kapitel

Zurück in meinem alten Kinderzimmer ließ ich mich erst mal rücklings aufs Bett fallen.

Ich hatte Walter eine Kanne Tee gekocht, und er hatte es sich auf dem Sofa vor dem Fernseher bequem gemacht, nachdem er sich samt Radio und Pfeife wieder eingerichtet hatte.

Ich ließ meinen Blick im Zimmer umherschweifen, das gerade mit goldenem Frühlingslicht geflutet wurde. Mit jedem der Pferdeposter, Fotos und Pokale verband mich eine Erinnerung, die auf einmal alle wieder so lebendig erschienen, als seien in der Zwischenzeit nicht Jahrzehnte vergangen. Das Bild von mir und Pumuckl beim Herbstturnier im Nachbarort, die rote Pferdeschleife aus Moiréband, die wir damals für den zweiten Platz bekommen hatten – wie hatte ich mich damals gefreut.

Ich setzte mich auf und stieß mit den Knien fast an den Schreibtisch. Er hatte vorne eine kleine Holzschublade, die mit handgemalten Wildblumen verziert war. Langsam zog ich sie auf, und tatsächlich, es befand sich ein mit lila Samt bezogenes Büchlein darin. *Mein Tagebuch!* Ich konnte mich gar nicht daran erinnern, dass es hier noch war. Inge hatte das Zimmer anscheinend unberührt gelassen.

Ich klappte das Büchlein auf und blätterte in den Seiten. Oben rechts stand immer fein säuberlich das Datum der Eintragung, darunter der Text, und an manchen Tagen hatte ich kleine Bleistiftzeichnungen hinzugefügt.

Ich fand eine Eintragung, die fast genau fünfundzwanzig Jahre her war: *Heute war der schönste Tag seit Langem. Sabine ist einfach toll. Endlich weiß ich, was ich später machen will: das Gleiche wie sie!*

Ich musste schmunzeln. Ich konnte mich noch genau an meine Reitlehrerin Sabine erinnern. Sie musste damals Anfang zwanzig und damit knappe zehn Jahre älter als ich gewesen sein. Ich wollte wirklich lange Reitlehrerin werden. Wann und unter welchen Umständen ich diesen Kindheitstraum allerdings verloren hatte – daran konnte ich mich nicht mehr erinnern.

Ein lautes Rufen riss mich aus meinen Gedanken, und ich klappte das Buch automatisch zu.

»Den kenn' ich, den kenn' ich!«, rief Walter laut von unten hoch.

Mittlerweile war ich gut in Übung und deshalb innerhalb von Sekunden im Wohnzimmer.

Walter saß im Bademantel auf dem Sofa, die Füße übereinandergelegt auf dem Couchtisch, und zog genussvoll an unserem geklauten Joint, den er in der Linken hielt. Auf seinen Bauch hatte er einen Teller mit einem Wurstbrot gestellt, auf das er nun mit der rechten Hand eine ganze Tube Remoulade auf einen Schwung ausdrückte. »Mit dem Leben ist das wie mit der Tube hier. Erst kommt gar nichts, und dann alles auf einmal.« Dann zeigte Walter auf den Bildschirm.

Anscheinend lief gerade eine Folge von *Star Wars*, denn ich erkannte Yoda.

»Kindchen! Dass das Zeug wirkt, wusste ich ja. Aber dass das so reinhaut, Mannomannomann!« Walter pfiff anerkennend durch die Zähne. »Zumindest kann ich mich nicht daran erinnern, dass E.T. damals auch schon solche Sprachschwierigkeiten hatte!«

Ich atmete tief ein.

»Viel zu lernen du noch hast«, sagte Yoda, und ich ließ mich seufzend neben Walter aufs Sofa fallen.

Walter bot mir freundlicherweise sofort einen Zug vom Joint an.

»Nein!« Ich schüttelte den Kopf. »Heute nicht. Der Tag war so schon zu viel für mich. Außerdem habe ich das nicht gemacht, seit ich ... ach ... eine Ewigkeit eben nicht mehr!«

»Genau deswegen ist es ja auch eine gute Idee. Wir müssen unsere spektakuläre Flucht feiern!«

Irgendwie feierten Walter und ich seit unserem ersten Treffen ziemlich viele Dinge.

»Nein, wirklich nicht, Walter ...«

Doch Walter hielt mir den Joint weiter ungefragt vor die Nase. »Los! Nimm schon!«

Ich schüttelte wieder den Kopf. »Nein, das ist keine gute Idee ... Obwohl ... Eigentlich kommt es darauf jetzt auch nicht mehr an.«

»Das Zeug haben wir damals konsumiert wie ihr heute euren Mitnehmkaffee to go«, erklärte Walter und setzte sich neben mich. »Was ist das?«

Ich hatte mein Tagebuch beim Heruntersprinten ganz vergessen und bemerkte erst jetzt, dass es immer noch fest unter meinen Arm geklemmt war.

»Nur mein altes Tagebuch.« Ich legte das Buch beiseite und genoss die altbekannte Wirkung des Grases.

»Nicht von schlechten Eltern, was?«, fragte Walter und klopfte mir auf die Schulter.

Wir hatten uns beide entspannt zurückgelehnt und starrten nun über uns an die Decke.

»Was steht drin?«

»Wo drin?«

»Na, im Tagebuch.«

»Ach, nur Kleinmädchenkram«, tat ich es ab und nahm einen zweiten Zug.

»Es gibt nichts einzuwenden gegen Kleinmädchenkram.«

»Ich hab noch nicht viel gelesen. Die üblichen Träumereien

von damals halt. Gerade war da so eine Passage, in der ich meine Reitlehrerin Sabine angehimmelt habe.«

»Oh, an die kann ich mich auch noch erinnern!«, sagte Walter und zwinkerte mir zu. »Ich habe damals glatt überlegt, auch mit dem Reiten anzufangen.«

Wir mussten laut lachen, und ich verschluckte mich beinahe, was dann in lautem Husten endete.

Ich nahm noch einen Zug. Dass ich mal in Klein-Seichtingen mit Walter im Wohnzimmer sitzen, *Star Wars* im Fernsehen ansehen und dabei kiffen würde – das hätte ich mir in meinen kühnsten Träumen nicht ausgemalt.

»Vergessen du musst, was früher du gelernt«, war das Letzte, was Yoda sagte und an das ich mich erinnern konnte.

»Antonia?« Carls Stimme am anderen Ende der Leitung klang dumpf und hallend.

Ich hatte mehrere Sekunden gebraucht, die richtige Taste auf meinem Blackberry zu finden, um das Gespräch anzunehmen; das Gras hatte mehr Wirkung gezeigt, als ich vermutet hätte.

»Wo steckst du?«

»Ich, ich ...«

»Wir sind alle im *Hammerstein's* und warten auf dich«, sagte Carl und klang nervös.

Scheiße! Das Essen im Hammerstein's *mit den Partnern! Das ist heute!!!*

Ich hatte es komplett vergessen, total und hundertprozentig nicht auf dem Radar gehabt, völlig verschwitzt – einfach alles!

»Carl, ich bin gerade ...«

»Antonia, sag mir jetzt nicht, dass du es vergessen hast, das glaube ich dir nicht!«

»Es ... es ist aber so ...«, antwortete ich zerknirscht.

Meine Performance war unterirdisch, im Minusbereich, ich wusste es, und es würde nicht wiedergutzumachen sein. Dass ich in meinem Zustand nicht mehr Auto fahren würde, war klar. Und selbst wenn, ich würde gnadenlos zu spät kommen, und das auch noch bekifft – es wäre mehr als nur peinlich.

»Wer kriegt den letzten Zug?«, rief Walter mir zu. Er hatte den kleinen Stummel, der noch vom Joint übrig war, wieder angezündet.

Ich legte schnell meinen Finger über den Mund: »Schscht!«

Doch Walter kicherte ungehemmt. »Ist die Reitlehrerin dran?« Er prustete laut los.

»Antonia, du weißt, was das bedeutet«, sagte Carl nun. Er sagte es leise und mit Bedacht.

Endgültigkeit kann man hören.

Ich atmete tief durch. »Ja«, antwortete ich und klang fremd. »Das weiß ich.«

»Mach es gut, Antonia.«

»Du auch, Carl.«

Manchmal, wenn eine Verbindung beendet wird, klingt ein einfaches Auflegen wie ein schweres Eisentor, das in ein rostiges Schloss fällt, das nie wieder zu öffnen ist.

Irgendwann musste ich auf dem Sofa eingenickt sein, denn als ich aufwachte, rüttelte Walter aufgeregt an meinem Arm, und der Fernseher lief immer noch im Hintergrund. »Tony! Wach auf! Ich krieg' keine Luft mehr!«

Schlagartig saß ich kerzengerade neben Walter und knipste die Stehleuchte neben dem Sofa an.

Walter saß keuchend neben mir. »Ich ... krieg ... keine Luft«, stöhnte er.

»Warte Walter, ich hol das Blutdruckdingsda ...« Mit den Worten sprang ich auf und rannte panisch in die Küche.

Walter hat einen Herzinfarkt – was soll ich da mit dem Blutdruckmessgerät?! Ich muss etwas tun! Handeln, sofort handeln und nicht weiter Zeit verschwenden, schoss es mir durch den Kopf, und ich wählte die 112.

Das Aufreißen des Klettverschlusses von Walters Blutdruckmessgerät kam mir derart laut vor, dass es fast in den Ohren wehtat. So dünnhäutig wie jetzt gerade war ich noch nie gewesen.

Es hatte keine zehn Minuten gedauert, bis der Rettungsdienst hier gewesen war – wenigstens etwas, das in Klein-Seichtingen funktionierte.

Der Sani faltete die Plastikschärpe zusammen und legte sein Gerät zurück in den Koffer.

»Und?«

»Keine Sorge. Es ist alles okay.« Meinen besorgten Blick Richtung Walter kommentierte er ebenfalls. »Kein Grund zur Sorge. Der Blutdruck ist normal, eventuell ein wenig flach, aber das kann auch daran liegen, dass die Herztabletten heute noch nicht eingenommen wurden, nicht wahr, Walter?« Ich wunderte mich über den kumpelhaften Ton, den der Sanitäter an den Tag legte, aber bevor ich noch etwas sagen konnte, ergänzte er: »Ist schließlich nicht das erste Mal, dass wir uns sehen.«

Ein paar Minuten später war ich darüber aufgeklärt, dass Walter seine Herztabletten regelmäßig vergaß, wenn Inge mal nicht da war, was Gott sei Dank nicht allzu oft vorkam.

»Wir kommen gerne umsonst«, sagte der junge Mann und hielt mir seine Hand zur Verabschiedung hin. »Immerhin heißt das, dass es dem Patienten gut geht. Nur der Geruch hier im Haus gibt mir zu denken. Kann es sein, dass das …?«

Ich lächelte ihn verlegen an und versuchte, möglichst unschuldig auszusehen: »Mir ist nur die Suppe übergekocht.« Mit einem betretenen Blick sah ich Richtung Küche.

Auf der Herdplatte und auch daneben befand sich weit und breit kein Suppentopf, der für den penetranten Grasgeruch verantwortlich sein konnte.

Der Blick des Sanitäters folgte meinem. »Verstehe.«

Ich zuckte mit den Schultern.

»Bitte denken Sie an seine Tabletten. Es ist wichtig, dass Walter sie regelmäßig nimmt.« Auf dem Weg zur Tür blieb er noch mal stehen: »Und passen Sie auf Ihre *Suppe* auf!«

Ich lächelte, obwohl es mir unangenehm war, beim Lügen ertappt worden zu sein. Das Ganze war auch meine Schuld und mir deswegen unsagbar peinlich. Schließlich hatte ich völlig vergessen, Walter daran zu erinnern, seine Medikamente einzunehmen.

»Du hast also deine Tabletten vergessen?«, fragte ich Walter, der mich erleichtert ansah.

»Kann schon sein«, antwortete er. »Man kann ja schließlich nicht an alles denken.«

»Hmmm.«

Nach der ganzen Aufregung war ich nicht in der Stimmung für eine Standpauke. Erst recht nicht, da ich heute selbst versagt hatte, und das gleich zwei Mal hintereinander.

Wortlos ging ich in die Küche, um Walters Tabletten und ein Glas Wasser zu holen.

Mein Leben war immer ein wunderbar fest zusammengestecktes Puzzle gewesen, bei dem jedes Teil genau an der richtigen Stelle gesessen hatte und fest mit allen anderen verbunden gewesen war. Ich hatte lange dafür gebraucht, dass jedes Teil so perfekt in das andere griff und das Bild bis ins letzte Detail stimmte. Sorgfältig hatte ich die Teile miteinander verleimt, das Bild mit einem hübschen Rahmen versehen und das Puzzle an die Wand gehängt.

Und nun kam es mir vor, als hätte jemand das Bild von der Wand geholt, den Rahmen zerschmettert und die sorgfältig verleimten Teile auseinandergerissen. Tausende von Puzzleteilen meines Lebens lagen nun unsortiert vor mir, und keines passte mehr zum anderen. Noch nicht einmal zwei Teile bekam ich mehr zusammen, denn der Leim, der inzwischen trocken an den Puzzlerändern klebte, hatte ihre Form verändert. Sie griffen nicht mehr perfekt ineinander und würden es auch nie wieder, egal, wie sehr ich zurrte und zerrte und sie zusammendrücken und miteinander verbinden wollte.

Aber was mich dabei am meisten erschreckte, war, dass dieser jemand, der das Puzzle von der Wand genommen und zertrümmert hatte, ich selbst gewesen war.

Ich würde ein neues Puzzle brauchen, eines, dessen Teile ich noch nicht kannte.

Es war spät geworden. Walter war bereits im Bett, aber ich kam nicht zur Ruhe. Ich hatte es mir im Wohnzimmer gemütlich gemacht. Die Nachwirkung der *Suppe* war eine Mischung aus Müdigkeit und Aufgekratztheit, wegen der ich nicht schlafen konnte. Gerade, als ich dabei war, langsam einzudösen, klopfte es am Küchenfenster. Im gleichen Moment ging der Bewegungsmelder vor der Tür an. Ich schreckte schlagartig auf.

Wenn Walter schon wieder ausgebüxt ist und nun rein will, dann kann er was erleben!

Jetzt klopfte es am Wohnzimmerfenster. Drei Mal. Dieses Klopfen war mir sehr vertraut.

Ich torkelte zum Fenster und sah in ein mir bekanntes Gesicht, das mich da aus der Dunkelheit anlugte. Besser gesagt, in ein Gesicht und auf zwei blonde Haarschöpfe.

»Netty!«, flüsterte ich, denn ich wollte Walter nicht wecken, der sicher seine Ruhe brauchte. »Kinder!«

Ich deutete Netty an, dass sie zur Tür kommen sollte, und ging ebenfalls dorthin. Als ich sie öffnete, wurde mir das volle Ausmaß dieses nächtlichen Spontanbesuches bewusst. Netty und ihre beiden Kinder standen mit mehreren großen Reisetaschen bedröppelt vor mir. Einer von ihnen lutschte quengelnd am Daumen, während der andere sich noch oder bereits im Halbschlaf zu befinden schien.

Ohne zu fragen, was passiert war, ließ ich die Kolonne erst einmal rein.

»Können wir heute Nacht hier schlafen?«, fragte sie mich, als wir im Flur standen.

»Natürlich.«

»Ich weiß, das muss jetzt sehr seltsam für dich aussehen, aber …« Mit einem Blick auf die Kinder brach Netty abrupt ab und zog den kleinen Daumenlutscher liebevoll an sich ran.

»Komm, ich mach das Bett im Kinderzimmer für euch fertig, und irgendwo haben wir auch noch eine Matratze. Ich kann hier unten auf der Couch schlafen. Du kannst mir später alles erzählen.«

Netty nickte und seufzte erleichtert. »Danke.«

»Da nicht für«, sagte ich und nahm meine alte Freundin in den Arm.

»Es ist alles anders, als es aussieht«, sagte Netty und nippte an dem Tee, den ich ihr gemacht hatte.

Die Kinder waren sofort eingeschlafen. Kein Wunder, es war ja auch mitten in der Nacht.

»Johannes und mich, uns gibt's schon lange nicht mehr.«

Ich war erstaunt über dieses Geständnis ohne jede Einleitung und sah Netty aufmerksam an, ohne etwas zu erwidern. Es kam mir so vor, als wolle sie reden.

Und das tat Netty dann auch. Es hatte sich viel angestaut, denn Netty erzählte ohne Punkt und Komma, einzig und allein unterbrochen von ein paar tränenlosen Schluchzern, die ich nicht richtig einordnen konnte, denn Johannes konnte ihren Schilderungen nach zu urteilen nicht der Grund dafür sein.

»Er ist so ein Egoist!« Netty pustete in ihren heißen Tee. »Außerdem weiß ich längst, dass er was mit seiner Assistentin hat. Wir sind ein Scheißklischee!«

»Das weißt du?«

»Klar. Er macht ja noch nicht mal einen Hehl daraus, dass er selbst am Wochenende und an Feiertagen ›ins Büro‹ muss. Und die olle Kuh ist immer dabei. Nur nach außen muss er unbedingt sein Gesicht wahren. Er sagt mir sicher zweimal am Tag, dass wir uns eine Ehekrise nicht leisten können.« Netty schnaubte. »Nicht *leisten* können! Kannst du das fassen? Ich kann ihn einfach nicht mehr ertragen. Keinen Tag länger. Und immer diese nie enden wollenden Reden über die Stadt und seine ganzen Gutmenschtaten. Ich habe das alles derart satt!«

Ich staunte nicht schlecht.

Johannes, der Typ, für den sich die halbe Abschlussklasse beide Beine ausgerissen hätte, entpuppte sich also als Mistkerl.

»Wie lange geht das denn schon so?«, hakte ich nach.

»Ach ...« Netty winkte ab. »Ewig. Sicher fünf Jahre.«

»Aber ...« Ich durchforstete mein Hirn nach dem Namen des kleineren Sohnes von Netty – erfolglos. »Euer kleinstes Kind ist doch noch jünger?«

»Ja, Leander ist vier. Ich dachte damals, dass ein weiteres Kind uns wieder näher zusammenbringen würde. Aber das Gegenteil war der Fall.«

»Wie hast du es dann so lange ausgehalten?«

Netty hob die Schultern. »Für jeden Traum bezahlt man einen Preis.«

Ich überlegte. *Stimmt es, was Netty da sagt? Habe auch ich vielleicht zu lange einen Preis gezahlt, der mir gerade jeden Tag höher und höher vorkommt?*

»Das tut mir leid, Netty, ehrlich. Auch wenn es mich nicht

überrascht. Letztens beim Tanzen, als du von deinem Leben sprachst, das klang so bitter.«

»Ich weiß.«

»Willst du dich trennen?«

»Im Grunde sind wir schon getrennt.« Netty seufzte. »Schon viel zu lange. Ich hab es einfach nicht fertiggebracht, nach außen das Ideal vom Traumpaar zu zerstören. Auch wenn es da eigentlich gar nichts mehr zu zerstören gibt.« Netty schluchzte wieder, und wieder ohne dabei zu weinen.

»Wein ruhig«, ermutigte ich sie, »das hilft.«

»Hab ich gestern schon«, gab Netty trocken zurück. »Es gab Zwiebelkuchen.«

Wir mussten beide lachen.

Netty war doch im Grunde ihres Herzens die alte geblieben. Selbst in einer solch aussichtslosen Situation wie dieser hatte sie ihren Humor nicht verloren.

»Stefan hat mit mir über dich gesprochen.«

Netty seufzte. »Hab ich mir fast gedacht, als ich hörte, dass du mit Leo bei ihm essen warst.«

Da war wieder einer der Gründe, warum ich Klein-Seichtingen damals so fluchtartig verlassen hatte – das Dorfgetuschel war mir definitiv schon immer zu viel gewesen.

»Was sagt er denn?« Netty sah mich neugierig an.

»Ich denke, du weißt, dass er wegen dir hier ist?«

»Hm.«

»Und was fühlst du für ihn?«

»Es würde nicht funktionieren.« Netty wandte den Blick von mir ab und sah aus dem Fenster.

Der Mond leuchtete so hell, dass man fast keine Lampe mehr benötigte.

»Aber das war nicht meine Frage.«

Netty drehte sich wieder zu mir. »Du weißt, dass so was hier im Dorf einer Art Spießrutenlauf gleichkäme. Die Bürgermeisterfrau trennt sich, um dann mit dem heimgekehrten

Restaurantbesitzer einen zweiten Anlauf zu starten. Nein, das tue ich mir nicht an.«

»Weglaufen hilft nicht.«

Netty zog ihre schmale rechte Augenbraue hoch; auch das kannte ich noch von früher. »Sei mir nicht böse, aber dass gerade du solche Ratschläge gibst, kommt mir doch ein wenig absurd vor.«

»Ich bin nicht vor etwas weggelaufen. Eher zu etwas hin«, entgegnete ich, und es klang wie eine Rechtfertigung.

Im selben Moment fragte ich mich, ob das stimmte. Wenn ja, wohin war ich gelaufen? Hatte ich mein Ziel nicht irgendwann aus den Augen verloren? Und war tatsächlich der berufliche Erfolg mein Ziel gewesen? Und wieso erschien mir jetzt, da ich mein Ziel nahezu erreicht hatte, plötzlich alles sinnlos?

»Du hast recht«, sagte ich nachdenklich. »Vielleicht bin ich damals wirklich weggelaufen. Ohne ein festes Ziel, Hauptsache weg. Aber glücklich hat es mich auch nicht gemacht.«

»Hat es nicht?«

»Nein.«

»Und nun?«

Wir sahen uns an und legten uns gegenseitig den Arm um die Schulter, bevor wir unsere Köpfe auf die Sitzlehne lehnten.

»Nun fangen wir von vorne an.«

Netty schloss die Augen, und ich tat es meiner Freundin nach. Erst jetzt wurde mir bewusst, wie sehr ich eine Freundin an meiner Seite vermisst hatte. Selbst, wenn weder ich ihr gerade in ihrer Situation wirklich helfen konnte noch sie mir in meiner – allein das Aussprechen tat gut. Und Netty war – wenn ich es so betrachtete – die einzige Freundin, die ich überhaupt hatte.

»Das mit Stefan ist eine Sache«, murmelte Netty verschlafen. »Aber das mit Leo ist eine andere.«

»Was soll mit Leo sein?«, fragte ich und öffnete mein rechtes Augenlid einen kleinen Spalt, um Nettys Gesicht zu sehen.

Es war ein eindeutiges Nachtigall-ick-hör-dir-trapsen-Gesicht.

»Tja, was ist mit Leo?«, wiederholte sie meine Frage, und es klang ironisch. »Das Einzige, was ich weiß, ist, dass er den Hof wohl abgeben muss. Er kann ihn nicht mehr halten. Er hat schon viel zu lange Probleme mit den Zahlungen. Wenn er nicht sofort eine Sondertilgung startet, zwangsversteigern sie ihm den Laden unter dem Hintern weg. Er hat mich zwar nicht direkt um Hilfe gebeten, aber ich hätte gerne etwas für ihn getan. Als ich Johannes darauf ansprach, hat er rigoros abgelehnt. Deswegen war ich stinksauer. Auch auf mich, dass ich sämtliche Geldbelange aus der Hand gegeben habe und Johannes alles kontrolliert. Wenn wir uns trennen, wird er mir sicher alle Konten sperren. Aber das ist mir egal.«

»Ihr könnt bestimmt erst mal hierbleiben, das weißt du doch. Inge wird auch sicher nichts dagegen haben.«

»Danke, aber das wird nicht nötig sein. Soll Johannes doch zu seiner blöden Assistentin ziehen. Die Kinder und ich bleiben in unserem Haus.«

Netty klang entschlossen und gar nicht mehr so zerknirscht wie zu Beginn unseres Gesprächs. Das machte mir Hoffnung, dass es ihr gutgetan hatte, endlich mal über die Dinge zu reden, die ihr auf der Seele lagen.

Da erging es ihr ähnlich wie mir.

»Weißt du, Tony, Leo hat aus dem Hof ein echtes Kinderparadies gemacht, und es wäre eine Schande, wenn Klein-Seichtingen einen wie ihn verlieren würde.«

»Das verstehe ich. Und es tut mir auch sehr leid. Vor allem, dass Walter ihn dann mit der Pralinen-Aktion noch mehr in Schwierigkeiten bringen musste«, gestand ich ein. »Nur, weil ich mich einfach nicht genug gekümmert habe.«

»Nein«, widersprach Netty mir jetzt forsch, »so ein Quatsch.

Leo hätte den Hof auch ohne den Vorfall nicht halten können. Das hat nichts an seiner Situation verändert.«

»Ich habe trotzdem ein schlechtes Gewissen.«

»Solltest du auch.«

Überrascht setzte ich mich auf. »Sollte ich also doch?«

»Ja.« Netty setzte sich ebenfalls auf und stützte ihre Unterarme auf den Knien ab und grinste mich an. »Aber nicht wegen der Sache mit Walter auf Leos Hof.«

»Weswegen dann?«

»Dass du einen der tollsten Kerle verschmähst, die auf dem Planeten umherwandeln. Leo war frauentechnisch ungefähr so enthusiastisch wie eine Kübelpflanze. Bis du kamst.«

»Hat er das gesagt?«

Netty schüttelte den Kopf. »Das brauchte er nicht. Ich habe es an der Art gemerkt, wie er von dir sprach. Und daran, welche Fragen er mir über dich stellte.«

»Welche denn?«

»Solche, die verraten, was man *nicht* wissen will.«

»Aber ...«, begann ich, doch mehr kam nicht aus meinem Mund. Ich atmete die frische Nachtluft tief ein, die durch das geöffnete Fenster hereinströmte.

Ob es sein konnte, dass ...? Aber selbst wenn, ich könnte ja nicht ... Ich würde ja nicht ... Ich meine, gerade er! Nie!

»Du siehst jetzt gerade genauso aus wie früher«, stellte Netty schmunzelnd fest.

»Wie früher?«

»Ja. Als du kapiert hast, dass dein Bauchweh nicht von den vielen Kirschen kam, die wir stibitzt hatten.«

Ich verstand nur Bahnhof. »Und wovon dann?«, hakte ich angestrengt nach.

»Es war doch Torben Krebs, in den du das allererste Mal verliebt warst, oder?«

Ich nickte. »Und was hat das hiermit zu tun?«

Netty lächelte mich liebevoll an. »Es mag sich vieles verändert haben«, antwortete sie, »aber dieser Blick ist immer noch derselbe.«

»Welcher Blick?«, fragte ich nach, obwohl ich es längst wusste.

»Diese winzige Moment, der sofort wieder vergeht, wenn du es selber merkst und dann direkt wieder die Kontrolle übernimmst. Aber bis dahin ist es dieser besondere Blick, dieser eine Sekundenbruchteil, in dem du verloren wirkst.«

14. Kapitel

Kurz nach dem Morgengrauen bei Leo auf dem Hof aufzuschlagen war nicht gerade die grandioseste Idee, die ich jemals gehabt hatte. Aber nach dem Gespräch mit Netty, die den heutigen Tag noch zum Nachdenken nutzen wollte, hatte mich das spontane Bedürfnis überkommen, Leo meine Hilfe anzubieten. Immerhin kannte ich mich aus mit Unternehmen in Krisen – wenn ich ihm nicht helfen konnte, wer dann? Außerdem hatte ich wegen der Pralinen-Aktion von Walter noch ein schlechtes Gewissen, auch wenn Netty immer wieder beteuert hatte, dass es bereits längst vor Walters Auftauchen schlecht um Leos Hof gestanden hatte. Wenn er mir seine Unterlagen zur Verfügung stellen würde, könnte ich sicher noch das ein oder andere für ihn rausschlagen oder zumindest den Termin der Zwangsversteigerung rausschieben – dann hätte er Zeit gewonnen, seine Strategien zu überdenken oder umzustellen.

Der Morgentau hing überall schwer auf den Gräsern der Weiden, die rund um den Hof noch in dicke Nebelschwaden getaucht waren.

Ich ging davon aus, dass Leo schon wach war, so ein Tag auf einem Hof ging früh los. Als ich meinen Wagen in die Einfahrt lenkte, konnte ich in der Morgendämmerung mehrere Gestalten erkennen, die gerade dabei waren, einige angeleinte Pferde zu striegeln.

Etwas abseits konnte ich Leo erkennen, der wild gestikulierend vor einem Mann im Anzug stand, den ich nicht kannte.

Neben ihm stand eine zierliche blonde Frau, die Leo am Arm festhielt und auf ihn einredete. Es sah nicht nach einem privaten Gespräch aus. Gerade, als ich ausstieg, schienen sie das Gespräch zu beenden.

»Gut, Sie informieren die Besitzer bis zum Ende der Woche, dass sie ihre Pferde abholen. Das Rundschreiben an die Eltern und Feriengäste haben wir besprochen, fehlt nur noch die Stornierung der Reitkurse in den Sommerferien. Dann hätten wir alles.«

Leo machte eine resignierte Handbewegung. »Ja, ja, machen Sie sich keine Sorgen. Der Laden wird schon früh genug dichtgemacht.«

»Leo! Bitte! Ich ...«, intervenierte die Frau.

»Lass mich«, unterbrach Leo sie.

Ich war langsam auf Leo zugegangen, weil ich ihn nicht mitten im Gespräch unterbrechen wollte, und blieb jetzt vor ihm stehen.

Der Anzugträger nickte mir zu, gab Leo die Hand und verabschiedete sich mit den Worten: »Wir telefonieren.«

Die junge Frau folgte ihm wortlos und ohne eine Geste des Abschiedes.

Nach unserer letzten Begegnung, die zugegebenermaßen nicht glücklich geendet war, waren ein paar Tage vergangen, und ich wusste nicht genau, wo ich ansetzten sollte. »Leo«, sagte ich atemlos, so, als sei ich hierher gerannt und nicht eben erst aus dem Wagen gestiegen, »ich hab gehört, dein Hof steckt in Schwierigkeiten.«

Die sogenannte Holzhammermethode. Vielleicht nicht das beste Mittel, aber immerhin das schnellste.

»Guten Morgen, Antonia.«

»Äh, ja, Morgen. Entschuldige.« Ich verlagerte mein Gewicht von einem Fuß auf den anderen und kam mir vor wie ein unsicheres Schulmädchen, wie ich da vor Leo stand. Jedenfalls nicht wie jemand, der ihm mit jahrelanger Erfahrung aus der

Patsche helfen wollte. »Können wir kurz alleine sprechen?« Ich deutete auf die Mädchen, die neben uns damit begannen, Hufe auszukratzen und die Pferde reitfertig zu machen.

Leo deutete Richtung Wohnhaus. »Bitte.«

In seiner Küche setzte er Wasser für Tee auf, während ich ihn dabei beobachtete.

»Tut mir leid, dass ich gerade so mit der Tür ins Haus gefallen bin«, begann ich ein zweites Mal.

»Macht nichts«, erwiderte Leo ungerührt. »Es weiß sowieso schon jeder hier, wie es um den Hof steht. Das ist längst kein Geheimnis mehr. Der gute Mann, den du gerade eben gesehen hast, ist übrigens der Insolvenzverwalter.« Er stellte zwei Tassen auf den Küchentisch und goss uns ein.

»Danke.«

Dass das Aus bereits beschlossene Sache war, tat mir sehr leid. Die Wortfetzen, die ich von dem soeben beendeten Gespräch mitbekommen hatte, sprachen eine eindeutige Sprache: Bis zum Ende der Woche würde der Hof geschlossen worden sein.

Leo sah mich an; das Strahlen war gänzlich aus seinen Sprenkelaugen verschwunden. »Aber was ich mich frage, ist, warum du nun hier bist?«

»Ganz einfach: Ich möchte dir helfen.«

»Oh. Ganz was Neues.«

Ich nippte an dem viel zu heißen Tee. »Was soll das heißen?«

»Na ja. Sonst kamst du ja eher, wenn du was wolltest.«

»Du bist hart.«

Leos kleine Stirnfalte vertiefte sich zu einer tiefen Furche, und er sah mich ernst an. »Nein, nur ehrlich.«

»Okay. Mag sein, dass ich das jetzt verdient habe. Aber ich möchte dir wirklich helfen, Leo. Du weißt, dass ich nichts anderes mache, als Unternehmen umzustrukturieren, ich könnte dir helfen, den Hof noch mal ganz neu …«

»Stopp«, unterbrach mich Leo und hielt mir seine rechte Handfläche entgegen. »Das ist sicher ganz lieb gemeint, Antonia, und ich bin dir wirklich dankbar, dass du mir deine Unterstützung anbietest. Aber selbst du kannst an der verfahrenen Situation nichts ändern. Es ist längst zu spät. Ich hätte viel früher etwas tun müssen, auch wenn das wahrscheinlich nichts geändert hätte.«

Sofort kam mir der Gedanke, dass Leo die verpasste Aussprache mit seinem Vater meinen könnte.

»Aber ich …«

»Nein, bitte, wirklich nicht. Ich hab mich da ganz allein hineinmanövriert, jetzt muss ich die Suppe auch auslöffeln. Wie hast du mich mal so schön genannt? ›Mittdreißiger, der in der Pampa einen Ponyhof betreibt und nicht mal über die Dorfgrenze rauskommt‹? Vielleicht hattest du recht. Das war alles eine Spinnerei, fernab vom wirklichen Leben. Das ist nicht das erste Mal, dass ich mich falsch entschieden habe. Ich habe eben kein glückliches Händchen. Aber danke dir trotzdem für dein Angebot, ich weiß das zu schätzen. Zumal du ja ohnehin immer sehr … sehr eingebunden bist.«

Ich wusste, dass er das ernst meinte, ich konnte es an seinem nüchternen und klaren Ton erkennen.

»Soziales Engagement ist nun mal nicht immer unbedingt einträglich«, ergänzte er noch und schnalzte mit der Zunge. »So, sei mir nicht böse, ich muss weitermachen. Die Kinder warten auf den Morgenritt.« Er seufzte tief und schob mit einem bitteren Lächeln hinterher: »Könnte immerhin ihr letzter hier sein.«

Leos unterkühlte und distanzierte Art verletzte mich, und gleichzeitig wunderte ich mich darüber.

Wie kann mich jemand, den ich kaum kenne, mit einer einfachen Verweigerung meiner Hilfestellung so treffen?

»Vielleicht überlegst du es dir noch mal?«

Letzter Versuch.

»Nein. Aber danke.«

Treffer versenkt.

Allerdings nicht so, wie ich es mir ausgemalt hatte. Wenn ich das überhaupt hatte, denn in letzter Zeit häuften sich derartige Kurzschlusshandlungen meinerseits in erschreckendem Ausmaß. Aber Leos und mein Schiff schien gesunken, und das aufgrund nicht nur einer Bombe, sondern gleich mehrerer, die ich selbst geschossen hatte.

Zur Verabschiedung drückten wir uns – zu lange, um den Gedanken nicht aufkommen zu lassen, dass diese Umarmung etwas bedeutete.

Bevor ich mich umdrehte, um zum Wagen zu gehen, gab Leo mir noch die Hand, aber schüttelte sie nicht, sondern hielt sie nur einen winzigen Moment wortlos fest.

Als sich unsere Blicke trafen, fühlte ich ein Stechen in der Magengegend, das mir nur zu bekannt war. Aber die darauf folgende Hitzewelle, die mich nun von den Zehenspitzen bis hin zu meiner plötzlich heißen Stirn erwischte, war mir gänzlich neu. Ich konnte nicht sagen, dass mir etwas wehtat oder es unangenehm war; es war mehr so ein Zustand wie bei einem plötzlichen Fieberanfall, der beim nächsten Windhauch genauso schnell verschwand, wie er gekommen war.

Als Leo meine Hand losließ, streiften seine Finger in einer kaum auszuhaltenden Langsamkeit über meine, bis zu den Fingerspitzen, sodass gleich die nächste Hitzewelle ausgelöst wurde und das Stechen, das noch kaum abgeflaut war, sich wieder in der Magengegend breitmachte.

Manche Abschiede tragen leise Versprechen in sich, die einem das sichere Gefühl geben, dass dies keine Trennung für immer ist.

Das alles verwirrte mich. Zuerst die Ablehnung meiner Unterstützung und dann diese besondere Berührung, die irgendwie vertraut war und doch neu. Mit diesem diffus zuversichtlichen und doch unsicheren Gefühl fuhr ich vom Hof ins Büro, in dem der nächste Abschied bereits auf mich wartete.

*

»Guten Morgen, Frau Nachtigall«, begrüßte mich Frau Wieser in gewohnt verschüchtertem Ton. Ihre Lider zuckten wie immer nervös, wenn sie sich morgens bei der Begrüßung zwang, mir in die Augen zu sehen, was ihr meist nur einen Sekundenbruchteil gelang.

»Guten Morgen«, antwortete ich und nahm den Stapel Benachrichtigungen und persönlicher Post entgegen, den sie wie immer für mich vorbereitet hatte.

Ich war gerade im Begriff, an ihr vorbei in mein Büro zu gehen, als ich ruckartig innehielt. Ich legte den Stapel zurück auf ihren Tisch und sah meine Assistentin an.

Sie trug wie immer etwas Beigefarbenes, das hier im Büro in der Kombination mit ihrem ohnehin blassen Teint wie eine Tarnfarbe wirkte. Wenn sie es darauf anlegen würde, wäre Frau Wieser tatsächlich unsichtbar.

»Frau Wieser, darf ich Ihnen mal eine ganz persönliche Frage stellen?«, fragte ich meine Assistentin, von der ich, außer dass sie eine Vorliebe für Sandfarben hatte und von einem nervösen Augenzucken geplagt wurde, nicht viel wusste.

»Bitte?«

»Macht Ihnen Ihre Arbeit hier für mich eigentlich Spaß?«

Frau Wieser sah mich verständnislos an. »Ich fürchte, ich verstehe Ihre Frage nicht ganz, Frau Nachtigall«, flüsterte sie so leise, als stünden wir gerade in einem Schlafsaal voller Säuglinge.

»Ob Ihnen Ihre Arbeit hier im Büro Spaß macht, möchte ich wissen«, fragte ich erneut. »Die Zusammenarbeit mit mir und den Partnern.«

Frau Wiesers fragender Gesichtsausdruck wich einem mechanischen Lächeln. »Natürlich kann ich mich glücklich schätzen, in so einem renommierten Unternehmen arbeiten zu dürfen«, erklärte sie, und es klang, als würde sie mir die Bedienungsanleitung von unserem neuen Konferenztelefon erläutern.

»Aber das war nicht meine Frage«, wiederholte ich. »Haben Sie Spaß bei dem, was Sie hier tagtäglich für mich tun?«

Frau Wieser nickte. »Aber natürlich ...«, begann sie, und ich winkte ab.

Ihre Antworten kamen mir auf einmal unbeschreiblich standardisiert vor, wie alles hier. Die Einrichtung, nüchtern, aber nicht unterkühlt, das Telefonklingeln, leise, aber nicht überhörbar, die belegten Besprechungsräume mit geschäftig wirkenden Kollegen, die hinter Glasscheiben engagiert, aber nicht angestrengt auf ihre Flipcharts deuteten – all das wirkte plötzlich so fremd und fern, als wäre ich seit Ewigkeiten nicht mehr hier gewesen.

In einem der Räume sah ich Max Waldorf, den Kunden mit der Möbelfirma. Thomas redete wild gestikulierend auf ihn ein. Ich wunderte mich, dass ich von diesem Termin nichts wusste.

Als Max Waldorf mich erkannte, nickte er mir kurz zu.

Wie ferngesteuert ging ich auf die Glastür zu und öffnete sie.

»Antonia.« Thomas klang überrascht. »Herr Waldorf wird nun von mir beraten, ich denke nicht, dass du ...«

Aber ich unterbrach ihn: »Ich werde euch nicht lange aufhalten.« Dann wandte ich mich Max Waldorf zu. »Herr Waldorf, es liegt mir am Herzen, Ihnen etwas zu sagen.«

Max Waldorf sah mich fragend an. »Bitte.«

Ich zog einen Stuhl vom Tisch weg und nahm neben ihm Platz.

Thomas sah mich gereizt an.

»Nur ganz kurz«, bat ich ihn, und er ließ mich. »Herr Waldorf«, sagte ich nun in einem sehr ruhigen, gefassten Ton. »Sie haben uns damals gesagt, dass Sie sich als Möbelkünstler verstehen, genau so, wie Sie Ihre Arbeit als Kunst betrachten, richtig?«

Max Waldorf nickte.

»Sie lieben, was Sie tun, und diese Liebe macht Sie so großartig und Ihre Möbel so unverwechselbar.«

Thomas verschränkte die Arme und sah mich skeptisch an. Er wusste nicht, wohin ich mit dieser Ansprache wollte, und war entsprechend irritiert.

Max Waldorf nickte erneut. »Ich denke, dass das so ist, ja.«

In diesem Augenblick erinnerte mich Max Waldorf an eine ältere Version von Leo, der seine Liebe zum Beruf gemacht hatte. Und in beiden Fällen war diese nicht lukrativ genug – zumindest nicht in den Augen einer Firma wie unserer. Nur einen Unterschied gab es zwischen Leo und Max Waldorf: Leo verweigerte eine Beratung, selbst wenn das bedeutete, sein Unternehmen zu verlieren.

»All die Strategien, die Herr Ehrnst Ihnen ans Herz legt – genau wie ich es damals getan habe –, sind sicher wirkungsvoll und werden Ihr Unternehmen zum Marktführer in Ihrem Segment machen.«

Thomas atmete erleichtert auf, ich konnte aus dem Augenwinkel sehen, wie sich seine Gesichtszüge augenblicklich entspannten.

»Hm, ja«, sagte Max Waldorf.

Ich holte tief Luft. »Aber es wird nicht mehr das Unternehmen sein, von dem Sie mit leuchtenden Augen sprachen. Es wird Ihnen immer fremder und fremder werden, bis Sie sich eines Tages selbst nicht mehr in der Firma wiedererkennen.«

Thomas entspannte Gesichtszüge entglitten ihm schlagartig. »Was zur Hölle …?!«

Aber ich sprach einfach weiter. »Bleiben Sie sich selber treu, so, wie Sie es immer getan haben. Fertigen Sie weiter hier, gehen Sie nicht ins Ausland, und machen Sie weiterhin jedes Teil zum Einzelstück, so, wie Sie es sich immer vorgenommen haben. Es reicht, ein paar wenige Stellschrauben in der Auftragsannahme zu bewegen, dann schreiben Sie bald wieder schwarze Zahlen.«

Ich ließ meinen Blick über ein paar Exposés mit Bildern von Sonderanfertigungen von Stühlen und Tischen schweifen. »Sie sind wunderschön. Jedes einzelne Teil ist besonders, anders.«

Thomas war mittlerweile rot angelaufen. »Es reicht, Antonia. Du gehst jetzt, sofort!«

Ich nickte. »Nur eins noch«, sagte ich energisch in Thomas' Richtung. Dann wandte ich mich wieder Max Waldorf zu, während ich aufstand und den Designerstuhl zurück an den Tisch rückte. »Verkaufen Sie nicht Ihre Seele, Herr Winter.«

»Mein Name ist Waldorf«, sagte er und sah mich verunsichert an.

»Da bist du ja«, hörte ich eine Stimme hinter mir, und ein Arm legte sich mit festem Griff um mich. »Ich habe bereits auf dich gewartet.« Carl führte mich zu meinem Bürosessel, deutete mir an, Platz zu nehmen, und setzte sich mir gegenüber. »Wie soll es nun weitergehen?«, fragte er ruhig.

Ich hatte mit einem Vortrag über Firmenphilosophie und Engagement gerechnet, aber nichts dergleichen kam.

Stattdessen hatte Carl die Beine übereinandergeschlagen, die Hände auf seinem Schoß gefaltet und sah mich eindringlich an. »Wie soll es nun weitergehen, Antonia?«, wiederholte er.

Ich hob die Schultern und sagte einen Satz, den ich im Büro noch nie benutzt hatte (zumindest konnte ich mich nicht daran erinnern): »Ich weiß es nicht.«

»Das musst du aber«, sagte Carl und beugte sich vor. »Ich habe gestern für dich gelogen, Antonia, als du nicht im

Hammerstein's aufgetaucht bist. Das ist etwas, was mir ganz und gar nicht entspricht, und das weißt du. Und dein Auftritt gerade … Ich war nicht darauf gefasst, dass du mich derart enttäuschen könntest.« Er fasste sich ans Kinn und sah erst aus dem Fenster, dann wieder zu mir. »Aber du hast es.«

»Ich weiß.«

»Mehr hast du nicht zu sagen?«

Ich überlegte, Carl von meinen neuen, fremden Gedanken zu erzählen, ihm zu erklären, dass ich selbst nicht wusste, was gerade mit mir und um mich herum passierte und warum ich so machtlos war, etwas dagegen zu unternehmen, oder es vielleicht schlichtweg nicht wollte. Aber nein, das wäre lächerlich. Im Grunde wusste ich ja schon, dass Carl mich nicht verstehen würde. Er sah in mir eine andere Antonia, eine, die ich – zumindest im Moment – selber nicht mehr finden konnte.

»Ich ziehe mein Angebot, dich zum Partner zu machen, zurück. Hans ist bereits informiert und hat zugestimmt.«

Ich konnte nicht behaupten, dass mich diese Information unvorbereitet traf, natürlich musste ich damit rechnen – und doch gab es einen dumpfen Aufprall auf den Boden der Tatsachen.

Manche Dinge spürt man erst richtig, wenn sie ausgesprochen werden.

Wir schwiegen einen Moment, der mir ewig vorkam.

»Alles, was ich sagen kann, ist, dass es mir unendlich leid tut, Carl«, setzte ich zu einer mageren Erklärung an. »Und dass ich dir für alles, was du für mich getan hast, dankbar bin. Aber ich sehe momentan keinen Weg, den Ansprüchen, die ihr, du und die Firma, an mich habt, gerecht zu werden. Es wäre unfair von mir zu behaupten, dass sich das alles schon wieder einrenkt. Denn gerade habe ich das Gefühl, dass es das nicht wird. Auch nicht, wenn ich wieder in meiner Wohnung bin und nicht mehr auf Walter aufpassen muss. Es hat sich etwas verändert.« Ich holte tief Luft. »*Ich* habe mich verändert.«

»Das ist alles?«

»Das ist sehr viel.«

»Was ist mit uns?«

Ich sah auf den Boden.

Carl und ich – das perfekte Paar. Auch dieses Bild schien von der Wand gerissen worden zu sein. Er hatte mir das Gefühl gegeben, vollkommen zu sein – immer dann, wenn ich perfekt funktioniert hatte. Erst als ich das nicht mehr tat, spürte ich, dass es nicht ich war, die er meinte, sondern ein Bild von mir, dem ich nun nicht mehr gerecht wurde.

»Du willst mich doch eigentlich gar nicht«, sagte ich, und es klang bitter. »Du willst ein Abziehbild von mir, das es gar nicht mehr gibt.«

»Wir wollten heiraten, Antonia, alles war perfekt.« Carl strich sich über die Stirn. »Und jetzt willst du wegen ein paar Befindlichkeiten hinschmeißen, wofür du so lange gearbeitet hast?«

»Exakt«, antwortete ich. »Du sagst es. Ich habe dafür gearbeitet. Hart gearbeitet. Und ich dachte immer, dass das auch genau so sein müsse und dass es richtig sei, hart zu arbeiten, keinen Spaß und keine Leichtigkeit bei den Dingen zu empfinden, die ich tagtäglich tue. Und auch unsere Beziehung habe ich so gesehen. Ich habe nie infrage gestellt, ob es nicht vielleicht auch anders sein kann. Ob eine Beziehung nicht viel eher auf Zuneigung basiert als auf einem Deal, nur weil beide gerade davon profitieren und man ohnehin so gut als Team funktioniert.«

»Du weißt, dass ich dich liebe«, sagte Carl nun.

Ich wusste, dass es die letzte Bastion war, die fiel. Das hatte er noch nie zu mir gesagt.

»Ich glaube nicht, dass du weißt, was das bedeutet«, widersprach ich. »Ich weiß es ja selbst nicht.«

»Das ist doch Quatsch, Antonia. Das ist ... eine Phase, nichts weiter.« Plötzlich klang er richtig verzweifelt, ich hatte ihn noch nie so erlebt.

»Nein.« Ich schüttelte den Kopf. »Eine Phase ist das ganz sicher nicht. Vielleicht war das alles bis jetzt eine.«

»Soll das heißen, du beendest unsere Beziehung *und* deine Karriere? Du wirfst dein *ganzes* Leben weg?«

Jetzt, als Carl es aussprach, fühlte es sich so brutal an, und mich überkam eine Welle von Angst vor meiner eigenen Courage. Ich hatte immer für alles einen Plan, eine Strategie gehabt, wann, wo und wie ich auf etwas reagierte, welchen Schritt ich als Nächstes tun würde. Jetzt gab es keinen Plan, nur noch ein Gefühl. Zum allerersten Mal stand ich da mit nichts als Leere in meinem Kopf und den Taschen voll Angst.

»Vielleicht bin ich gerade dabei, es zu retten.«

Carl schüttelte verständnislos den Kopf. »Nein, nein. Das akzeptiere ich so nicht.«

Ich stand auf und nahm meine Jacke und meine Tasche in die Hand, die ich neben mir abgestellt hatte. »Ich befürchte, du hast keine andere Wahl. Ich bin selber überrascht von mir, Carl. Heute Morgen, auf dem Weg hierhin, wusste ich auch noch nicht, dass ich so reagieren würde. Glaub mir, es geht mir schlecht dabei.« Dann sah ich ihm tief in die Augen, sagte: »Aber auf eine gute Art«, und verließ das Büro.

Frau Wieser saß wie immer geschäftig tippend an ihrem PC.

Ich blieb vor ihrem Schreibtisch stehen. »Es tut mir leid, Frau Wieser, wenn ich Sie ungerecht und unfreundlich behandelt habe.«

Schlagartig stellte Frau Wieser das Getippe ein.

»Ich weiß, dass ich das habe. Und ich weiß auch, dass Ihr Augenzucken da nicht gesund ist. Dass Sie keine Freude daran haben können, den ganzen Tag ignoriert zu werden. Glauben Sie mir, die Welt wird nicht zusammenbrechen, wenn Sie ab und zu auch mal sagen, was Ihnen nicht passt. Herr Kahler wird das verkraften, ganz sicher. Und falls nicht ...«, ich zwinkerte ihr zu, »finden Sie ganz sicher schnell eine ähnliche

Stelle, bei der Sie eine Nervkuh wie mich zur Vorgesetzten haben.«

Frau Wieser saß mit offenem Mund vor mir.

Ich legte den Stapel Post zurück auf ihren Schreibtisch. »Das übernimmt vorerst Herr Kahler kommissarisch für mich«, erklärte ich, »bis wir eine gute Lösung gefunden haben.«

»Aber Sie kommen doch wieder?«, fragte sie und sah mich erschrocken an.

Man konnte meinen, dass sie mich vermissen würde.

»Im Moment sieht es nicht danach aus. Alles, was ich gerade im Augenblick weiß, ist, dass ich hier falsch bin. Das Ausschlussverfahren ist immerhin auch eine Strategie.«

»Ich bin ehrlich baff«, sagte Frau Wieser und lächelte.

Ich fragte mich, ob es tatsächlich das erste Lächeln war, das ich je von ihr gesehen hatte.

»Alles hinzuschmeißen ohne einen Plan B?«

Ich zuckte mit den Schultern. »Ich weiß es nicht.«

Frau Wieser kam um den Tisch herum und gab mir die Hand. »Wenn ich noch irgendetwas für Sie tun kann …«

»Da wäre tatsächlich etwas«, sagte ich und nickte. »Können Sie herausfinden, wo die Witwe Winter von *Winter & Friends* sich momentan befindet, und mir ihre Kontaktdaten zukommen lassen?«

15. Kapitel

Ich wusste nicht, warum ich das tat, und ich wusste auch nicht, was ich tun würde, wenn ich angekommen wäre. Das Einzige, was ich wusste, war, dass ich mich auf der Autobahn Richtung Frankfurt befand, auf dem Weg zum Super Gold Cup Poloturnier, auf dem Frau Winter sich – wie ich aus der sicheren Quelle namens Frau Wieser wusste – ihre Zeit vertrieb. Es war, als ob mir eine Art innere Stimme sagte, dass ich mit ihr sprechen musste. Es wäre nur schön gewesen, wenn sie mir auch irgendwas bezüglich des Gesprächsinhalts zugeflüstert hätte.

Gertrude Winter hatte auf meine zahllosen Anrufe nicht reagiert. Wahrscheinlich war sie zu beschäftigt mit Jetsetting.

Walter, den ich mitgenommen hatte, saß gespannt auf dem Beifahrersitz. »Polo! Spannend! Da wollte ich schon immer mal zuschauen!« Er rieb sich die Hände. »Was ich mit dir so alles erlebe, Kindchen, das passt auf keine Kuhhaut.«

Ich hatte Walter noch nichts von meiner Kündigung erzählt – ich musste das Ganze erst mal sacken lassen. Überdies wollte ich nicht, dass er sich irgendwie schuldig fühlte.

Außerdem war es weitaus mehr als eine Kündigung. Eher eine Art Schlussmachen. Mit dem Job, mit Carl, mit meinem alten Leben. Für eine Übersprunghandlung fühlte es sich allerdings zu richtig an, das konnte es nicht gewesen sein. Obwohl ich zum allerersten Mal ein schwammiges Nichts vor mir hatte, das meine Zukunft sein sollte, fühlte ich mich frei.

Ein trauriges Gefühl von Abschied schwang zwar mit, aber gleichzeitig auch ein schönes Gefühl von Freude und Neugier, das einen überkommt, wenn man keinen Plan hat, aber dennoch zuversichtlich in die Zukunft schaut. Es war eine völlig veränderte, neue Antonia, die da gerade mit Walter auf der linken Spur und offenem Verdeck nach Frankfurt brauste – und ihr altes Leben im lauwarmen Gegenwind von sich streifte.

Der Parkplatz vor dem Spielfeld war überfüllt. Bereits bis auf die Bundesstraße, die zu dem Turnierfeld führte, hatte es einen Rückstau gegeben, so viele Schaulustige tummelten sich hier an dem sonnigen Nachmittag.

Wie um Himmels willen sollte ich in diesem Getümmel die Winter-Witwe finden? Ich kannte sie lediglich von mehreren Google-Fotos, die mir Frau Wieser netterweise ausgedruckt hatte.

Da Gertrude Winter sich sonst eher in Wellnesshotels unter der Saint-Tropez'schen Sonne oder auf sämtlichen schwarzen Pisten in Kitzbühel oder Ischgl aufhielt, musste ich die Chance, sie innerhalb kürzester Zeit hier in Frankfurt zu erreichen, nutzen.

Passend für den Anlass waren wir nicht angezogen – Tweedjackett, *Hermès*-Schal, Bluse und Flanellrock waren so schnell nicht greifbar gewesen. Ich hatte wie immer ein Business-Kostüm aus dem Büro an, und Walter trug seinen Sonntagsanzug, diesmal mit Einstecktuch, das er sich aus meinem Sonnenbrillenputztuch gebastelt hatte.

Die meisten Zuschauer, die uns auf dem Weg zum Spielfeldrand entgegenkamen, trugen britisch-inspirierte ländliche Kleidung, die Frauen ab und zu einen großen Hut. Die Jüngeren waren sportlich in hellen Pastellfarben gekleidet.

Meine High Heels passten natürlich überhaupt nicht zu dem Anlass, und schon auf der Wiese, die als Parkplatz des heutigen Großereignisses diente, sank ich mit ihnen im weichen Boden ein. »Mist!«, fluchte ich und stützte mich an Walters Schulter ab, um den Erdklumpen von meinem Absatz zu streifen.

»Spontanentscheidungen rächen sich nun mal gerne«, erklärte Walter wissend. »Und sagst du mir jetzt, was wir hier eigentlich genau wollen?«

Ich zuckte mit den Schultern. »Ehrlich gesagt habe ich keinen Plan. Ich hatte nur vorhin im Büro das Gefühl, dass ich mit der Stiefmutter von Leo über ihn sprechen muss. Und über den Hof. Leos Hof steht kurz vor dem Aus. Merkwürdigerweise hat mich das mehr beschäftigt, als ich vermutet hätte. Aber was ich genau von Gertrude Winter will, das weiß ich nicht.«

»Gertrude Winter also?« Walter rümpfte die Nase. »Heute gar nicht so ergebnisorientiert wie sonst, Tönchen?«

Ich schüttelte den Kopf. »Nein.«

»Mal was Neues«, feixte Walter und deutete mir an, dass ich mich bei ihm einhaken sollte. »Also, nach was für einer Art aufgeblähter Silikon-Jetset-Tante mit Schweinslederhandschuhen suchen wir, hm?«

Ich musste lachen und zog eines der Bilder von Gertrude Winter aus meiner Tasche. Mit ihren platinblonden, perfekt frisierten, mittellangen Haaren und ihren stark geschminkten Gesicht wirkte Leos Stiefmutter in ihren Pelz- und *Prada*-Kombinationen wie der Inbegriff einer Jetset-Frau aus dem Bilderbuch.

Leider musste ich beim näheren Umschauen feststellen, dass hier fast jede Frau in ihrem Alter so aussah. Es kam mir vor, als stünde ich in einer riesigen *Prada*- und *Ralph-Lauren*-Klon-Herde.

»Was hab ich mir dabei gedacht«, seufzte ich, »das ist doch aussichtslos. Alle sehen hier gleich aus. Es sind sicher tausend Frauen vom Kaliber der Winter-Witwe hier. Ich finde sie nie und nimmer!« Ich lugte auf das Spielfeld, das Tunier hatte soeben begonnen. Überall um mich herum überparfümierte Damen mittleren Alters, von denen jede zweite eine Winter-Kopie sein konnte. »Was für eine bescheuerte Idee, einfach so hierhin zu fahren, ohne irgendeinen Plan, das ist doch dämlich ...«, murmelte ich vor mich hin und wurde von der Masse der Menschen, die nun zum Spielfeld strömte, weitergeschoben.

Wenige Sekunden Unaufmerksamkeit rächten sich umgehend: Ich hatte Walter in dem dichten Gedränge verloren.

»Walter?« Ich sah mich um.

Rechts und links nur beige bebaumwollte Schultern.

»Nicht schon wieder!«, fluchte ich vor mich hin, bevor ich laut nach ihm rief: »Waaalter!«

Gerade jetzt, da ich mir ohnehin schon so unfähig vorkam, war er schon wieder weg.

Panisch schob ich mich durch das Gedränge. Bei jedem zweiten Schritt blieb ich mit meinen Pumps im Rasen stecken und kam deswegen nur noch langsamer voran.

»Mann!«

Mich jetzt auch noch auf die Suche nach Walter zu machen, stahl mir wertvolle Zeit, die mir später vielleicht fehlen würde, Gertrude Winter noch zu erwischen, bevor sie mit dem nächsten VIP-Shuttle davonbrauste.

Ich presste mich Zentimeter für Zentimeter durch die Menschenmassen, die, umso näher ich dem Spielfeldrand kam, immer dichter aneinandergedrängt standen.

Wohin würde Walter gehen?

Er war neugierig auf das Spiel gewesen und hatte sich wie ein kleiner Junge darauf gefreut. Mein Instinkt sagte mir, dass er ganz sicher in der ersten Reihe stehen würde, um die Reiter anzufeuern und ihnen zuzujubeln.

Das Gedränge war mittlerweile so dicht, dass ich nur noch die Menschen, die Schulter an Schulter mit mir standen, erkennen konnte. Es setzte eine Bewegungswelle ein, die mich automatisch nach vorne spülte, auf die aber jedes Mal eine kleinere Welle folgte, in der man wieder nach hinten gezogen wurde. Bei einer der Vorwärtswellen blieb ich wieder mit meinen Pumps stecken, und bei der darauffolgenden Rückwärtswelle stellte ich fest, dass ich den Schuh verloren hatte. Mich jetzt zu bücken, um nach ihm zu suchen, hätte wahrscheinlich bedeutet, vollkommen zerquetscht zu werden, also versuchte ich es erst gar nicht. Und mit nur einem Schuh herumzulaufen und zudem noch zu riskieren, ein zweites Mal steckenzubleiben, machte keinen Sinn. Also streifte ich den zweiten Schuh ab, indem ich einmal fest ins Gras trat.

Nun war ich zwar mit einem Schlag sechs Zentimeter kleiner und erst recht nicht mehr passend gekleidet, aber es war mir egal. Ich musste Walter einfangen und dann Leos Stiefmutter finden, komme, was da wolle.

Nach weiteren fünfzehn verschwitzten Minuten hatte ich mich fast bis zum Spielfeldrand vorgearbeitet. Die ersten drei Reihen vor dem weißen Zaun, der als Absperrung diente, bestanden aus Klappstühlen, die dicht beieinanderstanden und bis auf den letzten Platz belegt waren. Mich zwischen den Stühlen und den Zuschauern hindurchzuquetschen war nicht nur unhöflich, sondern auch schmerzhaft, denn ich stieß mich immer wieder an den Stuhlrändern. Ab und zu vernahm ich ein schimpfendes »Mensch!« als Zeichen der Missgunst über mein unpassendes Verhalten, aber das war mir egal.

Am Zaun angekommen, versuchte ich mich so weit nach vorne zu beugen, wie ich nur konnte, um mich dann von vorne nach rechts und links zu drehen. So hoffte ich, Walter eher zu entdecken, falls er direkt am Spielfeldrand stehen würde. Ich hielt meine flache Hand als Schirm an meine Stirn, damit die Sonne mich nicht blendete, konnte aber weit und breit keinen Walter entdecken.

»Walter, wo steckst du bloß?«, murmelte ich vor mich hin.

Es war ein Fehler gewesen, ihn überhaupt hierher mitzunehmen!

»Gertrude Winter, bitte kommen Sie umgehend zum Infopoint, Gertrude Winter bitte!«

Die Durchsage, die gerade durch sämtliche Lautsprecher über das gesamte Terrain hallte, ging mir durch Mark und Bein. Konnte es sein, dass genau die Frau, nach der ich suchte, gerade ausgerufen wurde?

Panisch drehte ich mich mit dem Rücken zum Spielfeld, um die Wiese nach dem Infopoint abzusuchen. Ich konnte in dem Gemenge nichts erkennen, er musste irgendwo weiter weg sein.

»Entschuldigen Sie bitte, können Sie mir sagen, wo ich den Infopoint finde?«, fragte ich einen der etwas harmloser aussehenden älteren Herren, die direkt vor mir saßen.

»Wenn Sie so freundlich wären und von meinem Fuß steigen würden, sehr gerne«, antwortete er.

»Ups!«

»Andererseits«, ergänzte er mit einem Zwinkern, »hatte schon lange keine so hübsche junge Frau mehr das Bedürfnis, mit mir zu füßeln.«

Ich hatte ganz vergessen, dass ich mit nackten Füßen unterwegs war. »'tschuldigung!«

»Es war mir ein Vergnügen«, erwiderte der grau melierte Herr in Weiß und deutete quer über die Wiese hinter sich. »Einfach immer weiter dort entlang, bis kurz vor den Parkplatz, da ist der Infopoint. Den können Sie gar nicht verfehlen!«

»Danke«, gab ich erleichtert zurück.

Jetzt hieß es schnell sein, damit ich Gertrude Winter – wenn sie es überhaupt war, vielleicht gab es ja mehrere von der Sorte – nicht verpasste.

Nach Walter würde ich auf dem Weg weiter Ausschau halten, und zur Not könnte ich es dem Ausrufer gleichtun und Walter durchsagen lassen.

Ich schob mich durch das Gedränge mit einem beklemmenden Gefühl, das sich als breiter Kloß in meinem Hals bemerkbar machte.

Was zur Hölle will ich Gertrude Winter überhaupt sagen, wenn ich vor ihr stehe?

Abgehetzt kam ich am Infopoint an, und zu meiner Überraschung entdeckte ich Walter genau dort.

»Walter! *Du* hast also Frau Winter …?«

Walter nickte und zwinkerte mir zu.

Ich atmete erleichtert aus. »Gott sei Dank bist du da!« Dann beugte ich mich nach vorn und stützte mich keuchend auf den Knien ab, um besser Luft zu bekommen. Ich war bei all dem Gesuche und Gerenne ganz schön aus der Puste gekommen.

Mein Blick schweifte an der schmalen Gestalt vor mir herab: Die Dame in Weiß, die mit mehr Schmuck behangen war als die Fußgängerzone Kölns zur Weihnachtszeit mit Deko, musste ohne Zweifel Gertrude Winter sein.

»Frau … äh … Winter?«

Frau Winters knallrot geschminkte Lippen in dem ansonsten karibikbraunen Gesicht, das im starken Kontrast zu dem platinblonden Bob stand, spitzten sich. Sie sah an mir herunter und blieb an meinen nackten Füßen hängen. Dann blickte sie irritiert zu Walter, der anscheinend gerade angestrengt nach ein paar adäquaten Worten suchte.

»Also, ich weiß nicht, wer von Ihnen beiden mich hierher bestellt hat«, erklärte sie scharf. »Aber ich kenne Sie nicht, und Sie muten mir doch recht …«, Gertrude Winter musterte mich noch mal von oben bis unten, »… recht seltsam an. Ich kann mir auch nicht vorstellen, dass *wir* etwas zu besprechen hätten.«

Noch bevor ich etwas erwidern konnte, klinkte sich Walter ein. »Ich habe vernommen, dass man hier im Trinkzelt eine ganz fabulöse Obstbowle bekommt«, erklärte er lächelnd und hakte sich bei Frau Winter ein, die konsterniert dreinblickte.

»Und ich glaube, die können wir drei jetzt wunderbar gebrauchen.«

Mit diesen Worten schob er Gertrude Winter, die sich jetzt mit entgeistertem Blick einfach mitziehen ließ, Richtung Trinkzelt und deutete mir mit einer schrägen Kopfbewegung an, ihnen zu folgen.

Vom Infopoint bis zum Trinkzelt waren es keine dreißig Meter, und ich hatte immer noch keinen blassen Schimmer, was ich Frau Winter sagen würde. Das Einzige, was ich wusste, war, dass ich Leo helfen wollte.

Nachdem Walter sich in die beeindruckende Bowlenschlange eingereiht hatte und ich mit Gertrude Winter allein an einem der Stehtische im Trinkzelt stand, kam ich mir vor wie im Matheunterricht in der zehnten Klasse.

Damals hatte ich einmal nur aufgezeigt, um einen engagierten Eindruck zu machen, und weil ich dachte, dass ich sowieso nicht drankäme, denn unsere Lehrerin Frau Klett hatte die hochnäsige Streber-Bettina zu ihrer Lieblingsschülerin erkoren, die mit ihren bahnbrechenden Erkenntnissen meist den gesamten Unterricht gestaltete. Als ich dann trotzdem drankam, aber die Antwort nicht wusste, lief ich zuerst feuerrot an und stotterte etwas von »... mal aufs Klo ...«.

Allerdings bezweifelte ich, dass ich diese Taktik bei Frau Winter ebenso erfolgreich einsetzen können würde wie damals, als ich wie von der Tarantel gestochen nach Frau Kletts Bejahung meiner Frage aufs stille Örtchen gerannt war.

»Mein Name ist Antonia Nachtigall«, erklärte ich, »und ich bin eine ... eine Freundin Ihres Stiefsohnes Leo.«

Frau Winters spärlich dünn gezupfte Augenbraue hob sich und formte ein fast rechtwinkliges Dreieck. »Ich bin gespannt, was Sie zu sagen haben«, antwortete Frau Winter.

Ich schluckte. »Ich auch.«

Die alte Antonia hätte einen wasserdichten Plan gehabt. Doch nun war ich die neue Antonia und musste es außerdem behutsam angehen. Konzentriert versuchte ich, alle meine Strategien, auf die ich sonst immer so hervorragend zurückgreifen konnte, abzurufen.

Aber mein Kopf war leer, und ich redete einfach wild drauflos. Ich erzählte Gertrude von Leos Schwierigkeiten, der Insolvenz, seinem Engagement in Klein-Seichtingen, dem Therapeutischen Reiten und seiner Liebe zum Hof, zu den Kindern und Tieren.

Es musste doch irgendetwas zu machen sein! Leos Situation würde selbst Aschenputtels böser Stiefmutter das harte Herz erweichen.

Als ich meine Ausführungen beendet hatte und Walter immer noch nicht mit der Bowle zurück war, ließ Gertrude Winter ihre Dreiecksaugenbraue wieder in den Normalzustand zurückfallen.

Ich konnte so etwas wie Überraschung in ihrem Gesicht lesen.

»Sie wissen wohl so einiges über Leo«, begann sie und klang bitter, »aber anscheinend nicht genug.«

Ich sah sie fragend an. »Was meinen Sie?«

»Ich meine damit, dass Leo mich als neue Partnerin seines Vaters nie akzeptiert hat. Seiner Meinung war ich immer nur hinter dem Geld seines Vaters her. Und als ich ihm nach Frieders Tod angeboten habe, als Miteigentümer in den Hof einzusteigen, lehnte er ab.«

Das klingt wirklich nach Leo, dachte ich und glaubte ihr.

»Er lehnte ab?«

»Ja. Und er machte mir unmissverständlich deutlich, dass er nie wieder etwas mit mir zu tun haben wollte. Das war übrigens das einzige Gespräch zwischen uns, das wir je hatten.«

Dass Leo ein Sturkopf war, war mir nicht neu. Dass er allerdings so hart sein konnte, konnte ich mir nur vorstellen, wenn er tatsächlich einen Grund dafür gehabt haben musste.

Gertrude schien meine Gedanken nachvollziehen zu können, denn sie ergänzte noch: »Sie fragen sich jetzt sicher, wieso Leo mich so sehr hasst, richtig?«

Ich nickte wortlos.

»Er macht mich für den Tod seiner Mutter verantwortlich.« Meinen fragenden Blick quittierte Frau Winter mit einer weiteren Antwort: »Sie hatte einen Autounfall. Es war in der Trennungszeit, nach einem Streit mit Frieder, als er ausziehen wollte. Leo gab mir die Schuld an allem, obwohl Frieder schon Jahre zuvor in der Beziehung unglücklich war und sich die meiste Zeit in seinem Jagdhaus aufhielt.«

»Oh.«

»Leo wollte nie wahrhaben, dass die Ehe seiner Eltern schon lange vor meinem Auftauchen am Ende gewesen war und dass sich sein Vater von Affäre zu Affäre hangelte.« Sie seufzte. »Seine Mutter übrigens auch.«

Das hatte ich nicht erwartet.

Ein Bild wird runder, wenn es von mehreren Seiten beleuchtet wird, das wusste ich. Hier zeigte sich das also auch mal wieder.

Ich konnte Leo verstehen, der die Trennung seiner Eltern vielleicht nicht wahrhaben wollte, aber Gertrude Winters Ausführungen klangen auch plausibel.

Ich hatte meinen leiblichen Vater nie kennengelernt, und somit hatte Walter es vielleicht einfacher gehabt. Wobei – wenn ich so recht überlegte, hatte es bis vor Kurzem kaum Kontakt zwischen uns gegeben. »Einfach« konnte man also auch diese Beziehung nicht nennen, eher »nicht vorhanden«.

»Das Ganze ist mehr als fünfzehn Jahre her.«

Jetzt, als Gertrude Winter so vor mir stand, mit einem traurigen, verhangenen Blick unter ihren viel zu stark getuschten Wimpern, und so wirkte wie eine Frau, die immer vergeblich um die Anerkennung eines jungen Erwachsenen, den Sohn des Mannes, den sie augenscheinlich sehr geliebt hatte – das verrieten mir ihre feuchten Augen –, gekämpft hatte, tat sie mir richtig leid.

»So, Mädels, da bin ich«, nuschelte Walter mit der Pfeife im Mundwinkel, als er mit drei Gläsern zurück an unseren Tisch kam.

Als er die gut gefüllten Gläser vor uns abgestellt hatte und in unsere betretenen Gesichter sah, ereilte mich die Befürchtung, dass er einen seiner typischen Walter-Sprüche zum Besten geben würde.

»Mensch, jetzt guckt doch nicht so wie auf 'ner Beerdigung. Ist ja schließlich keiner gestorben, oder?«

Gertrude Winter, die genau wie ich sofort zum Glas gegriffen hatte – denn wir konnten jetzt nun wirklich beide was gebrauchen –, verschluckte sich. Sie begann erschreckend laut zu husten, und als mich die ernsthafte Befürchtung überkam, dass Leo bald auch keine Stiefmutter mehr haben würde, griff Walter beherzt ein und klopfte ihr so stark auf den Rücken, dass ein kleines Stück Erdbeere aus Gertrude Winters Mund im hohen Bogen bis zu einem der benachbarten Stehtische flog.

Ich war mir nicht sicher, ob es trotz oder wegen Walters übergroßem Engagement war, aber Gertrude Winter schien tatsächlich offen für eine Rettungsaktion zu sein. Es ging ihr nicht um Geld – davon hatte sie genug –, vielmehr glaubte ich, dass sie sich eine Aussprache mit Leo wünschte. Und etwas, das man mit Geld nicht bezahlen konnte: Seelenfrieden.

»Ich habe da eine Idee«, überlegte Walter laut.

Ich nippte an meinem mittlerweile dritten Glas Bowle – Walter war wie immer ein hervorragender Alkohollieferant. Nicht zuletzt dieser Tatsache verdankte ich wohl Gertrude Winters Angebot, sie zu duzen.

»Was denn?«

»Du suchst einen neuen Job, richtig?«

Ich hatte Walter nichts von meiner Kündigung erzählt und reagierte entsprechend verwundert: »Aber woher weißt du denn …?«

»Ach, Kindchen. Das wusste ich doch schon lange vor dir.«

Walter überraschte mich immer wieder aufs Neue, und nicht selten zum Positiven.

»Prost. Trinkt Kinder, Obst ist gesund!«

Wir nippten an unseren Gläsern, während mein Gehirn laut ratterte. *Wie um Himmels willen könnte ein Rettungsplan für Leo aussehen?*

»Also«, redete Walter weiter vor sich hin, während Gertrude und ich ihn gespannt ansahen, »schauen wir, was wir da haben.« Er sah mich an. »Du suchst eine neue Betätigung. Richtig?«

Ich nickte. »Richtig.«

»Gut.«

»Und?«

»Weiter im Text. Leo braucht den letzten Anteil vom Hof, den wiederum du besitzt.« Walter deutete auf Gertrude, die seine Worte bejahte. »Und das Geld, um den Anteil zu kaufen und somit den Hof zu retten, sich selbst einzubringen und den Hof zu retten hast …«, Walter sah mich an, »du!«

»Iiich?«

Ich soll mich in Leos Hof einkaufen?

Ich hatte einiges gespart und einen großen Teil äußerst gewinnbringend angelegt. Ich hatte praktisch nie Geld ausgegeben, weil ich immer gearbeitet und nie Zeit dafür gehabt hatte. Aber mich in Leos Hof einzukaufen … Das wäre ihm nie und nimmer recht!

»Ja, du. Die Antonia, die Reitlehrerin werden wollte, mit Kindern arbeiten wollte und mit Pferden. Ich bin mir sicher, dass das nicht nur Leo freuen würde.«

Auch Gertrude sah mich jetzt beschwingt an. »Aber das ist

ja eine ganz hervorragende Idee! Antonia kauft mir Leos Anteil zum Freundschaftspreis ab, der Hof bleibt und …« Schlagartig verblasste ihr Strahlen. »Das würde wahrscheinlich trotzdem nichts zwischen uns ändern.«

»Warten wir's ab«, sagte Walter und hielt sein Glas zum Anstoßen in die Mitte. Dann sah er mich zwinkernd an. »Das Letzte, was wir uns leisten können, ist, die Hoffnung zu verlieren!«

16. Kapitel

Ich konnte mit absoluter Gewissheit behaupten, dass ich noch nie eine so weitreichende Entscheidung derart schnell getroffen und umgesetzt hatte.

Bereits am nächsten Tag waren die meisten Einzelheiten mit Gertrude besprochen, ein Notartermin vereinbart sowie ein Gespräch mit meinem Bankberater getätigt worden.

Gertrude hatte ihrerseits ihren Vermögensverwalter besänftigt, der nach Ankündigung ihres unlukrativen Vorhabens zuerst mit Schnappatmung zu kämpfen hatte und dann beinahe am anderen Ende der Telefonleitung in Ohnmacht gefallen war und nun stark an Gertrudes Geschäftssinn zweifelte.

Jetzt musste nur noch Leo mitspielen. Und dass diese Nuss nicht einfach zu knacken war, wusste ich genauso gut wie Gertrude.

Dass Leo sich nicht von mir helfen lassen wollen würde, war mehr als nur klar, und so bedienten wir uns eines einfachen Tricks: Walter sollte statt meiner als stiller Teilhaber auftreten, der sich somit viel Freizeit mit seinem Lieblingsesel Yoda erhoffte. Leo wusste nichts über Walters Finanzen und würde den Braten vielleicht nicht sofort riechen. In erster Linie ging es ja erst mal darum, den Hof vor dem Zwangsverkauf zu bewahren. Wenn das geschafft war, konnte ich Leo immer noch die Wahrheit offenbaren, und wir konnten gemeinsam alles Weitere besprechen.

Ich hatte das sichere Gefühl, dass diese Aktion das Unvernünftigste und gleichzeitig das Beste war, das ich jemals in meinem Leben getan hatte.

*

»Okay, du machst alles so, wie wir es besprochen haben«, flüsterte ich Walter zu, als wir auf Leos Hof zufuhren. Eigentlich gab es keinen Grund zu flüstern, aber ich war so zittrig, dass meine Stimme versagte.

Unser Plan war, dass Walter Leo verklickerte, dass er mit dem Kauf nicht nur den Hof vor dem Aus retten, die Schnapspralinen-Aktion wiedergutmachen und sich eine Altersvorsorge schaffen, sondern auch etwas für die Gemeinde Klein-Seichtingens tun wollte.

Ich stieß Stoßgebete in den Himmel, dass Leo es ihm abkaufen würde. Ich würde Walter beistehen und alles, was er sagte, bestätigen, um somit Leo die Sicherheit zu geben, dass das Ganze nicht eine von Walters verrückten Aktionen war.

»Ja, bitte?« Eine sportliche Frau in meinem Alter mit einem frechen, lockigen Kurzhaarschnitt öffnete uns Leos Tür. »Was kann ich für Sie tun?«

Ich erkannte sie sofort. Es war dieselbe Frau, die mit dem Anzugtypen im Streit mit Leo ohne Abschiedsgruß vom Hof gegangen war.

Walter sah mich fragend an.

»Äh … ja«, antwortete ich und war überrascht, dass ich stockte, »wir suchen Leo Winter, ist er da?«

Die junge Frau mit den rosigen Wangen nickte und drehte sich um, um laut in den Hausflur: »Kommst du mal bitte, Leo-Schatz!«, zu rufen.

Kommst du mal bitte, Leo-Schatz??? Ich glaube, ich höre nicht richtig!

Mir drehte sich der Magen um.

Wer zur Hölle ist das?

»Antonia! Walter!«, begrüßte Leo uns erstaunt. »Was macht ihr denn hier?«

»Äh ...« Ich hatte den Auftritt soeben noch nicht verdaut.

Daher übernahm Walter: »Dürfen wir kurz reinkommen?«

»Natürlich.«

Am Küchentisch servierte uns Frau *Leo-Schatz* frisch gebrühten Tee, der bereits auf einem Stövchen stand, und noch bevor Walter Leo unseren ausgefuchsten Plan vorstellen konnte, übernahm sie das Wort: »Ach, Leo-Schatz, ist das nicht schön? Jetzt kannst du deinen Freunden hier direkt als Ersten die tolle Neuigkeit mitteilen!« Dabei nahm sie seine Hand in ihre, und Leo sah betreten zu Boden. »Ich bin übrigens Natalie«, fügte sie noch breit lächelnd hinzu und reichte erst mir und dann Walter die Hand.

»Ah-ha«, war alles, was ich in diesem Moment dazu rausbrachte.

»Was für 'ne tolle Neuigkeit?«, hakte Walter nach.

»Na, die Rettung vom Hof«, erklärte Natalie.

Die Schlange!, schoss es mir durch den Kopf, *was mischt sie sich in Leos Angelegenheiten ein?*

Leo hingegen war immer noch stumm.

»Und nicht nur die Rettung«, verkündete Natalie weiter stolz, »sondern auch noch die Neueröffnung von *Sommer & Winter*, dem Reiterhof für jede Jahreszeit!«

»Bitteee?« Ich hatte das Gefühl, als hätte mir jemand das Stövchen um die Ohren gehauen, so sehr klangen sie.

»'s der Mädchenname meiner Mutter, Sommer. Für so einen guten Zweck kann man ja mal ein bisschen mogeln.«

Sommer & Winter, der Reiterhof für jede Jahreszeit?! Ich glaube, es hakt!

Jetzt hatte anscheinend auch Leo seine Fassung wiedergefunden, während Walter und ich um unsere rangen.

»Natalie hatte die Idee, sich finanziell zu beteiligen, sie

übernimmt einen Großteil der Schulden und steigt so mit in den Hof ein. Damit muss ich meinen Lebenstraum nicht aufgeben und kann einen zweiten Anlauf starten. Das ist ...«, er atmete tief durch, »... eine ziemlich tolle Sache. Sie ist quasi meine letzte Rettung.«

Natalie tätschelte Leos Hand und warf ihm einen Luftkuss zu. »Ja, genau. Ich meine, ich steige natürlich nicht direkt ein, also nicht praktisch, eher im Hintergrund. Mit den Gäulen hab ich ja nichts am Hut, ich bin eher so eine Art Investor. Man muss das ganze Konzept natürlich überarbeiten, das ist klar, dieses Kinderdingsbumstherapiegereite da bringt ja nix. Aber das kriegen wir schon hin, nicht war, Leo-Schatz?«

Mir wurde schlagartig übel.

Natalie?! Wo kommt die denn bitte jetzt eigentlich her? Und wieso klaut sie Walters und meine Idee? Und wieso lässt Leo es zu, dass sie zur Erhaltung des Hofes nun doch seinen Traum zerstören will, weil sie ihm das Besondere nehmen will? Das kann doch alles nicht wahr sein!

»Und wie kommen Sie auf die glorreiche Idee, sich hier so ... hm ... ich sag mal ... gewinnbringend einzusetzen?« Walter hatte zuerst seine Sprache wiedergefunden. Und wie.

»Nun ja, Leo und ich sind ...«

»... alte Freunde«, beendete Leo Natalies Satz. Es schien ihm unangenehm zu sein, dass Natalie so frei von der Leber weg alles herausplauderte, und überhaupt schien es, als sei es ihm noch unangenehmer, dass Walter und ich gerade hier mit ihm und ihr saßen.

»Ach, Leo-Schatz, dass du aber auch immer so ein Tiefstapler bist«, flötete Natalie und lachte gellend auf. »Wir haben ja schon einige Jahre zusammen erlebt«, ergänzte sie wichtigtuerisch, »aber es hat nie so richtig geklappt. Hauptsächlich denke ich ja, es mag daran gelegen haben, dass wir so verschiedene Interessen hatten. Aber das hat sich ja nun zum Glück geändert. Jetzt, da wir unser gemeinsames Baby haben.«

Unser gemeinsames Baby?

Nun hatte auch ich endlich meine Sprache wiedergefunden, wenn auch nicht ganz so eloquent, wie es angebracht gewesen wäre: »Ich glaube, ich muss mich mal eben frisch machen.«

Zurück im Wagen sahen Walter und ich stumm aus der Windschutzscheibe und sagten kein Wort. Ich war, statt ins Badezimmer zu gehen, zum Wagen gerannt und hatte einen klassischen polnischen Abgang hingelegt. Walter war mir wenige Minuten später gefolgt. Ich hatte vergessen, das Auto zu starten, also saßen wir einfach nur da und starrten vor uns hin.

Nach einiger Zeit sagte Walter dann: »Du musst mit ihm sprechen, Tönchen, das war unsere Idee, wir waren nur nicht schnell genug. Wir können aber sicher noch ...«

Ich schüttelte den Kopf. »Nein, können wir nicht. Wer auch immer diese Schlange da gerade war, sie war eben schneller. Und wenn Leo sich von seiner Ex-Freundin kaufen lässt – bitte! Ich stehe ihm dabei ganz sicher nicht im Weg!«

»Vielleicht wusste er keinen anderen Ausweg«, warf Walter ein, »vielleicht war er verzweifelt!«

»Es ist mir egal, warum«, fauchte ich und startete den Motor. »Vielleicht war die ganze Sache einfach nur ein großer Fehler.«

Vor lauter innerer Raserei würgte ich den Motor zweimal nacheinander ab.

»Fehler haben aber auch eine gute Eigenschaft. Sie bringen dich dir selbst näher.«

»Ach was«, ich winkte ab, »ich habe wohl einfach die richtige Gelegenheit verpasst. So einfach ist das!«

Walter sah mich von der Seite an. »Man kann im Leben viel verpassen, Antonia. Den Bus, den Garpunkt, einen Geburtstag. Aber um die Gelegenheiten zu ergreifen, die das Leben einem bietet, gibt es keinen richtigen oder falschen Zeitpunkt. Es ist nie zu spät, den Lauf der Dinge zu ändern. Zumindest nicht, um es zu versuchen!«

»Ja, ja, du immer mit deinen klugen Ratschlägen. Das ändert auch nichts!«

Ich merkte richtig, wie die Wut in mir hochkochte. Wut auf mich, auf die Schlange Natalie, auf Leo, sogar auf Walter. Auf einfach alles.

Walter lehnte seinen Kopf zurück und schloss die Augen.

Ich wartete auf eine Antwort, einen Vortrag, eine Predigt, eine Lösung, irgendwas. Aber es kam nichts.

Nachdem ich den Wagen dann doch gestartet, von Leos Hof gelenkt hatte und von der Nebenstraße in die Hauptstraße zurück nach Hause eingebogen war, hielt ich es nicht länger aus und fragte nach. »Es tut mir leid, Walter. Ich bin nur so ... so wütend! Warum sagst du nichts? Und warum hast du die Augen zu?«

Walter veränderte seine Haltung nicht, saß einfach nur da, als ob er schliefe. Nach einigen Augenblicken dann murmelte er leise: »Manchmal sieht man mit geschlossenen Augen einfach besser.«

»Hm.«

Kurz bevor wir zu Hause ankamen, ließ ich einen tiefen Seufzer los.

»So schlimm?«, fragte Walter.

»Leo liebt mich nicht.« Ich seufzte noch mal. »Und wie geht es dir?«

»Auch schlecht«, murmelte Walter und ließ den Kopf hängen.

»Warum?«

»Heute Morgen kam im Radio, dass die Spatzelruther Katzen nicht selber singen.«

»Du hast gewonnen.«

Als ich den Wagen vor Walters und Inges Haus parkte, kam mir die Person im Trenchcoat vor der Tür, die mit dem Rücken zu uns stand, sehr bekannt vor. Und auch den Porsche, den sogenannten Wochenendwagen, erkannte ich sofort – hier fuhr niemand so ein Auto.

»Carl!«, sagte ich und stieg aus dem Wagen.

Er drehte sich um.

Er war es tatsächlich.

»Was machst du hier?«

Walter hatte die Augen mittlerweile wieder geöffnet, war auch ausgestiegen und sah mich verblüfft an. »Das ist ja mal ’ne Überraschung! Na, Kaffee gefällig?!«

Ich stupste Walter von der Seite an und zischte ihm ein: »Nicht jetzt!«, entgegen, und Walter verschwand ohne jeden weiteren Kommentar im Haus, während ich Carl mit einer Umarmung begrüßte.

Als ich mich losmachen wollte, hielt er mich weiter fest. »Ich hab dich so vermisst!«

Das war nicht der Carl, den ich kannte. Ich befreite mich aus seiner Umarmung und sah ihn verständnislos an. »Das klingt irgendwie so gar nicht nach dir!«

»Ich weiß, ich weiß. Ich hab viel nachgedacht, die letzten Tage. Du warst so anders, in letzter Zeit.« Er hielt mich an beiden Armen fest und sah mir tief in die Augen. »Als hätte jemand eine längst verloschene Flamme in dir wiederentfacht. Nur leider war das nicht ich.«

»Carl«, prustete ich jetzt trotz meiner desolaten Situation, »du wirst doch jetzt nicht etwa romantisch oder so?«

Einen fast lyrischen Satz wie der gerade eben war noch nie über Carls Lippen gekommen, zumindest nicht, solange ich ihn kannte. Und das war lange.

»Ich meine es ernst«, sagte Carl mit Nachdruck. »Ich denke, ich habe viel zu oft nicht an deine Bedürfnisse gedacht, auch gerade was die Gästeliste betraf. Da hätte ich wirklich sensibler sein können.«

Carls späte Reue beeindruckte mich wirklich.

Das alles schien mir wie blanker Hohn zu sein: Als ich Carl heiraten wollte, war Leo aufgetaucht und hatte alles durcheinandergebracht. Nach einem Beinahe-Kuss mit ihm hatte ich mich so weit von Carl entfernt, dass ich inzwischen glaubte, Leo zu wollen, der mich aber offensichtlich nicht wollte und sich stattdessen lieber von seiner Ex-Freundin, die anscheinend verzweifelt auf Männerfang war, zurückkaufen ließ. Und jetzt wollte Carl mich zurück.

»Ich weiß nicht, was ich dazu sagen soll«, erwiderte ich unsicher.

»Du brauchst nichts zu sagen, komm einfach her«, antwortete Carl, nahm mein Gesicht in seine Hände und zog mich an sich.

Noch bevor ich widersprechen konnte, schloss Carl die Augen und küsste mich. Es fühlte sich anders an. Falsch.

Nur ein Sekundenbruchteil schien vergangen zu sein, als ich wieder Herr der Lage war.

In dem Moment, als ich mich gerade losmachen wollte, hörte ich ein lautes Motorengeräusch. Als ich mich zur Seite drehte, mein Gesicht immer noch in Carls Händen, konnte ich Leos roten Pick-up erkennen. Er hatte direkt vor unserem Haus gehalten und sah mich nun durch das Seitenfenster an. Unsere Blicke trafen sich nur einen kurzen Augenblick, aber es kam mir vor wie eine Ewigkeit.

Carl und ich boten eine scheinbar eindeutige Situation. Zumindest genügte es Leo, um sofort den Rückwärtsgang einzuschmeißen und den Wagen rasend zu wenden.

»Mist!«, entwischte es mir.

Vielleicht hatte ich Leo doch zu früh aufgegeben – warum sonst war er jetzt hier?

»Wer war das?«, fragte Carl verständnislos und ließ endlich von meinem Gesicht ab.

Leo hatte den Pick-up mittlerweile gewendet und brauste lautstark davon.

»Das ist der Mann, der die verloschene Flamme wieder entfacht hat«, antwortete ich, als sei es die klarste Sache der Welt, und sah Leo hinterher, von dem nur noch eine große Staubwolke zu sehen war.

Ich hatte Carl gar nicht erst ins Haus gebeten, denn es gab nichts zu besprechen. Nach Leos Abgang, oder besser gesagt *Abfuhr*, und meinem Kommentar dazu hatte es auch keiner weiteren Erklärung bedurft. Es war zwecklos, Carl Hoffnungen zu machen, denn ich liebte ihn nicht. Das war mir mehr als klar geworden.

Andererseits fragte ich mich, ob ich nicht vielleicht doch zu schnell die Flinte ins Korn geworfen hatte, denn mit seinem Besuch hatte Carl mich wirklich überrascht und mir gezeigt, dass ich ihn nicht immer richtig einschätzte. Aber letzten Endes würde er doch immer der Carl bleiben, der er war. Der Carl, dessen Hochzeitsgästelisten sich lasen wie Geschäftsberichte und dessen Mittagspause zum Arbeiten verplant war.

Ich hatte mich verändert, das wusste ich, und ich passte nicht mehr zu ihm, egal, wie sehr er sich auch in Zukunft bemühen würde.

Und Leo? Was dachte der jetzt wohl über mich? Ratlos stand ich im Flur und starrte vor mich hin.

Hat nicht Walter vorhin gesagt, dass es keine verpassten Gelegenheiten gibt und man immer wieder versuchen kann, den Lauf der Dinge zu ändern?

Mein feiger Abgang vorhin auf Leos Hof – Sommer & Winter – *dass ich nicht lache!* –, das war nicht mein Stil.

Noch bevor ich mich meiner Jacke und Schuhe entledigt hatte, machte ich kehrt.

»Wohin so eilig?«, grölte Walter mir hinterher und lachte.

»Unterwegs, die Welt zu retten«, rief ich lautstark zurück und murmelte etwas leiser hinterher: »Zumindest meine!«

»Ja, bitte?«

Schon wieder die Schlange an Leos Haustür, es war nicht auszuhalten.

»Ich habe vorhin etwas vergessen. Ist Leo da?«, fragte ich ohne Umschweife und lugte in den Hausflur.

»Nein, er ist vorhin weg und bis jetzt nicht wiedergekommen. Worum geht's?«

Die Schlange sah mich keck an, und ich konnte ihr triumphales Grinsen keine Sekunde länger ertragen. Sie wähnte sich offensichtlich bereits an Leos Seite – und zwar ganz sicher nicht nur geschäftlich.

Aber nicht mit mir!

Nicht, ohne dass ich es zumindest versucht habe!

Wo könnte Leo bloß sein?

Plötzlich kam mir der See in den Sinn, Leos Lieblingsplatz, an dem wir uns beinahe geküsst hatten. Der See war früher auch Nettys und mein Treffpunkt gewesen – kein Wunder, es war einer der schönsten Plätze in der Gegend. Vielleicht war er dorthin gefahren?

Ohne ein weiteres Wort der Erklärung ließ ich die Schlange mit verdattertem Blick stehen und stieg zurück ins Auto.

Ich würde es am See versuchen, einen anderen Plan hatte ich nicht.

Auf dem Weg dorthin liefen zwei Spaziergänger am Straßenrand entlang, die ich überholen musste. Da es hier nicht überall Bürgersteige gab, hupte ich lieber zur Vorsicht, damit nicht ein plötzlicher Seitenwechsel unschöne Folgen hatte – so hielt man es im Allgemeinen hier.

Ein blonder Schopf drehte sich zu mir um.

Netty!

Und der Mann neben ihr hatte definitiv zu viele Haare für Johannes … Es war Stefan!

Ich stieg in die Eisen. »Netty, ihr beide?«, fragte ich verwundert aus dem Beifahrerfenster, das ich heruntergelassen hatte.

Netty lugte grinsend hinein. »... scht!«, flüsterte sie und hielt sich den Finger vor den Mund. »Wir *reden* nur!«

»Das ist doch schon mal ein Anfang!«, antwortete ich lächelnd. »Du glaubst gar nicht, wie sehr ich mich darüber freue!«

Netty nickte. »Doch. Tu ich doch auch.«

Jetzt lugte auch Stefan zum Fenster rein. »Hey Tony! Wohin so eilig?«

»Reden«, antwortete ich grinsend und zwinkerte Netty zu.

»Na, das ist doch schon mal ein Anfang!«

Jetzt lachten Netty und ich laut, und ich trat winkend aufs Gas. Ich wollte Leo schnellstmöglich erwischen und loswerden, was ich zu sagen hatte.

Selbst, wenn das der Anfang vom Ende sein sollte.

Schon von Weitem konnte ich Leos rot leuchtenden Pick-up erkennen, der auf dem Weg zum See parkte.

Das letzte Stück konnte man nur zu Fuß oder eben zu Pferd zurücklegen, denn Autos kamen nicht durch den engen Waldweg, der in einem steilen Abhang mündete, hinter dessen Gestrüpp sich der See verbarg.

Ich stellte meinen Wagen neben Leos und rannte den Weg bis zum Abhang hinunter. Das letzte Stück nahm ich mit zu viel Schwung – ich hatte vergessen, wie steil der Abhang tatsächlich herunterging – und fiel mit beiden Knien in den weichen, dunklen Sand, der den See umgab.

Als ich mich wieder aufraffen wollte, um mir den Sand von den Knien zu klopfen, streckte sich mir eine Hand entgegen.

Eine ziemlich große.

Leos Hand.

»Von wem wirst du denn verfolgt?«, fragte Leo mich.

Ich nahm seine Hand und stellte mich wieder auf. »Von meinem schlechten Gewissen«, antwortete ich zerknirscht.

»Weshalb?«

»Weil ich vorhin so feige war und abgehauen bin, ohne dir das Wichtigste zu sagen.«

»Und das wäre?« Leo sah mich mit seinen Sprenkelaugen an, die in dem warmen Licht der Dämmerung eine ganz besondere Schattierung bekamen.

»Ich ... äh ...«

Meine Güte!

Ich holte tief Luft.

»Ich auch«, sagte Leo ernst.

»Aber ich ...«

»Ja.«

»Aber ich ...«

»Genau so sehe ich das auch.«

Mein stotternder Mund wurde von Leos Lippen geschlossen, die mich vorsichtig küssten.

»... hmmm.«

Ich will nicht behaupten, dass Leos und mein Kuss der längste Kuss der Welt war oder daran heranreichte, aber er war schon wirklich ziemlich lang, besonders für meine sonst recht bescheidenen romantischen Verhältnisse.

»Und was ist mit Natalie?«, fragte ich später, nachdem ich schon fast zum Romantik-Profi mutiert war.

»Ich gebe lieber den Hof auf, als dass ich mich selbst verkaufe«, sagte Leo und blickte nachdenklich auf den See. »Ich war so verzweifelt, dass ich mich beinahe darauf eingelassen hätte. Natalie witterte die Chance auf einen guten Deal und ein praktisches und bequemes Leben, ohne viel Anstrengung. Aber eine Beziehung so aufzubauen – das kann ich nicht. Das wurde mir allerdings erst richtig klar, als du mit Walter vor meiner Tür standst.«

»Das mit dem Deal, das kenne ich«, murmelte ich leise.

»Das war's dann mit dem Hof«, sagte Leo und drückte mich an sich. »Irgendwas werde ich schon noch finden.«

»Nicht ganz«, wiedersprach ich.

»Was meinst du?«

»Das war's mit *Sommer & Winter* – ohnehin ein lächerlicher Name!« Ich schnaubte verächtlich. »Aber was hältst du von *Winter & Nachtigall?*«

»Was willst du damit sagen?«, fragte Leo erstaunt und sah mich fragend an.

»Ich war bei Gertrude«, sagte ich und sah, wie Leos Augen sich weiteten.

»Bitte lass es mich erklären«, wandte ich schnell ein, bevor er etwas sagen konnte, »es ist wirklich anders, als du glaubst.«

»Antonia!«

»Es war alles Walters Idee! Alles!«, rief ich lachend, während Leo mich mit seinen Küssen zum Schweigen brachte.

17. Kapitel

»Das war's«, sagte der Notar freundlich und nahm die Papiere wieder an sich. Die letzten Tage waren wie im Flug vergangen, und ehe ich mich versah saß ich hier und besiegelte meine neue Zukunft.

Gertrude Winter stand auf, und Leo und ich taten es ihr nach.

Auch Walter war dabei, er wollte es sich nicht nehmen lassen, diesen feierlichen Moment mitzuerleben.

Trotz des einvernehmlichen Verkaufs konnte man die Distanz zwischen Gertrude und Leo spüren, die immer noch zwischen ihnen herrschte.

»Wir wär's mit 'nem Drink, bevor wir Inge abholen fahren?«, schlug Walter lautstark vor. »Zur Feier des Tages?«

»Gern«, erwiderte Gertrude, und Walter bot ihr seinen Arm, um sich einzuhaken.

Leo sah mich eindringlich an.

Ich wusste, dass er nicht mitgehen wollte, aber ich überging seinen Blick gekonnt. »Na, dann gehen wir doch alle zusammen.«

»Muss das sein?«, flüsterte Leo mir zu, während wir das Notargebäude verließen.

»Klar. Immerhin bin ich jetzt dein Geschäftspartner, wir entscheiden alles gemeinsam«, erklärte ich mit gespieltem Ernst.

»Dreißig – siebzig, vergiss das nicht«, erläuterte Leo. »Von wegen gleichberechtigt! Ich kann dich immer überstimmen, wenn ich will!«

»Dann schmeiße ich das noch in die Waagschale«, antwortete ich und gab ihm einen schmatzenden Kuss.

»... hm ... ü ... hmm ...berstimmt«, brummte Leo, und wir folgten Gertrude und Walter Hand in Hand.

»Wie sieht denn euer Plan nun genau aus?«, fragte Gertrude, während sie Kaffeesahne in ihre Tasse goss.

Walter nippte gerade an einem Tee mit Schuss.

»Genau«, stimmte er ein und sah abwechselnd zu mir und Leo, »wie sieht der Plan aus? Wirst du jetzt als Reitlehrerin arbeiten? Und wirst du weiter Therapeutisches Reiten anbieten? Ziehst du endgültig zu Leo und gibst deine Stadtwohnung auf? Kommst du zu uns?«

Leo und ich sahen uns grinsend an.

»Wir haben keinen Plan«, antwortete ich lachend. »Zumindest *noch* nicht. Und das fühlt sich ganz schön gut an!«

»Darauf stoßen wir an«, sagte Walter und erhob sein Teeglas.

Wir anderen taten es ihm nach.

»Darauf, *keinen Plan* für das Leben zu haben!«

»Auf *keinen Plan!*«, wiederholte Gertrude und sah Leo ernst an. »Ich habe deinen Vater geliebt, Leo. Ob du's mir glaubst oder nicht. Das war auch nicht mein Plan.« Mit einem traurigen Blick zu Boden fügte sie hinzu: »Aber ich tue es noch heute.«

»Ich weiß«, antwortete er und stellte sein Glas ab. »Vielleicht wollte ich es einfach nicht wahrhaben, weil ich mich von ihm ungeliebt fühlte. Weil er mich immer so haben wollte, wie er selber war. Aber das konnte ich ihm nicht geben.«

Gertrude nickte. »Er wünschte sich für dich eben den sicheren Weg. Auch wenn der nicht für jeden der richtige ist.«

»Menschenskinder«, warf Walter seufzend ein. »Man könnte meinen, dass dies hier ein perfekter Tag ist. Der Hof ist gerettet, die Tochter kommt heim, der Sohn hat die Mutter wieder – fast wie in 'ner Seifenoper!«

»Und was fehlt dir zum Glück?«, hakte ich lachend nach.

»Na, meine Inge!«

Inge!

Ich hatte die Rückkehr meiner Mutter bei dem ganzen Tohuwabohu die letzten Tage fast vergessen, aber jetzt, da Walter es ansprach, merkte ich, wie die Vorfreude sich breitmachte, Inge wiederzusehen.

Es war ein *erstaunlich befremdliches* Gefühl. Man konnte behaupten, es machte mir *Angst.*

»Aber vorher müssen wir noch die Bude auf Vordermann bringen!«, erklärte ich im Drill-Sergeant-Ton. »Damit die Inge nicht direkt auf dem Absatz kehrtmacht!«

*

Leo und Gertrude waren zum Hof gefahren, um in Ruhe über vergangene Zeiten und ungenutzte Chancen zu sprechen, auch wenn es diese laut Walter nicht gab.

Walter und ich hingegen waren gerade damit beschäftigt, sämtliches Leergut, das überall in der Wohnung verteilt war und hauptsächlich Spirituosen enthalten hatte, einzusammeln, als es am Küchenfenster klopfte. Dreimal.

»Netty!«

Meine über beide Ohren strahlende alte Freundin fiel mir in die Arme, als ich die Tür öffnete.

Als sie sich wieder von mir losriss, sah ich sie mir genauer an. Sie sah völlig anders aus als noch vor ein paar Tagen. »Du siehst anders aus, hast du was an deinen Haaren gemacht?«, fragte ich sie erstaunt.

»Viel besser ...«

Gespannt erwartete ich ihre Antwort.

»... was an meinem Leben!«

*

»Leute, ihr glaubt gar nicht, was ihr alles verpasst habt!« Wild gestikulierend war Inge aus dem Gate in Walters Arme geschwebt.

Ihr Kaftan-Zweiteiler war diesmal noch extravaganter als die Kombination, die sie auf dem Hinweg getragen hatte. Sie erinnerte mich an eine schrille Modezarin im Bollywood-Style. Überall auf ihrem Kaftan prangten große Pfaue mit aufgespannten Rädern, selbst ihre Ohrringe bestanden aus Pfauenfedern.

Inge redete sofort und ohne Unterlass auf Walter und mich ein, sodass wir gar keine Chance hatten, überhaupt etwas zu sagen.

»... und die Menschen da, Kinder, Kinder, da können sich die Leute hier aber noch so einiges abgucken, alle so gastfreundlich und so furchtbar bescheiden!«

Walter und ich sahen uns grinsend an und verstanden uns ohne Worte: Wir hatten sie wirklich vermisst.

»Was guckt ihr beide denn so? Hab ich was verpasst?«

Walter zwinkerte mir zu, und wir schüttelten beide synchron und laut lachend den Kopf.

»Nicht das Geringste, Inge. Nicht das Geringste!«

Epilog

Ich hatte keinen besonders durchdachten Plan, wie es weitergehen würde. Genauso wenig wusste ich, ob die Beziehung mit Leo klappen würde – aber war es nicht wert, dass ich es versuchte? Ich hätte nie im Traum daran gedacht, dass ich mal auf einem Reiterhof in meinem Heimatort landen würde. Vielleicht war das Leben doch ein Ponyhof und es kam nur darauf an, was wir daraus machten?

Ich musste lächeln, als Inge weiter wie ein Wasserfall auf uns einredete, und ihre Stimme wie weit entfernt in meinem Kopf zu einem diffusen Gemurmel wurde.

Konnte es sein, dass es am Ende nicht Walter war, der mich gebraucht hatte, sondern vielmehr, dass ich Walter gebraucht hatte? Letztendlich waren es weniger seine schlauen Sprüche, die mir etwas über das Leben beigebracht hatten, sondern vielmehr er und das Leben selbst. Die Dinge werden nicht klarer dadurch, dass wir sie aussprechen, sondern dadurch, dass wir sie tun. Hatte nicht er mich mit seiner spontanen Art, im Hier und Jetzt zu leben, daran erinnert, was ich schon so lange vergessen hatte? Vielleicht hätte ich mir ohne Walter immer weiter etwas vorgemacht – in dem Glauben, das perfekte Leben zu haben.

Von Zeit zu Zeit brauchen wir vielleicht alle einen Weckruf, der uns wachrüttelt und zwingt, uns unser Leben noch mal genau anzusehen.

Walter war mein Weckruf gewesen.

Ich hatte zwar (meistens) dafür gesorgt, dass er seine Herzmedikamente nahm, aber er hatte etwas geschafft, was kein Medikament der Welt für mein Herz bewirken konnte: Er hatte es geöffnet.

Ja, Walter hatte wirklich mein Leben gerettet.

Was sonst noch geschah ...

»Hey, passen Sie doch auf! Das ist keine Rennstrecke hier!«

»Ich bewege mich *so* fort, wie die Schöpfung es für mich vorgesehen hat: in einem Porsche! Aber ich kann Sie gerne mitnehmen. Sie sehen mit Ihren Koffern schwer nach Landflucht aus, junge Dame?«

»Ach, ich habe hier jemanden auf so einem dämlichen Reiterhof besucht, der allerdings längst umgesattelt hatte.«

»Hah-aa!«

»Warum lachen Sie?«

»Ich auch!«

»Wie passend.«

»Steigen Sie ein!«

»Gehen wir zurück in der Zivilisation noch einen Kaffee trinken?«

»Unbedingt!«

»Schwarz!«

»Ohne Zucker?«

»Perfekt!«

ENDE

Danke an ...

... meine Lieblingsschokoladenfirma, diesmal für die Kirschlikörpralinen, die super funktionieren, wenn der Tag nur noch zwei Stunden hat, aber trotzdem noch ein paar Seiten her müssen.

(Entwarnung an alle Mütter: Die Szene mit den Kirschlikörpralinen essenden Kindern ist fiktiv und hat natürlich nicht stattgefunden, obwohl ich gestehen muss, dass ich oft Mütter erlebt habe, die ganz sicher kurz davor standen, und ich mich sehr zurückhalten musste, ihnen nicht ein kleines Paket rüberzureichen.)

... Kyra, für die Inspiration zu Walter. Walken* bewirkt eindeutig Wunder!

... Babette, Diana, Tina, Gregor und allen meinen Freunden für eure geduldigen Ohren.

... den gesamten Bastei Lübbe Verlag für die schöne Zusammenarbeit, dabei besonders an Daniela (Wer braucht schon einen roten Faden?!).

... Kai, für die Homepage www.brittasabbag.de, immer wieder.

---

* und im Wald Prosecco trinken

… alle Leser, die dieses Buch gekauft haben. Wenn ihr schon einen Walter habt, beglückwünsche ich euch hiermit (Familie ist doch was Schönes;-)), falls nicht, hoffe ich, dass mein Walter euch Freude gemacht hat!

… die verrückten Figuren, die immer wieder aufs Neue nicht nur in meinem Kopf auftauchen, sondern sich förmlich auf mein Sofa setzen und so lange dableiben, bis ich ihre Geschichte aufschreibe (keine Sorge, ich bin nüchtern). Ich hoffe, es kommen noch viele von euch, und es werden noch ebenso viele Geschichten daraus!